Los Pazos de Ulloa

Literatura

Emilia Pardo Bazán

Los Pazos de Ulloa

El libro de bolsillo
Literatura española
Alianza Editorial

Primera edición en «El libro de bolsillo»: 1996
Vigésima reimpresión: 1996
Primera edición en «Área de conocimiento: Literatura»: 1997
Séptima reimpresión: 2006

Diseño de cubierta: Alianza Editorial

© Ed. cast.: Alianza Editorial, S. A., Madrid, 1966, 1969, 1971, 1974, 1976,
  1977, 1978, 1980, 1981, 1982, 1983, 1985, 1991, 1992, 1993, 1994, 1995,
  1996, 1997, 1999, 2000, 2001, 2002, 2004, 2005, 2006
  Calle Juan Ignacio Luca de Tena, 15; 28027 Madrid; teléf. 91 393 88 88
  www.alianzaeditorial.es
  ISBN-10: 84-206-3410-7
  ISBN-13: 978-84-206-3410-4
  Depósito legal: M. 42.754-2006
  Impreso en Closas-Orcoyen, S. L. Polígono Igarsa
  Paracuellos de Jarama (Madrid)
  Printed in Spain

SI QUIERE RECIBIR INFORMACIÓN PERIÓDICA SOBRE LAS NOVEDADES DE
ALIANZA EDITORIAL, ENVÍE UN CORREO ELECTRÓNICO A LA DIRECCIÓN:

alianzaeditorial@anaya.es

Capítulo 1

Por más que el jinete trataba de sofrenarlo agarrándose con todas sus fuerzas a la única rienda de cordel y susurrando palabrillas calmantes y mansas, el peludo rocín seguía empeñándose en bajar la cuesta a un trote cochinero que desencuadernaba los intestinos, cuando no a trancos desigualísimos de loco galope. Y era pendiente de veras aquel repecho del camino real de Santiago a Orense, en términos que los viandantes, al pasarlo, sacudían la cabeza murmurando que tenía bastante más declive del no sé cuántos por ciento marcado por la ley, y que sin duda, al llevar la carretera en semejante dirección, ya sabrían los ingenieros lo que se pescaban, y alguna quinta de personaje político, alguna influencia electoral de grueso calibre, debía de andar cerca.

Iba el jinete colorado, no como un pimiento, sino como una fresa, encendimiento propio de personas linfáticas. Por ser joven y de miembros delicados, y por no tener pelo de barba, pareciera un niño, a no desmentir la presunción sus trazas sacerdotales. Aunque cubierto del amarillo polvo que levantaba el trote del jaco, bien se advertía que el traje del mozo era de paño negro liso, corta-

do con la flojedad y poca gracia que distingue a las prendas de ropa de seglar vestidas por clérigos. Los guantes,
despellejados ya por la tosca brida, eran asimismo negros
y nuevecitos, igual que el hongo, que llevaba calado hasta
las cejas, por temor a que los zarandeos de la trotada se lo
hiciesen saltar al suelo, que sería el mayor compromiso
del mundo. Bajo el cuello del desairado levitín asomaba
un dedo del alzacuello, bordado de cuentas de abalorio.
Demostraba el jinete escasa maestría hípica: inclinado
sobre el arzón, con las piernas encogidas y a dos dedos de
salir despedido por las orejas, leíase en su rostro tanto
miedo al cuartago como si fuese algún corcel indómito
rebosando fiereza y bríos.

Al acabarse el repecho volvió el jaco a la sosegada an-
dadura habitual, y pudo el jinete enderezarse sobre el
aparejo redondo, cuya anchura inconmensurable le había descoyuntado los huesos todos de la región sacro-ilía-
ca. Respiró, quitóse el sombrero y recibió en la frente, su-
dorosa, el aire frío de la tarde. Caían ya oblicuamente los
rayos del sol en los zarzales y setos, y un peón caminero,
en mangas de camisa, pues tenía su chaqueta colocada
sobre un mojón de granito, daba lánguidos azadonazos
en las hierbecillas nacidas al borde de la cuneta. Tiró el jinete del ramal para detener a su cabalgadura, y ésta, que
se había dejado en la cuesta abajo las ganas de trotar, paró
inmediatamente. El peón alzó la cabeza, y la placa dora-
da de su sombrero relució un instante.

–¿Tendrá usted la bondad de decirme si falta mucho
para la casa del señor marqués de Ulloa?

–¿Para los Pazos de Ulloa? –contestó el peón repitiendo la pregunta.

–Eso es.

–Los Pazos de Ulloa están allí –murmuró, extendien-

do la mano para señalar a un punto –del horizonte–. Si la
bestia anda bien, el camino que queda pronto se pasa.
Ahora, que tiene que seguir hasta aquel pinar, ¿ve?, y luego *cumple* torcer a mano izquierda, y luego cumple bajar
a mano derecha, por un atajillo, hasta el crucero... En el
crucero ya no tiene pérdida, porque se ven los Pazos, una
construcción *muy* grandísima...

–Pero... ¿como cuánto faltará? –preguntó con inquietud el clérigo.

Meneó el peón la tostada cabeza.

–Un *bocadito,* un *bocadito...*

Y, sin más explicaciones, emprendió otra vez su desmayada faena, manejando el azadón lo mismo que si pe-
sase cuatro arrobas.

Se resignó el viajero a continuar, ignorando las leguas
de que se compone un *bocadito,* y taloneó el rocín. El pinar no estaba muy distante, y por el centro de su sombría
masa serpenteaba una trocha angostísima, en la cual se
colaron montura y jinete. El sendero, sepultado en las oscuras profundidades del pinar, era casi impracticable;
pero el jaco, que no desmentía aptitudes especiales de la
raza caballar gallega para andar por mal piso, avanzaba
con suma precaución, cabizbajo, tanteando con el casco
para sortear cautelosamente las zanjas producidas por la
llanta de los carros, los pedruscos, los troncos de pino,
cortados y atravesados donde hacían menos falta. Ade-
lantaban poco a poco, y ya salían de las estrecheces a más
desahogada senda, abierta entre pinos nuevos y montes
poblados de aliaga, sin haber tropezado con una sola he-
redad labradía, un plantío de coles que revelase la vida
humana. De pronto los cascos del caballo cesaron de re-
sonar y se hundieron en blanda alfombra: era una cama-
da de estiércol vegetal, tendida, según costumbre en el

país, ante la casucha de un labrador. A la puerta, una mujer daba de mamar a una criatura. El jinete se detuvo.

–Señora, ¿sabe si voy bien para la casa del marqués de
Ulloa?

–Va bien, va...

–¿Y falta mucho?

Enarcamiento de cejas, mirada apática y curiosa, respuesta ambigua en dialecto:

–La carrerita de un can...

«¡Estamos frescos!», pensó el viajero, que si no acertaba a calcular lo que anda un can en una carrera, barrunta-
ba que debe de ser bastante para un caballo. En fin, llegando al crucero vería los Pazos de Ulloa... Todo se le
volvía buscar el atajo, a la derecha... Ni señales. La vereda,
ensanchándose, se internaba por tierra montañosa, salpi-
cada de manchones de robledal y algún que otro castaño
todavía cargado de fruta; a derecha e izquierda, matorrales de brezo crecían desparramados y oscuros. Experimentaba el jinete indefinible malestar, disculpable en
quien, nacido y criado en un pueblo tranquilo y soñoliento, se halla por vez primera frente a frente con la ruda
y majestuosa soledad de la Naturaleza y recuerda historias de viajeros robados, de gentes asesinadas en sitios
desiertos.

«¡Qué país de lobos!», dijo para sí, tétricamente impre-
sionado.

Alegrósele el alma con la vista del atajo, que a su derecha se columbraba, estrecho y pendiente, entre un doble
vallado de piedra, límite de dos montes. Bajaba fiándose
en la maña del jaco para evitar tropezones, cuando divisó
casi al alcance de su mano algo que le hizo estremecerse:
una cruz de madera, pintada de negro con filetes blancos,
medio caída ya sobre el murallón que la sustentaba. El

clérigo sabía que estas cruces señalan el lugar donde un hombre pereció de muerte violenta; y persignándose, rezó un padrenuestro, mientras el caballo, sin duda por olfatear el rastro de algún zorro, temblaba levemente, empinando las orejas, y adoptaba un trotecillo medroso que en breve lo condujo a una encrucijada. Entre el marco que le formaban las ramas de un castaño colosal erguíase el crucero.

Tosco, de piedra común, tan mal labrado, que a primera vista parecía monumento románico, por más que en realidad sólo contaba un siglo de fecha, siendo obra de algún cantero con pujos de escultor, el crucero, en tal sitio y a tal hora, y bajo el dosel natural del magnífico árbol, era poético y hermoso. El jinete, tranquilizado y lleno de devoción, pronunció, descubriéndose: «Adorámoste, Cristo, y bendecímoste, pues por tu Santísima Cruz redimiste al mundo», y de paso que rezaba, su mirada buscaba a lo lejos los Pazos de Ulloa, que debían ser aquel gran edificio cuadrilongo, con torres, allá en el fondo del valle. Poco duró la contemplación, y a punto estuvo el clérigo de besar la tierra, merced a la huida que pegó el rocín, con las orejas enhiestas, loco de terror. El caso no era para menos: a cortísima distancia habían retumbado dos tiros.

Quedóse el jinete frío de espanto, agarrado al arzón, sin atreverse ni a registrar la maleza para averiguar dónde estarían ocultos los agresores; mas su angustia fue corta, porque ya del ribazo situado a espaldas del crucero descendía un grupo de tres hombres, antecedido por otros tantos canes perdigueros, cuya presencia bastaba para demostrar que las escopetas de sus amos no amenazaban sino a las alimañas monteses.

El cazador que venía delante representaba veintiocho o treinta años: alto y bien barbado, tenía el pescuezo y rostro quemados del sol; pero por venir despechugado y sombrero en mano, se advertía la blancura de la piel no expuesta a la intemperie, en la frente y en la tabla del pecho, cuyos diámetros indicaban complexión robusta, supuesto que confirmaba la isleta de vello rizoso que dividía ambas tetillas. Protegían sus piernas recias polainas de cuero, abrochadas con hebillaje hasta el muslo; sobre la ingle derecha flotaba la red de bramante de un repleto morral, y en el hombro izquierdo descansaba una escopeta moderna de dos cañones. El segundo cazador parecía hombre de edad madura y condición baja, criado o colono: ni hebillas en las polainas, ni más morral que un saco de grosera estopa; el pelo, cortado al rape; la escopeta de pistón, viejísima y atada con cuerdas, y en el rostro, afeitado y enjuto y de enérgicas facciones rectilíneas, una expresión de encubierta sagacidad, de astucia salvaje, más propia de un piel roja que de un europeo. Por lo que hace al tercer cazador, sorprendióse el jinete al notar que era un sacerdote. ¿En qué se le conocía? No ciertamente en la tonsura, borrada por una selva de pelo gris y cerdoso, ni tampoco en la rasuración, pues los duros cañones de su azulada barba contarían un mes de antigüedad; menos aún en el alzacuello, que no traía, ni en la ropa, que era semejante a la de sus compañeros de caza, con el aditamento de unas botas de montar de charol de vaca, muy descascaradas y cortadas por las arrugas. Y, no obstante, trascendía a clérigo, revelándose el sello formidable de la ordenación, que ni aun las llamas del infierno consiguen cancelar, en no sé qué expresión de la fisonomía, en el aire y posturas del cuerpo, en el mirar, en el andar, en todo. No cabía duda: era un sacerdote.

Aproximóse al grupo el jinete, y repitió la consabida pregunta:

–¿Pueden ustedes decirme si voy bien para casa del señor marqués de Ulloa?

El cazador alto se volvió hacia los demás con familiaridad y dominio.

–¡Qué casualidad! –exclamó–. Aquí tenemos al forastero... Tú, Primitivo... Pues te cayó la lotería; mañana pensaba yo enviarte a Cebre a buscar al señor... Y usted, señor abad de Ulloa...: ¡ya tiene usted aquí quien le ayude a arreglar la parroquia!

Como el jinete permanecía indeciso, el cazador añadió:

–¿Supongo que es usted el recomendado de mi tío, el señor De la Lage?

–Servidor y capellán... –respondió, gozoso, el eclesiástico, tratando de echar pie a tierra, ardua operación en que le ayudó el abad– . ¿Y usted... –exclamó, encarándose con su interlocutor– es el señor marqués?

–¿Cómo queda el tío? Usted..., a caballo desde Cebre, ¿eh? –repuso éste, evasivamente, mientras el capellán le miraba con interés rayano en viva curiosidad.

No hay duda que así, varonilmente desaliñado, húmeda la piel de transpiración ligera, terciada la escopeta al hombro, era un cacho de buen mozo el marqués; y, sin embargo, despedía su arrogante persona cierto tufillo bravío y montaraz, y lo duro de su mirada contrastaba con lo afable y llano de su acogida.

El capellán, muy respetuoso, se deshacía en explicaciones.

–Sí, señor; justamente... En Cebre he dejado la diligencia y me dieron esta caballería, que tiene unos arreos, que vaya todo por Dios... El señor De la Lage, tan bueno, y con el humor aquel de siempre... Hace reír a las piedras... Y guapote para su edad... Estoy reparando que si fuese su

señor papá de usted, no se le parecería más... Las señoritas, muy bien, muy contentas y muy saludables... Del señorito, que está en Segovia, buenas noticias. Y antes que
se me olvide...

Buscó en el bolsillo interior de su levitón, y fue sacando un pañuelo muy planchado y doblado, un Semanario
chico y, por último, una cartera de tafilete negro, cerrada
con elástico, de la cual extrajo una carta, que entregó al
marqués. Los perros de caza, despeados y anhelantes de
fatiga, se habían sentado al pie del crucero; el abad pica-
ba con la uña una tagarnina para liar un pitillo, cuyo papel sostenía adherido por una punta al borde de los labios; Primitivo, descansando la culata de la escopeta en el
suelo, y en el cañón de la escopeta la barba, clavaba sus
ojuelos negros en el recién venido, con pertinacia escrutadora. El sol se ponía lentamente en medio de la tranquilidad otoñal del paisaje. De improviso, el marqués soltó
una carcajada. Era su risa, como suya, vigorosa y pujan-
te, y, más que comunicativa, despótica.

–El tío –exclamó, doblando la carta– siempre tan gua-
són y tan célebre... Dice que aquí me manda un santo
para que me predique y me convierta... No parece sino
que tiene uno pecados: ¿eh, señor abad? ¿Qué dice usted
a esto? ¿Verdad que ni uno?

–Ya se sabe, ya se sabe –masculló el abad, en voz bronca...–. Aquí todos conservamos la inocencia bautismal.

Y, al decirlo, miraba al recién llegado al través de sus
erizadas y salvajinas cejas, como el veterano al inexperto
recluta, sintiendo allá en su interior profundo desdén hacia el curita barbilindo, con cara de niña, donde sólo era
sacerdotal la severidad del rubio entrecejo y la expresión
ascética de las facciones.

–¿Y usted se llama Julián Álvarez? –interrogó el marqués.

–Para servirle a usted muchos años.

–¿Y no acertaba usted con los Pazos?

–Me costaba trabajo el acertar. Aquí los paisanos no le sacan a uno de dudas ni le dicen categóricamente las distancias. De modo que...

–Pues ahora ya no se perderá usted. ¿Quiere montar otra vez?

–¡Señor! ¡No faltaba más!

–Primitivo –ordenó el marqués–, coge del ramal a esa bestia.

Y echó a andar, dialogando con el capellán, que le seguía. Primitivo, obediente, se quedó rezagado, y lo mismo el abad, que encendía su pitillo con un mixto de cartón. El cazador se arrimó al cura.

–¿Y qué le parece el rapaz, diga? ¿Verdad que no mete respeto?

–¡Bah...! Ahora se estila ordenar mequetrefes... Y luego, mucho de alzacuellitos, guantecitos, perejiles con escarola... ¡Si yo fuera arzobispo, ya le daría el demontre de los guantes!

Capítulo 2

Era noche cerrada, sin luna, cuando desembocaron en el soto, tras del cual se elevaba la ancha mole de los Pazos de Ulloa. No consentía la oscuridad distinguir más que sus imponentes proporciones, escondiéndose las líneas y detalles en la negrura del ambiente. Ninguna luz brillaba en el vasto edificio, y la gran puerta central parecía cerrada a piedra y lodo. Dirigióse el marqués a un postigo lateral muy bajo, donde al punto apareció una mujer corpulenta alumbrando con un candil.

Después de haber cruzado varios corredores sombríos, penetraron todos en una especie de sótano con piso terrizo y bóveda de piedra, que, a juzgar por las hileras de cubas adosadas a sus paredes, debía de ser bodega, y desde allí llegaron presto a la espaciosa cocina, alumbrada por la claridad del fuego que ardía en el hogar, consumiendo lo que se llama arcaicamente un mediano monte de leña y no es sino varios gruesos cepos de roble, avivados, de tiempo en tiempo, con rama menuda.

Adornaban la elevada campana de la chimenea ristras de chorizos y morcillas, con algún jamón de añadidura, y a un lado y a otro sendos bancos brindaban asiento cómodo para calentarse, oyendo hervir el negro pote, que, pendiente de los llares, ofrecía a los ósculos de la llama su insensible vientre de hierro.

A tiempo que la comitiva entraba en la cocina, hallábase acurrucada junto al pote una vieja, que sólo pudo Julián Álvarez distinguir un instante –con greñas blancas y rudas como cerro, que le caían sobre los ojos, y cara rojiza al reflejo del fuego–, pues no bien advirtió que venía gente, levantóse más de lo que permitían sus años, y murmurando en voz quejumbrosa y humilde: «¡Buenas *nochinas* nos dé Dios!», se desvaneció como una sombra, sin que nadie pudiese notar por dónde. El marqués se encaró con la moza.

–¿No tengo dicho que no quiero aquí pendones?

Y ella contestó apaciblemente, colgando el candil en la pilastra de la chimenea:

–No hacía mal...; me ayudaba a pelar castañas.

Tal vez iba el marqués a echar la casa abajo si Primitivo, con mayor imperio y enojo que su amo mismo, no terciase en la cuestión, reprendiendo a la muchacha:

–¿Qué estás parolando ahí...? Mejor fuera tener la comida lista. ¡A ver cómo nos la das corriendito! Menéate, despabílate.

En el esconce de la cocina, una mesa de roble, denegrida por el uso, mostraba extendido un mantel grosero, manchado de vino y grasa. Primitivo, después de soltar en un rincón la escopeta, vaciaba su morral, del cual salieron dos perdigones y una liebre muerta, con los ojos empañados y el pelaje maculado de sangraza. Apartó la muchacha a un lado el botín, y fue colocando platos de peltre, cubiertos de antigua y maciza plata, un mollete enorme en el centro de la mesa y un jarro de vino proporcionado al pan; luego se dio prisa a revolver y destapar tarteras, y tomó del vasar una sopera magna.

De nuevo la increpó, airadamente, el marqués:

–¿Y los perros, vamos a ver? ¿Y los perros?

Como si también los perros comprendiesen su derecho a ser atendidos antes que nadie, acudieron desde el rincón más oscuro, y, olvidando el cansancio, exhalaron famélicos bostezos, meneando la cola y husmeando con el partido hocico. Julián creyó al pronto que se había aumentado el número de canes, tres antes y cuatro ahora; pero al entrar el grupo canino en el círculo de viva luz que proyectaba el fuego, advirtió que lo que tomaba por otro perro no era sino un rapazuelo de tres a cuatro años, cuyo vestido, compuesto de chaquetón acastañado y calzones de blanca estopa, podía desde lejos equivocarse con la piel bicolor de los perdigueros, con quienes parecía vivir el chiquillo en la mejor inteligencia y más estrecha fraternidad. Primitivo y la moza disponían en cubetas de palo el festín de los animales, entresacado de lo mejor y más grueso del pote; y el marqués, que vigilaba la operación, no dándose por satisfecho, escudriñó con una cuchara de hierro las profundidades del caldo, hasta sacar a luz tres gruesas tajadas de cerdo, que fue distribuyendo en las cubetas. Lanzaban los perros alaridos entrecortados, de interrogación y deseos, sin atreverse aún a tomar posesión de la pitanza; a una voz de Primitivo, sumieron de golpe el hocico en ella, oyéndose el batir de sus apresuradas mandíbulas y el chasqueo de su lengua glotona. El chiquillo gateaba por entre las patas de los perdigueros, que, convertidos en fieras por el primer impulso del hambre no saciada todavía, le miraban de reojo, regañando los dientes y exhalando ronquidos amenazadores; de pronto, la criatura, incitada por el tasajo que sobrenadaba en la cubeta de la perra *Chula,* tendió la mano para cogerlo, y la perra, torciendo la cabeza, lanzó una feroz dentellada, que, por fortuna, sólo alcanzó la manga del chico, obligándole a refugiarse más que de prisa, asustado y lloriqueando, entre las sayas de la moza, ya ocupada en servir caldo a los racionales. Julián, que empezaba a descalzarse los guantes, se compadeció del chiquillo, y, bajándose, le tomó en brazos, pudiendo ver que a pesar de la mugre, la roña, el miedo y el llanto, era el más hermoso angelote del mundo.

–¡Pobre! –murmuró cariñosamente–. ¿Te ha mordido la perra? ¿Te hizo sangre? Dónde te duele, ¿me lo dices? Calla, que vamos a reñirle a la perra nosotros. ¡Pícara, malvada!

Reparó el capellán que estas palabras suyas produjeron singular efecto en el marqués. Se contrajo su fisonomía, sus cejas se fruncieron, y arrancándole a Julián el chiquillo con brusco movimiento, le sentó en sus rodillas, palpándole las manos, a ver si las tenía mordidas o lastimadas. Seguro ya de que sólo el chaquetón había padecido, soltó la risa.

–¡Farsante! –gritó–. Ni siquiera te ha tocado la *Chula*. Y tú ¿para qué vas a meterte con ella? Un día te come media nalga, y después lagrimitas. ¡A callarse y a reírse ahora mismo! ¿En qué se conocen los valientes?

Diciendo así, colmaba de vino su vaso y se lo presentaba al niño, que, cogiéndolo sin vacilar, lo apuró de un sorbo. El marqués aplaudió:

–¡Requetebién! ¡Viva la gente templada!

–No, lo que es el rapaz..., el rapaz sale de punto –murmuró el abad de Ulloa.

–¿Y no le hará daño tanto vino? –objetó Julián, que sería incapaz de bebérselo él.

–¡Daño! Sí, buen daño nos dé Dios –respondió el marqués con no sé qué inflexiones de orgullo en el acento–.

Déle otros tres, y ya verá... ¿Quiere usted que hagamos la prueba?

–Los chupa, los chupa –afirmó el abad.

–No, señor; no, señor... Es capaz de morirse el peque-ño... He oído decir que el vino es un veneno para las cria-turas... Lo que tendrá será hambre.

–Sabel, que coma el chiquillo –ordenó, imperiosamen-te , el marqués dirigiéndose a la criada.

Ésta, silenciosa e inmóvil durante la anterior escena, sacó un repleto cuenco de caldo, y el niño fue a sentarse en el borde del llar, para engullirlo sosegadamente.

En la mesa, los comensales mascaban un buen ánimo. Al caldo, espeso y harinoso, siguió un cocido sólido, don-de abundaba el puerco; los días de caza, el imprescindible puchero se tomaba de noche, pues al monte no había me-dio de llevarlo. Una fuente de chorizos y huevos fritos de-sencadenó la sed, ya alborotada con la sal del cerdo. El marqués dio al codo a Primitivo.

–Tráenos un par de botellitas... Del año cincuenta y nueve.

Y, volviéndose hacia Julián, dijo muy obsequioso:

–Va usted a beber el mejor tostado que por aquí se pro-duce... Es de la casa de Molende; se corre que contiene un secreto para que, sin perder el gusto de la pasa, empala-gue menos y se parezca al mejor jerez... Cuanto más va, más gana: no es como los de otras bodegas, que se vuel-ven azúcar.

–Es cosa de gusto –aseveró el abad, rebañando con una miga de pan lo que restaba de yema en su plato.

–Yo –declaró, tímidamente, Julián– poco entiendo de vinos... Casi no bebo sino agua.

Y al ver brillar bajo las cejas hirsutas del abad una mi-rada compasiva, de puro desdeñosa, rectificó:

–Es decir..., con el café, ciertos días señalados, no me disgusta el anisete.

–El vino alegra el corazón... El que no bebe, no es hombre –pronunció el abad, sentenciosamente.

Primitivo volvía ya de su excursión, empuñando en cada mano una botella cubierta de polvo y telarañas. A falta de «tirabuzón», se descorcharon con un cuchillo, y a un tiempo se llenaron los vasos chicos, traídos *ad hoc*. Primitivo empinaba el codo con sumo desparpajo, bromeando con el abad y el señorito. Sabel, por su parte, a medida que el banquete se prolongaba y el licor calentaba las cabezas, servía con familiaridad mayor, apoyándose en la mesa, para reír algún chiste de los que hacían bajar los ojos a Julián, bisoño en materia de sobremesas de cazadores. Lo cierto es que Julián bajaba la vista, no tanto por lo que oía, como por no ver a Sabel, cuyo aspecto, desde el primer instante, le había desagradado de extraño modo, a pesar o quizás a causa de que Sabel era un buen pedazo de lozanísima carne. Sus ojos azules, húmedos y sumisos; su color animado, su pelo castaño, que se rizaba en conchas paralelas y caía en dos trenzas hasta más abajo del talle, embellecían mucho a la muchacha y disimulaban sus defectos: lo pomuloso de su cara, lo tozudo y bajo de su frente, lo sensual de su respingada y abierta nariz. Por no mirar a Sabel Julián se fijaba en el chiquillo, que envalentonado con aquella ojeada simpática, fue, poco a poco, deslizándose hasta llegar a introducirse en las rodillas del capellán. Instalado allí, alzó la cara desvergonzada y risueña y, tirando a Julián del chaleco, murmuró, en tono suplicante:

–¿Me lo da?

Todo el mundo se reía a carcajadas; el capellán no comprendía.

–¿Qué pide? –preguntó.

–¿Qué ha de pedir? –respondió el marqués, festiva-
mente–. ¡El vino, hombre! ¡El vaso de tostado!

–¡Mamá! –exclamó el abad.

Antes que Julián se resolviese a dar al niño su vaso, casi
lleno, el marqués había aupado al mocoso, que sería realmente una preciosidad a no estar tan sucio. Parecíase a
Sabel, y aun se le aventajaba en la claridad y alegría de sus
ojos celestes, en lo abundante del pelo ensortijado y especialmente en el correcto diseño de las facciones. Sus manitas, morenas y hoyosas, se tendían hacia el vino color
topacio; el marqués se lo acercó a la boca, divirtiéndose
un rato en quitárselo cuando ya el rapaz creía ser dueño
de él. Por fin, consiguió el niño atrapar el vaso, y en un
decir Jesús trasegó el contenido, relamiéndose.

–¡Éste no se anda con requisitos! –exclamó el abad.

–¡Quiá! –confirmó el marqués–. ¡Si es un veterano! ¿A
que te zampas otro vaso, Perucho?

Las pupilas del angelote rechispeaban; sus mejillas
despedían lumbre, y dilataba la clásica naricilla con inocente concupiscencia de Baco niño. El abad, guiñando picarescamente el ojo izquierdo, escancióle otro vaso, que
él tomó a dos manos y se embocó sin perder gota; en seguida soltó la risa; y antes de acabar el redoble de su carcajada báquica, dejó caer la cabeza, muy descolorido, en
el pecho del marqués.

–¿Lo ven ustedes? –gritó Julián, angustiadísimo–. Es
muy chiquito para beber así, y va a ponerse malo. Estas
cosas no son para criaturas.

–¡Bah! –intervino Primitivo–. ¿Piensa que el rapaz no
puede con lo que tiene dentro? ¡Con eso y con otro tanto!
Y si no, verá.

A su vez, tomó en brazos al niño, y, mojando en agua

fresca los dedos, se los pasó por las sienes. Perucho abrió los párpados, miró a su alrededor con asombro, y su cara se sonroseó.

–¿Qué tal? –le preguntó Primitivo–. ¿Hay ánimos para otra *pinguita* de tostado?

Volvióse Perucho hacia la botella, y luego, como instintivamente, dijo que no con la cabeza, sacudiendo la poblada zalea de sus rizos. No era Primitivo hombre de darse por vencido tan fácilmente: sepultó la mano en el bolsillo del pantalón y sacó una moneda de cobre.

–De ese modo... –refunfuñó el abad.

–No seas bárbaro, Primitivo –murmuró el marqués, entre placentero y grave.

–¡Por Dios y por la Virgen! –imploró Julián–. ¡Van a matar a esa criatura! Hombre, no se empeñe en emborrachar al niño; es un pecado, un pecado tan grande como otro cualquiera. ¡No se pueden presenciar ciertas cosas!

Al protestar, Julián se había incorporado, encendido de indignación, echando a un lado su mansedumbre y timidez congénitas. Primitivo, en pie también, mas sin soltar a Perucho, miró al capellán fría y socarronamente, con el desdén de los tenaces por los que se exaltan un momento. Y metiendo en la mano del niño la moneda de cobre y entre sus labios la botella destapada y terciada aún de vino, la inclinó y la mantuvo así hasta que todo el licor pasó al estómago de Perucho. Retirada la botella, los ojos del niño se cerraron, se aflojaron sus brazos, y no ya descolorido, sino con la palidez de la muerte en el rostro, hubiera caído redondo sobre la mesa, a no sostenerle Primitivo. El marqués, un tanto serio, empezó a inundar de agua fría la frente y los pulsos del niño; Sabel se acercó y ayudó también a la aspersión; todo inútil: lo que es por esta vez, Perucho «la tenía».

–Como un pellejo –gruñó el abad.

–Como una cuba –murmuró el marqués–. A la cama con él en seguida. Que duerma, y mañana estará más fresco que una lechuga. Esto no es nada.

Sabel se acercó cargada con el niño, cuyas piernas se balanceaban inertes a cada movimiento de su madre. La cena se acabó menos bulliciosa de lo que empezara: Primitivo hablaba poco, y Julián había enmudecido por completo. Cuando terminó el convite y se pensó en dormir, reapareció Sabel armada de un velón de aceite, de tres mecheros, con el cual fue alumbrando por la ancha escalera de piedra que conducía al piso alto y ascendía a la torre en rápido caracol.

Era grande la habitación destinada a Julián, y la luz del velón apenas disipaba las tinieblas, de entre las cuales no se destacaba más que la blancura del lecho. A la puerta del cuarto se despidió del marqués, deseándole buenas noches, y añadiendo con brusca cordialidad:

–Mañana tendrá usted su equipaje... Ya irán a Cebre por él... ¡Ea!, descansar, mientras yo echo de casa al abad de Ulloa... Está un poco..., ¿eh? ¡Dificulto que no caiga en el camino y no pase la noche al abrigo de un vallado!

Solo ya, sacó Julián de entre la camisa y el chaleco una estampa grabada, con marco de lentejuela, que representaba a la Virgen del Carmen, y la colocó de pie sobre la mesa, donde Sabel acababa de depositar el velón. Arrodillóse, y rezó la media corona, contando por los dedos de la mano cada diez. Pero el molimiento del cuerpo le hacía apetecer las gruesas y frescas sábanas, y omitió la letanía, los actos de fe y algún padrenuestro. Desnudóse honestamente, colocando la ropa en una silla a medida que se la quitaba, y apagó el velón antes de echarse. Entonces empezaron a danzar en su fantasía los sucesos todos de la jornada: el caballejo, que estuvo a punto de hacerle besar el suelo; la cruz negra, que le causó escalofríos; pero, sobre todo la cena, la bulla, el niño borracho. Juzgando a las gentes con quienes había trabado conocimiento en pocas horas, se le figuraba Sabel provocativa; Primitivo, insolente; el abad de Ulloa, sobrado bebedor y nimiamente amigo de la caza; los perros, excesivamente atendidos, y en cuanto al marqués... En cuanto al marqués, Julián recordaba unas palabras del señor De la Lage:

–Encontrará usted a mi sobrino bastante adocenado... La aldea, cuando se cría uno en ella y no sale de ella jamás, envilece, empobrece y embrutece.

Y casi al punto mismo en que acudió a su memoria tan severo dictamen, arrepintióse el capellán, sintiendo cierta penosa inquietud que no podía vencer. ¿Quién le mandaba formar juicios temerarios? Él venía allí para decir misa y ayudar al marqués en la administración, no para fallar acerca de su conducta y su carácter... Conque... a dormir...

Capítulo 3

Despertó Julián cuando entraba de lleno en la habitación un sol de otoño, dorado y apacible. Mientras se vestía, examinaba la estancia con algún detenimiento. Era vastísima, sin cielo raso; alumbrábanla tres ventanas guarnecidas de anchos poyos y de vidrieras, faltosas de vidrios cuanto abastecidas de remiendos de papel pegados con obleas.

Los muebles no pecaban de suntuosos ni de abundantes, y en todos los rincones permanecían señales evidentes de los hábitos del último inquilino, hoy abad de Ulloa, y antes capellán del marqués; puntas de cigarros adheridas al piso, dos pares de botas, inservibles, en un rincón; sobre la mesa, un paquete de pólvora, y en un poyo varios objetos cinegéticos, gayolas (jaulas) para codornices, collares de perros, una piel de conejo mal curtida y peor oliente. Amén de estas reliquias, entre las vigas pendían pálidas telarañas, y por todas partes descansaba tranquilamente el polvo, enseñoreado allí desde tiempo inmemorial.

Miraba Julián las huellas de la incuria de su antecesor, y, sin querer acusarle ni tratarle en sus adentros de cochi-

no, el caso es que tanta porquería y rusticidad le infundían grandes deseos de primor y limpieza, una aspiración a la pulcritud en la vida como a la pureza en el alma.
Julián pertenecía a la falange de los pacatos, que tienen la
virtud espantadiza, con repulgos de monja y pudores de
doncella intacta. No habiéndose descosido jamás de las
faldas de su madre sino para asistir a cátedra en el seminario, sabía de la vida lo que enseñan los libros piadosos.
Los demás seminaristas le llamaban *San Julián,* añadiendo que sólo le faltaba la palomita en la mano. Ignoraba
cuándo pudo venirle la vocación; tal vez su madre, ama
de llaves de los señores De la Lage, mujer que pasaba por
beatona, le empujó suavemente, desde la más tierna edad,
hacia la Iglesia, y él se dejó llevar de buen grado. Lo cierto
es que de niño jugaba a cantar misa, y de grande no paró
hasta conseguirlo. La continencia le fue fácil, casi insensible, por lo mismo que la guardó incólume, pues sienten
los moralistas que es más hacedero no pecar una vez que
pecar una sola. A Julián le ayudaba en su triunfo, amén de
la gracia de Dios, que él solicitaba muy de veras, la ende-
blez de su temperamento linfático-nervioso, puramente
femenino, sin ardores ni rebeldías, propenso a la ternura,
dulce y benigno como las propias malvas, pero no exento
en ocasiones de esas energías súbitas que también se ob-
servan en la mujer, el ser que posee menos fuerza en estado normal y más cantidad de ella desarrolla en las crisis
convulsivas. Julián, por su compostura y hábitos de pulcritud –aprendidos de su madre, que le sahumaba toda la
ropa con espliego y le ponía entre cada par de calcetines
una manzana camuesa– cogió fama de seminarista *pollo,*
máxime cuando averiguaron que se lavaba mucho manos
y cara. En efecto, era así, y a no mediar ciertas ideas de de-
vota pudicia, él extendería las abluciones frecuentes al

resto del cuerpo, que procuraba traer lo más aseado posible.

El primer día de su estancia en los Pazos bien necesitaba chapuzarse un poco, quitándose el polvo de la carretera, que traía adherido a la piel; pero, sin duda, el actual abad de Ulloa consideraba artículo de lujo los enseres de tocador, pues no vio Julián por allí más que una palangana de hojalata, a la cual servía de palanganero el poyo. Ni jarra, ni toalla, ni jabón, ni cubo. Quedóse parado delante de la palangana, en mangas de camisa y sin saber qué hacer, hasta que, convencido de la imposibilidad de refrescarse con agua, quiso al menos tomar un baño de aire, y abrió la vidriera.

Lo que abarcaba su vista le dejó encantado. El valle ascendía en suave pendiente, extendiendo ante los Pazos toda la lozanía de su ladera más feraz. Viñas, castañares, campos de maíz granados o ya segados y tupidas robledas se escalonaban, subían trepando hasta un montecillo, cuya falda gris parecía al sol de un blanco plomizo. Al pie mismo de la torre, el huerto de los Pazos semejaba verde alfombra con cenefas amarillentas, en cuyo centro se engastaba la luna de un gran espejo, que no era sino la superficie del estanque. El aire, oxigenado y regenerador, penetraba en los pulmones de Julián, que sintió disiparse inmediatamente parte del vago terror que le infundía la gran casa solariega y lo que de sus moradores había visto. Como para renovarlo, entreoyó detrás de sí rumor de pisadas cautelosas, y, al volverse, vio a Sabel, que le presentaba con una mano platillo y jícara, y con la otra, en plato de peltre, un púlpito de agua fresca y una servilleta gorda muy doblada encima. Venía la moza arremangada hasta el codo, con el pelo alborotado, seco y volandero, del calor de la cama, sin duda; y a la luz del día se notaba más la frescura de su tez, muy blanca y como infiltrada de sangre. Julián se apresuró a ponerse el levitín, murmurando:

–Otra vez haga el favor de dar dos golpes en la puerta antes de entrar... Conforme estoy levantado, pudo cuadrar que estuviese en la cama todavía..., o vistiéndome.

Miróle Sabel de hito en hito, sin turbarse, y exclamó:

–Disimule, señor... Yo no sabía... El que no sabe, hace como el que no ve.

–Bien, bien... Yo quería decir misa antes de tomar el chocolate.

–Hoy no podrá, porque tiene la llave de la capilla el señor abad de Ulloa, y Dios sabe hasta qué horas dormirá, ni si habrá quién vaya allá por ella.

Julián contuvo un suspiro. ¡Dos días ya sin misar! Cabalmente, desde que era presbítero se había redoblado su fervor religioso, y sentía el entusiasmo juvenil del nuevo misacantano, conmovido aún por la impresión de la augusta investidura; de suerte que celebraba el sacrificio esmerándose en perfilar la menor ceremonia, temblando cuando alzaba, anonadándose cuando consumía, siempre con recogimiento indecible. En fin: si no había remedio...

–Ponga el chocolate ahí –dijo a Sabel.

Mientras la moza ejecutaba esta orden, Julián alzaba los ojos al techo y los bajaba al piso, y tosía, tratando de buscar una fórmula, un modo discreto de explicarse.

–¿Hace mucho que no duerme en este cuarto el señor abad?

–Poco... Hará dos semanas que bajó a la parroquia.

–¡Ah!... Por eso... Esto está algo... sucio, ¿no le parece? Sería bueno barrer... y pasar también la escoba por entre las vigas.

Sabel se encogió de hombros.

–El señor abad no me mandó nunca que le barriese el cuarto.

–Pues, francamente, la limpieza es una cosa que a todo el mundo gusta.

–Sí, señor; ya se sabe... No pase cuidado, que yo lo arreglaré muy arregladito.

Lo pronunció con tanta sumisión, que Julián, a su vez, quiso mostrarle un poco de caritativo interés.

–¿Y el niño? –preguntó–. ¿No le hizo mal lo de ayer?

–No, señor... Durmió como un *santiño* y ya anda corriendo por la huerta. ¿Ve? Allí está.

Mirando por la abierta ventana, y haciéndose una pantalla con la mano, Julián divisó a Perucho, que, sin sombrero, con la cabeza al sol, arrojaba piedras al estanque.

–Lo que no sucede en un año sucede en un día, Sabel –advirtió gravemente el capellán–. No debe consentir que le emborrachen al chiquillo; es un vicio muy feo hasta en los grandes, cuanto más en un inocente así. ¿Para qué le aguanta a Primitivo que le dé tanta bebida? Es obligación de usted el impedirlo.

Sabel fijaba pesadamente en Julián sus azules pupilas, siendo imposible discernir en ellas el menor relámpago de inteligencia o de convencimiento. Al fin articuló con pausa:

–Yo qué quiere que haga... No me voy a reponer contra mi señor padre.

Julián calló un momento, atónito. ¡De modo que quien había embriagado a la criatura era su propio abuelo! No supo replicar nada oportuno, ni siquiera lanzar una exclamación de censura. Llevóse la taza a la boca para encubrir la turbación, y Sabel, creyendo terminado el coloquio, se retiraba despacio, cuando el capellán le dirigió una pregunta más:

–¿El señor marqués anda ya levantado?

–Sí, señor... Debe estar por la huerta o por los alpendres.

–Haga el favor de llevarme allí –dijo Julián, levantándose y limpiándose apresuradamente los labios sin desdoblar la servilleta.

Antes de dar con el marqués recorrieron el capellán y su guía todo el huerto. Aquella vasta extensión de terreno había sido en otro tiempo cultivada con primor y engalanada con los adornos de la jardinería simétrica y geométrica cuya moda nos vino de Francia. De todo lo cual apenas quedaban vestigios; las armas de la casa, trazadas con mirto en el suelo, eran ahora intrincado matorral de bojes, donde ni la vista más lince distinguiría rastro de los lobos, pinos, torres almenadas, roeles y otros emblemas que campeaban en el preclaro blasón de los Ulloas; y sin embargo, persistía en la confusa masa no sé qué aire de cosa plantada con estudio y con arte. El borde de piedra del estanque estaba semiderruido, y las gruesas bolas de granito que lo guarnecían andaban rodando por la hierba, verdosas de musgo, esparcidas aquí y acullá como gigantescos proyectiles en algún desierto campo de batalla. Obstruido por el limo, el estanque parecía charca fangosa, acrecentando el aspecto de descuido y abandono de la huerta, donde los que ayer fueron cenadores y bancos rústicos se habían convertido en rincones poblados de maleza, y los tablares de hortaliza, en sembrados de maíz, a cuya orilla, como tenaz reminiscencia del pasado, crecían libres, espinosos y desparramados, algunos rosales de variedad selecta, que iban a besar con sus ramas más altas la copa del ciruelo o peral que tenían enfrente. Por entre estos residuos de pasada grandeza andaba el último vástago de los Ulloas, con las manos en los bolsillos, silbando distraídamente como quien no sabe qué hacer del tiempo. La presencia de Julián le dio la solución del problema. Señorito y capellán emparejaron, y, alabando la hermosura del día, acabaron de visitar el huerto al pormenor, y aun alargaron el paseo hasta el soto y los robledales que limitaban, hacia la parte norte, la extensa posesión del marqués. Julián abría mucho los ojos, deseando que por ellos le entrase de sopetón toda la ciencia rústica, a fin de entender bien las explicaciones relativas a la calidad del terreno o al desarrollo del arbolado; pero, acostumbrado a la vida claustral del seminario y de la metrópoli compostelana, la Naturaleza le parecía difícil de comprender, y casi le infundía temor por la vital impetuosidad que sentía palpitar en ella, en el espesor de los matorrales, en el áspero vigor de los troncos, en la fertilidad de los frutales, en la picante pureza del aire libre. Exclamó con desconsuelo sincerísimo:

–Yo confieso la verdad, señorito... De estas cosas de aldea, no entiendo jota.

–Vamos a ver la casa –indicó el señor de Ulloa–. Es la más grande del país –añadió con orgullo.

Mudaron de rumbo, dirigiéndose al enorme caserón, donde penetraron por la puerta que daba al huerto, y habiendo recorrido el claustro, formado por arcadas de sillería, cruzaron varios salones con destartalado moblaje, sin vidrios en las vidrieras, cuyas descoloridas pinturas maltratara la humedad, no siendo más clemente la polilla con el maderaje del piso. Pararon en una habitación relativamente chica, con ventana de reja, donde las negras vigas del techo semejaban remotísimas, y asombraban la vista grandes estanterías de castaño sin barnizar, que en vez de cristales tenían enrejado de alambre grueso. Decoraba tan tétrica pieza una mesa-escritorio, y sobre ella, un tintero de cuerno, un viejísimo bade de suela, no sé cuántas plumas de ganso y una caja de obleas vacía.

Las estanterías entreabiertas dejaban asomar legajos y protocolos en abundancia; por el suelo, en las dos sillas de baqueta, encima de la mesa, en el alféizar mismo de la enrejada ventana, había más papeles, más legajos, amarillentos, vetustos, carcomidos, arrugados y rotos; tanta papelería exhalaba un olor a humedad, a rancio, que cosquilleaba en la garganta desagradablemente.

El marqués de Ulloa, deteniéndose en el umbral y con cierta expresión solemne, pronunció:

–El archivo de la casa.

Desocupó en seguida las sillas de cuero, y explicó muy acalorado que aquello estaba revueltísimo –aclaración de todo punto innecesaria–, y que semejante desorden se debía al descuido de un fray Venancio, administrador de su padre, y del actual abad de Ulloa, en cuyas manos pecadoras había venido el archivo a parar en lo que Julián veía.

–Pues así no se puede seguir –exclamaba el capellán–. ¡Papeles de importancia tratados de este modo! Hasta es muy fácil que alguno se pierda.

–¡Naturalmente! Dios sabe los desperfectos que ya me habrán causado, y cómo andará todo, porque yo ni mirarlo quiero... Esto es lo que usted ve: ¡un desastre, una perdición! ¡Mire usted..., mire usted lo que tiene ahí a sus pies! ¡Debajo de una bota!

Julián levantó el pie, muy asustado, y el marqués se bajó, recogiendo del suelo un libro delgadísimo, encuadernado en badana verde, del cual pendía rodado sello de plomo. Tomólo Julián con respeto, y al abrirlo, sobre la primer hoja de vitela, se destacó una soberbia miniatura heráldica, de colores vivos y frescos a despecho de los años.

–¡Una ejecutoria de nobleza! –declaró el señorito gravemente.

Por medio de su pañuelo doblado, la limpiaba Julián del moho, tocándola con manos delicadas. Desde niño le había enseñado su madre a reverenciar la sangre ilustre, y aquel pergamino escrito con tinta roja, miniado, dorado, le parecía cosa muy venerable, digna de compasión por haber sido pisoteada, hollada bajo la suela de sus botas. Como el señorito permanecía serio, de codos en la mesa, las manos cruzadas bajo la barba, otras palabras del señor De la Lage acudieron a la memoria del capellán: «Todo eso de la casa de mi sobrino debe de ser un desbarajuste... Haría usted una obra de caridad si lo arreglase un poco.» La verdad es que él no entendía gran cosa de papelotes; pero con buena voluntad y cachaza...

–Señorito –murmuró–, ¿y por qué no nos dedicamos a ordenar esto como Dios manda? Entre usted y yo, mal sería que no acertásemos. Mire usted: primero apartamos lo moderno de lo antiguo; de lo que esté muy estropeado se podría sacar copia; lo roto se pega con cuidadito con unas tiras de papel transparente...

El proyecto le pareció al señorito de perlas. Convinieron en ponerse al trabajo desde la mañana siguiente. Quiso la desgracia que al otro día Primitivo descubriese en un maizal próximo un bando entero de perdices entretenido en comerse la espiga madura. Y el marqués se terció la carabina y dejó para siempre jamás amén a su capellán bregar con los documentos.

Capítulo 4

Y el capellán lidió con ellos a brazo partido, sin tregua, tres o cuatro horas todas las mañanas. Primero limpió, sacudió, planchó, sirviéndose de la palma de la mano; pegó papelitos de cigarro, a fin de juntar los pedazos rotos de alguna escritura. Parecíale estar desempolvando, encolando y poniendo en orden la misma casa de Ulloa, que iba a salir de sus manos hecha una plata. La tarea, en apariencia fácil, no dejaba de ser enfadosa para el aseado presbítero: le sofocaba una atmósfera de mohosa humedad; cuando alzaba un montón de papeles depositado desde tiempo inmemorial en el suelo, caía a veces la mitad de los documentos hecha añicos por el diente menudo e incansable del ratón; las polillas, que parecen polvo organizado y volante, agitaban sus alas y se le metían por entre la ropa; las correderas, perseguidas en sus más secretos asilos, salían ciegas de furor o de miedo, obligándole, no sin gran repugnancia, a despachurrarlas con los tacones, tapándose los oídos para no percibir el «¡chac!» estremecedor que produce el cuerpo estrujado del insecto; las arañas, columpiando su hidrópica panza sobre sus descomunales zancos, solían ser más listas y refugiarse prontísimamente en los rincones oscuros, a donde las guía misterioso instinto estratégico.

De tanto asqueroso bicho, tal vez el que más repugnaba a Julián era una especie de lombriz o gusano de humedad, frío y negro, que se encontraba siempre inmóvil y hecho una rosca debajo de los papeles, y al tocarlo producía la sensación de un trozo de hielo blando y pegajoso.

Al cabo, a fuerza de paciencia y resolución, triunfó Julián en su batalla con aquellas alimañas impertinentes, y en los estantes, ya despejados, fueron alineándose los documentos, ocupando, por efecto milagroso del buen orden, la mitad menos que antes, y cabiendo donde no cupieron jamás. Tres o cuatro ejecutorias, todas con su colgante de plomo, quedaron apartadas, envueltas en paños limpios. Todo estaba arreglado ya, excepto un tramo de la estantería donde Julián columbró los lomos oscuros, fileteados de oro, de algunos libros antiguos. Era la biblioteca de un Ulloa, un Ulloa de principios del siglo; Julián extendió la mano, cogió un tomo al azar, lo abrió, leyó la portada...: «*La Henriada*, poema francés, puesto en verso español; su autor, el señor de Voltaire...» Volvió a su sitio el volumen, con los labios contraídos y los ojos bajos, como siempre que algo le hería o escandalizaba; no era en extremo intolerante; pero lo que es a Voltaire, de buena gana le haría lo que a las cucarachas; no obstante, limitóse a condenar la biblioteca, a no pasar ni un mal paño por el lomo de los libros; de suerte que polillas, gusanos y arañas, acosadas en todas partes, hallaron refugio a la sombra del risueño Arouet y su enemigo el sentimental Juan Jacobo, que también dormía allí sosegadamente desde los años de 1816.

No era tortas y pan pintado la limpieza material del archivo; sin embargo, la verdadera obra de romanos fue la

clasificación. «¡Aquí te quiero!», parecían decir los papelotes, así que Julián intentaba separarlos. Un embrollo,
una madeja sin cabo, un laberinto sin hilo conductor. No
existía faro que pudiese guiar por el piélago insondable:
ni libros becerros, ni estados, ni nada: los únicos documentos que encontró fueron dos cuadernos mugrientos
y apestando a tabaco, donde su antecesor el abad de Ulloa
apuntaba los nombres de los pagadores y arrendatarios
de la casa, y al margen, con un signo inteligible para él
solo, o con palabras más enigmáticas aún, el balance de
sus pagos. Los unos tenían una cruz; los otros, un garabato; los de más allá una llamada, y los menos, las frases «no
paga», «pagará», «va pagando», «ya pagó». ¿Qué signifi-
caban, pues, el garabato y la cruz? Misterio insondable. En
una misma página se mezclaban gastos e ingresos: aquí
aparecía Fulano como deudor insolvente, y dos renglones
más abajo, como acreedor por jornales. Julián sacó del libro del abad una jaqueca tremebunda. Bendijo la memoria de fray Venancio, que, más radical, no dejara ni rastro
de cuentas, ni el menor comprobante de su larga gestión.

Había puesto Julián manos a la obra con sumo celo,
creyendo no le sería imposible orientarse en semejante
caos de papeles. Se desojaba para entender la letra antigua y las enrevesadas rúbricas de las escrituras; quería al
menos separar lo correspondiente a cada uno de los tres
o cuatro principales partidos de renta con que contaba la
casa, y se asombraba de que para cobrar tan poco dinero,
tan mezquinas cantidades de centeno y trigo, se necesita-
se tanto fárrago de papelotes, tanta documentación indi-
gesta. Perdíase en un dédalo de foros y subforos, prorra-
teos, censos, pensiones, vinculaciones, cartas dotales,
diezmos, tercios, pleitecillos menudos de atrasos, y plei-
tazos gordos de partijas. A cada paso se le confundía más

en la cabeza toda aquella papelería trasconejada; si las obras de reparación, como poner carpetas de papel fuerte y blanco a las escrituras que se deshacían de puro viejas, le eran ya fáciles, no así el conocimiento científico de los malditos papelorios, indescifrables para quien no tuviese lecciones y práctica. Ya desalentado, se lo confesó al marqués:

–Señorito, yo no salgo del paso... Aquí convenía un abogado, una persona entendida.

–Sí, sí; hace mucho tiempo que lo pienso yo también.... Es indispensable tomar mano de eso, porque la documentación debe andar perdida... ¿Cómo la ha encontrado usted? ¿Hecha una lástima? Apuesto que sí.

Dijo esto el marqués con aquella entonación vehemente y sombría que adoptaba al tratar de sus propios asuntos, por insignificantes que fuesen; y mientras hablaba, entretenía las manos ciñendo su collar de cascabeles a la *Chula,* con la cual iba a salir a matar unas codornices.

–Sí, señor... –murmuró Julián–. No está nada bien, no... Pero la persona acostumbrada a estas cosas se desenreda de ellas de un soplo... Y tiene que venir pronto quien sea, porque los papeles no ganan así.

La verdad era que el archivo había producido en el alma de Julián la misma impresión que toda la casa: la de una ruina, ruina vasta y amenazadora, que representaba algo grande en lo pasado, pero en la actualidad se desmoronaba a toda prisa. Era esto en Julián aprensión no razonada, que se transformaría en convicción si conociese bien algunos antecedentes de familia del marqués.

Don Pedro Moscoso de Cabreira y Pardo de la Lage quedó huérfano de padre muy niño aún. A no ser por semejante desgracia, acaso hubiera tenido carrera: los Moscosos conservaban, desde el abuelo afrancesado, enciclopedista y francmasón que se permitía leer al «señor de Voltaire», cierta tradición de cultura trasañeja, medio extinguida ya, pero suficiente todavía para empujar a un Moscoso a los bancos del aula. En los Pardos de la Lage era, al contrario, axiomático que más vale asno vivo que doctor muerto. Vivían entonces los Pardos su casa solariega, no muy distante de la de Ulloa; al enviudar la madre de don Pedro, el mayorazgo De la Lage iba a casarse en Santiago con una señorita de distinción, trasladando sus reales al pueblo; y don Gabriel, el segundón, se vino a los Pazos de Ulloa, para acompañar a su hermana, según decía, y servirle de amparo; en realidad, afirmaban los maldicientes, para disfrutar a su talante las rentas del cuñado difunto. Lo cierto es que don Gabriel en poco tiempo asumió el mando de la casa: él descubrió y propuso para administrador a aquel bendito exclaustrado fray Venancio, medio chocho desde la exclaustración, medio idiota de nacimiento ya, a cuya sombra pudo manejar a su gusto la hacienda del sobrino, desempeñando la tutela. Una de las habilidades de don Gabriel fue hacer partijas con su hermana, cogiéndole mañosamente casi toda su legítima, despojo a que asintió la pobre señora, absolutamente inepta en materia de negocios, hábil sólo para ahorrar el dinero que guardaba con sórdida avaricia, y que tuvo la imprudente niñería de ir poniendo en onzas de oro de las más antiguas, de premio. Cortos eran los réditos del caudal de Moscoso que no se deslizaban de entre los dedos temblones de fray Venancio a las robustas palmas del tutor; pero si lograban pasar a las de doña Micaela, ya no salían de allí sino en forma de peluconas, camino de cierto escondrijo misterioso, acerca del cual iba poco a poco formándose una leyenda en el país. Mientras la madre atesoraba, don Gabriel educaba al sobrino a su imagen y semejanza, llevándole consigo a ferias, cazatas, francachelas rústicas y acaso distracciones menos inocentes, y enseñándole, como decían allí, a cazar la perdiz blanca y el chico adoraba en aquel tío jovial, vigoroso y resuelto, diestro en los ejercicios corporales, groseramente chistoso, como todos los De la Lage, en las sobremesas; especie de señor feudal acatado en el país, que enseñaba prácticamente al heredero de los Ulloas el desprecio de la humanidad y el abuso de la fuerza. Un día que tío y sobrino se deportaban, según costumbre, a cuatro o seis leguas de distancia de los Pazos, habiéndose llevado consigo al criado y al mozo de cuadra, a las cuatro de la tarde, y estando abiertas todas las puertas del caserón solariego, se presentó en él una gavilla de veinte hombres enmascarados o tiznados de carbón, que maniataron y amordazaron a la criada, hicieron echarse boca abajo a fray Venancio, y apoderándose de doña Micaela, le intimaron que enseñase el escondrijo de las onzas; y como la señora se negase, después de abofetearla, empezaron a mecharla con la punta de una navaja, mientras unos cuantos proponían que se calentase aceite para freírle los pies. Así que le acribillaron un brazo y un pecho, pidió compasión, y descubrió, debajo de un arca enorme, el famoso escondrijo, trampa hábilmente disimulada por medio de una tabla igual a las demás del piso, pero que subía y bajaba a voluntad. Recogieron los ladrones las hermosas medallas, apoderándose también de la plata labrada que hallaron a mano, y se retiraron de los Pazos a las seis, antes que anocheciese del todo. Algún labrador o jornalero los vio salir; pero ¿qué había de hacer? Eran veinte, bien armados con escopetas, pistolas y trabucos.

Fray Venancio, que sólo había recibido tal cual puntapié o puñada despreciativa, no necesitó más pasaporte para irse al otro mundo, de puro miedo, en una semana; la señora se apresuró menos; pero, como suele decirse, no levantó cabeza, y de allí a pocos meses una apoplejía serosa le impidió seguir guardando onzas en un agujero mejor disimulado. Del robo se habló largo tiempo en el país, y corrieron rumores muy extraños: se afirmó que los criminales no eran bandidos de profesión, sino gentes conocidas y acomodadas, alguna de las cuales desempeñaba cargo público, y entre ellas se contaban personas relacionadas de antiguo con la familia de Ulloa, que, por tanto, estaban al corriente de las costumbres de la casa, de los días en que se quedaba sin hombres y de la insaciable constancia de doña Micaela en recoger y conservar la más valiosa moneda de oro. Fuese lo que fuese, la justicia no descubrió a los autores del delito, y don Pedro quedó en breve sin otro pariente que su tío Gabriel. Éste buscó para el sitio de fray Venancio a un sacerdote brusco, gran cazador, incapaz de morirse de miedo ante los ladrones. Desde tiempo atrás los ayudaba en sus expediciones cinegéticas Primitivo, la mejor escopeta furtiva del país, la puntería más certera, y el padre de la moza más guapa que se encontraba en diez leguas a la redonda. El fallecimiento de doña Micaela permitió que la hija y el padre se instalasen en los Pazos, ella a título de criada, él a título de... montero mayor, diríamos hace siglos; hoy no hay nombre adecuado para el empleo. Don Gabriel los tenía muy a raya a entrambos, olfateando en Primitivo un riesgo serio para su influencia; pero tres o cuatro años después de la muerte de su hermana, don Gabriel sufrió ataques de gota que pusieron en peligro su vida, y entonces se divulgó lo que ya se susurraba acerca de su casamiento secreto con la hija del carcelero de Cebre. El hidalgo se trasladó a vivir, mejor dicho, a rabiar, en la villita; otorgó testamento, legando a tres hijos que tenía sus bienes y caudal, sin dejar al sobrino don Pedro ni el reloj en memoria; y habiéndole subido la gota al corazón, entregó su alma a Dios de malísima gana; con lo cual hallóse el último de los Moscosos dueño de sí por completo.

Gracias a todas estas vicisitudes, socaliñas y pellizcos, la casa de Ulloa, a pesar de poseer dos o tres decentes núcleos de renta, estaba enmarañada y desangrada; era lo que presumía Julián: una ruina. Dada la complicación de la red, la subdivisión atomística que caracteriza a la propiedad gallega, un poco de descuido o mala administración basta para minar los cimientos de la más importante hacienda territorial. La necesidad de pagar ciertos censos atrasados y sus intereses había sido causa de que la casa se gravase con una hipoteca no muy cuantiosa; pero la hipoteca es como un cáncer: empieza atacando un punto del organismo y acaba por inficionarlo todo. Con motivo de los susodichos censos, el señorito buscó asiduamente las onzas del nuevo escondite de su madre; tiempo perdido; o la señora no había atesorado más desde el robo, o lo había ocultado tan bien, que no diera con ello el mismo diablo.

La vista de tal hipoteca contristó a Julián, pues el buen clérigo empezaba a sentir la adhesión especial de los capellanes por las casas nobles en que entran; pero más le llenó de confusión encontrar, entre los papelotes, la documentación relativa a un pleitecillo de partijas, sostenido por don Alberto Moscoso, padre de don Pedro, con... el marqués de Ulloa.

Porque ya es hora de decir que el marqués de Ulloa auténtico y legal, el que consta en la *Guía de forasteros*, se paseaba tranquilamente en carretela por la Castellana durante el invierno de 1866 a 1867, mientras Julián exterminaba correderas en el archivo de los Pazos. Bien ajeno estaría él de que el título de nobleza, por cuya carta de sucesión había pagado religiosamente su impuesto de «lanzas y medias anatas», lo disfrutaba gratis un pariente suyo en un rincón de Galicia. Verdad que al legítimo marqués de Ulloa, que era grande de España de primera clase, duque de algo, marqués tres veces y conde dos lo menos, nadie le conocía en Madrid sino por el ducado, por aquello de que «baza mayor quita menor», aun cuando el título de Ulloa, radicado en el claro solar de Cabreira de Portugal, pudiese ganar en antigüedad y estimación a los más eminentes. Al pasar a una rama colateral la hacienda de los Pazos de Ulloa, fue el marquesado a donde correspondía por rigurosa agnación; pero los aldeanos, que no entienden de agnaciones, hechos a que los Pazos de Ulloa diesen nombre al título, siguieron llamando marqueses a los dueños de la gran huronera. Los señores de los Pazos no protestaban: eran marqueses por derecho consuetudinario; y cuando un labrador, en un camino hondo, se descubría respetuosamente ante don Pedro, murmurando: «Vaya usía muy dichoso, señor marqués», don Pedro sentía un grato cosquilleo en la epidermis de la vanidad, y contestaba con voz sonora: «Felices tardes».

Capítulo 5

Del famoso arreglo del archivo sacó Julián los pies fríos y la cabeza caliente; él bien quisiera despabilarse, aplicar prácticamente las nociones adquiridas acerca del estado de la casa, para empezar a ejercer con inteligencia sus funciones de administrador, mas no acertaba, no podía; su inexperiencia en cosas rurales y jurídicas se traslucía a cada paso. Trataba de estudiar el mecanismo interior de los pazos; tomábase el trabajo de ir a los establos, a las cuadras, de enterarse de los cultivos, de visitar la granera, el horno, los hórreos, las eras, las bodegas, los alpendres, cada dependencia y cada rincón; de preguntar para qué servía esto y aquello y lo de más allá, y cuánto costaba y a cómo se vendía; labor inútil, pues olfateando por todas partes abusos y desórdenes, no conseguía nunca, por su carencia de malicia y de «gramática parda», poner el dedo sobre ellos y remediarlos. El señorito no le acompañaba en semejantes excursiones: harto tenía que hacer con ferias, caza y visitas a gentes de Cebre o del señorío montañés, de suerte que el guía de Julián era Primitivo. Guía pesimista, si los hay. Cada reforma que Julián quería implantar, la calificaba de imposible, encogiéndose de hombros; cada superfluidad que intentaba suprimir, la declaraba el cazador indispensable al buen servicio de la casa. Ante el celo de Julián surgían montones de dificultades menudas, impidiéndole realizar ninguna modificación útil. Y lo más alarmante era observar la encubierta, pero real, omnipotencia de Primitivo. Mozos, colonos, jornaleros y hasta el ganado en los establos, parecía estarle supeditado y propicio; el respeto adulador con que trataban al señorito; el saludo, mitad desdeñoso y mitad indiferente, que dirigían al capellán, se convertía en sumisión absoluta hacia Primitivo, no manifestada por fórmulas exteriores, sino por el acatamiento instantáneo de su voluntad, indicada a veces con sólo el mirar directo y frío de sus ojuelos sin pestañas.

Y Julián se sentía humillado en presencia de un hombre que mandaba allí como indiscutible autócrata, desde su ambiguo puesto de criado con ribetes de mayordomo. Sentía pesar sobre su alma la ojeada escrutadora de Primitivo, que avizoraba sus menores actos y estudiaba su rostro, sin duda para averiguar el lado vulnerable de aquel presbítero, desinteresado, que apartaba los ojos de las jornaleras garridas. Tal vez la filosofía de Primitivo era que no hay hombre sin vicio, y no había de ser Julián la excepción.

Corría entre tanto el invierno, y el capellán se habituaba a la vida campestre. El aire vivo y puro le abría el apetito; no sentía ya las efusiones de devoción que al principio, y sí una especie de caridad humana que le llevaba a interesarse en lo que veía a su alrededor, especialmente los niños y los irracionales, con quienes desahogaba su instintiva ternura. Aumentábase su compasión hacia Perucho, el rapaz embriagado por su propio abuelo; le dolía verle revolcarse constantemente en el lodo del patio, pasarse el día hundido en el estiércol de las cuadras, jugando con los becerros, mamando del pezón de las vacas leche caliente o durmiendo en el herbal, entre la hierba destinada al pienso de la borrica; y determinó consagrar algunas horas de las largas noches de invierno a enseñar al chiquillo el abecedario, la doctrina y los números. Para realizarlo, se acomodaba en la vasta mesa, no lejos del fuego del hogar, cebado por Sabel con gruesos troncos, y cogiendo al niño en sus rodillas, a la luz del triple mechero del velón, le iba guiando pacientemente el dedo sobre el silabario, repitiendo la monótona salmodia por donde empieza a saber: «be-a, ba; be-e, be; be-i, bi...»; el chico se deshacía en bostezos enormes, en muecas risibles, en momos de llanto, en chillidos de estornino preso; se acorazaba, se defendía contra la ciencia de todas las maneras imaginables, pateando, gruñendo, escondiendo la cara, escurriéndose al menor descuido del profesor, para ocultarse en cualquier rincón o volverse al tibio abrigo del establo.

En aquel tiempo frío, la cocina se convertía en tertulia, casi exclusivamente compuesta de mujeres. Descalzas y pisando de lado, como recelosas, iban entrando algunas, con la cabeza resguardada por una especie de mandilón de picote; muchas gemían de gusto al acercarse a la deleitable llama; otras, tomando de la cintura el huso y el copo de lino, hilaban después de haberse calentado las manos, o, sacando del bolsillo castañas, las ponían a asar entre el rescoldo; y todas, empezando por cuchichear bajito, acababan por charlotear como urracas. Era Sabel la reina de aquella pequeña corte; sofocada por la llama, con los brazos arremangados, los ojos húmedos, recibía el incienso de las adulaciones, hundía el cucharón de hierro en el pote, llenaba cuencos de caldo, y al punto una mujer desaparecía del círculo, refugiándose en la esquina o en un banco, donde se la oía mascar ansiosamente, soplar el hirviente bodrio y lengüetear contra la cuchara. Noches había en que no se daba la moza punto de reposo en colmar tazas ni las mujeres en entrar, comer y marcharse para dejar a otras el sitio; allí desfilaba, sin duda, como en mesón barato, la parroquia entera. Al salir cogían aparte a Sabel, y si el capellán no estuviese tan distraído con su rebelde alumno, vería algún trozo de tocino, pan o lacón, rápidamente escondido en un justillo, o algún chorizo, cortado con prontitud de las ristras pendientes de la chimenea, que no menos velozmente pasaba a las faltriqueras. La última tertuliana que se quedaba, la que secreteaba más tiempo y más íntimamente con Sabel, era la vieja de las greñas de estopa entrevista por Julián la noche de su llegada a los Pazos. Era imponente la fealdad de la bruja: tenía las cejas canas, y de perfil le sobresalían, como también las cerdas de un lunar; el fuego hacía resaltar la blancura del pelo, el color atezado del rostro, y el enorme bocio o paperas que deformaba la garganta del modo más repulsivo. Mientras hablaba con la frescachona Sabel, la fantasía de un artista podía evocar los cuadros de tentaciones de San Antonio, en que aparecen juntas una asquerosa hechicera y una mujer hermosa y sensual, con pezuña de cabra.

Sin explicarse el porqué, empezó a desagradar a Julián la tertulia y las familiaridades de Sabel, que se le arrimaba continuamente, a pretexto de buscar en el cajón de la mesa un cuchillo, una taza, cualquier objeto indispensable. Cuando la aldeana fijaba en él sus ojos azules, anegados en caliente humedad, el capellán experimentaba malestar violento, comparable sólo al que le causaban los de Primitivo, que a menudo sorprendía clavados a hurtadillas en su rostro. Ignorando en qué fundar sus recelos, creía Julián que meditaban alguna asechanza. Era Primitivo, salvo tal cual momentáneo acceso de brusca y selvática alegría, hombre taciturno, a cuya faz de bronce asomaban rara vez los sentimientos; y, con todo eso, Julián se juzgaba blanco de hostilidad encubierta por parte del cazador; en rigor, ni hostilidad podía llamarse; más bien tenía algo de observación y acecho, la espera tranquila de una res a quien, sin odiarla, se desea cazar cuanto antes. Semejante actitud no podía definirse ni expresarse apenas. Julián se refugió en su cuarto, adonde hizo subir, medio a rastras, al niño para la lección acostumbrada. Así como así, el invierno había pasado, y el calor de la *lareira* no era apetecible ya.

En su habitación pudo el capellán notar, mejor que en la cocina, la escandalosa suciedad del angelote. Media pulgada de roña le cubría la piel, y en cuanto al cabello, dormían en él capas geológicas, estratificaciones en que entraba tierra, guijarros menudos, toda suerte de cuerpos extraños. Julián cogió a viva fuerza al niño, lo arrastró hacia el aguamanil, que ya tenía bien abastecido de jarras, toallas y jabón. Empezó a frotar. ¡María Santísima, y qué primer agua la que salió de aquella empecatada carita! Lejía pura, de la más turbia y espesa. Para el pelo fue preciso emplear aceite, pomada, agua a chorros, un batidor de gruesas púas, que desbrozasen la virgen selva. Al paso que adelantaba la faena, iban saliendo a la luz bellísimas facciones, dignas de un cincel antiguo, coloreadas con la pátina del sol y el aire; y los bucles, libres de estorbos, se colocaban artísticamente, como en una testa de Cupido, y descubrían su matiz castaño dorado, que acababa de entonar la figura. ¡Era pasmoso lo bonito que había hecho Dios a aquel muñeco!

Todos los días, que gritase o que se resignase el chiqui-

llo, Julián le lavaba así antes de la lección. Por respeto que
profesaba a la carne humana, no se atrevía a bañarle el
cuerpo, medida bien necesaria en verdad. Pero con los la-
vatorios y el carácter bondadoso de Julián, el diablillo iba
tomándose demasiadas confianzas, y no dejaba cosa con
vida en el cuarto. Su desaplicación, mayor a cada instante, desesperaba al pobre presbítero: la tinta le servía a Perucho para meter en ella la mano toda y plantarla después
sobre el silabario; la pluma, para arrancarle las barbas y
romperle el pico cazando moscas en los vidrios; el papel,
para rasgarlo en tiritas o hacer con él cucuruchos; las are-
nillas, para volverlas sobre la mesa y figurar con ellas
montes y collados, donde se complacía en producir cata-
clismos hundiendo el dedo de golpe. Además, revolvía la
cómoda de Julián, deshacía la cama brincando encima, y
un día llegó al extremo de prender fuego a las botas de su
profesor, llenándolas de fósforos encendidos.

Bien aguantaría Julián estas diabluras con la esperanza
de sacar algo en limpio de semejante hereje; pero se com-
plicaron con otra cosa bastante más desagradable: las idas
y venidas frecuentes de Sabel por su habitación. Siempre
encontraba la moza algún pretexto para subir: que se le
había olvidado recoger el servicio del chocolate; que se
le había *esquecido* mudar la toalla. Y se endiosaba y tar-
daba un buen rato en bajar, entreteniéndose en arreglar
cosas que no estaban revueltas, o poniéndose de pechos
en la ventana, muy risueña y campechanota, alardeando
de una confianza que Julián, cada día más reservado, no
autorizaba en manera alguna.

Una mañana entró Sabel a la hora de costumbre, con
las jarras de agua para las abluciones del presbítero, que,
al recibirlas, no pudo menos de reparar, en una rápida
ojeada, cómo la moza venía en justillo y enaguas, con la

camisa entreabierta, el pelo destrenzado y descalzos un pie y pierna blanquísimos, pues Sabel, que se calzaba siempre y no hacía más que la labor de la cocina, y ésa con mucha ayuda de criadas de campo y comadres, no tenía la piel curtida ni deformados los miembros. Julián retrocedió, y la jarra tembló en su mano, vertiéndose un chorro de agua por el piso.

–Cúbrase usted, mujer –murmuró con voz sofocada por la vergüenza–. No me traiga nunca el agua cuando esté así... Ése no es modo de presentarse a la gente.

–Me estaba peinando, y pensé que me llamaba... –respondió ella, sin alterarse, sin cruzar siquiera las palmas sobre el escote.

–Aunque la llamase, no era regular venir en ese traje... Otra vez que se esté peinando, que me suba el agua Cristóbal..., o la chica del ganado..., o cualquiera...

Y al pronunciar estas palabras, volvíase de espaldas para no ver más a Sabel, que se retiraba lentamente.

Desde aquel punto y hora, Julián se desvió de la muchacha como de un animal dañino e impúdico; no obstante, aún le parecía poco caritativo atribuir a malos fines su desaliño indecoroso, prefiriendo achacarlo a ignorancia y rudeza. Pero ella se había propuesto demostrar lo contrario. Poco tiempo iba transcurrido desde la severa reprimenda, cuando una tarde, mientras Julián leía tranquilamente la *Guía de Pecadores*, sintió entrar a Sabel y notó, sin levantar la cabeza, que algo arreglaba en el cuarto. De pronto oyó un golpe, como caída de persona contra algún mueble, y vio a la moza recostada en la cama, despidiendo lastimeros ayes y hondos suspiros. Se quejaba de una *aflición*, una cosa repentina, y Julián, turbado, pero compadecido, acudió a empapar una toalla para humedecerle las sienes, y a fin de ejecutarlo se acercó a la

acongojada enferma. Apenas se inclinó hacia ella, pudo
–a pesar de su poca experiencia y ninguna malicia– convencerse de que el supuesto ataque no era sino bellaque-
ría grandísima y sinvergüenza calificada. Una ola de sangre encendió a Julián hasta el cogote: sintió la cólera
repentina, ciega, que rarísima vez fustigaba su linfa, y señalando a la puerta, exclamó:

–Se me va usted de aquí ahora mismo, o la echo a empellones…, ¿entiende usted? No me vuelva usted a cruzar
esa puerta… Todo, todo lo que necesite me lo traerá Cristóbal… ¡Largo inmediatamente!

Retiróse la moza cabizbaja y mohína, como quien acaba de sufrir pesado chasco. Julián, por su parte, quedó
tembloroso, agitado, descontento de sí mismo, cual suelen los pacíficos cuando ceden a un arrebato de ira: hasta
sentía dolor físico en el epigastrio. A no dudarlo, se había
excedido; debió dirigir a aquella mujer una exhortación
fervorosa, y no palabras de menosprecio. Su obligación
de sacerdote era enseñar, corregir, perdonar, no pisotear
a la gente como a los bichos del archivo. Al cabo Sabel tenía un alma, redimida por la sangre de Cristo, igual que
otra cualquiera. Pero ¿quién reflexiona? ¿Quién se modera
ante tal descaro? Hay un movimiento que llaman los es-
colásticos *primo primis:* fatal e inevitable. Así se consolaba el capellán. De todos modos, era triste cosa tener que
vivir con aquella mala hembra, no más púdica que las vacas. ¿Cómo podía haber mujeres así? Julián recordaba a
su madre, tan modosa, siempre con los ojos bajos y la voz
almibarada y suave, con su *casabé* abrochado hasta la
nuez, sobre el cual, para mayor recato, caía liso, sin arrugas, un pañolito de seda negra. ¡Qué mujeres! ¡Qué mujeres se encuentran por el mundo!

Desde el funesto lance, tuvo Julián que barrerse el

cuarto y subirse el agua, porque ni Cristóbal ni las criadas
hicieron caso de sus órdenes, y a Sabel no quería verla ni
en pintura. Lo que más extrañeza y susto le causó fue observar que Primitivo, después del suceso, no se recataba
ya para mirarle con fijeza terrible, midiéndole con una
ojeada que equivalía a una declaración de guerra. Julián
no podía dudar que estorbaba en los Pazos: ¿por qué? A
veces meditaba en ello, interrumpiendo la lectura de Fray
Luis de Granada y de los seis libros de San Juan Crisósto-
mo sobre el sacerdocio; pero al poco rato, descorazonado
por tanta mezquina contrariedad, desesperanzado de ser
útil jamas a la casa de Ulloa, se enfrascaba nuevamente en
las páginas místicas.

Capítulo 6

De los párrocos de las inmediaciones, con ninguno había hecho Julián tan buenas migas como con don Eugenio, el de Naya. El abad de Ulloa, al cual veía con más frecuencia, no le era simpático, por su desmedida afición al jarro y a la escopeta; y al abad de Ulloa, en cambio, le exasperaba Julián, a quien solía apodar *mariquitas,* porque para el abad de Ulloa la última de las degradaciones en que podía caer un hombre era beber agua, lavarse con jabón de olor y cortarse las uñas: tratándose de un sacerdote, el abad ponía estos delitos en parangón con la simonía. «Afeminaciones, afeminaciones», gruñía entre dientes, convencidísimo de que la virtud en el sacerdote, para ser de ley, ha de presentarse bronca, montuna y cerril, aparte de que un clérigo no pierde, *ipso facto,* los fueros de hombre, y el hombre debe oler a bravío desde una legua. Con los demás curas de las parroquias cercanas tampoco frisaba mucho Julián; así es que, convidado a las funciones de iglesia, acostumbraba retirarse tan pronto como se acababan las ceremonias, sin aceptar jamás la comida, que era su complemento indispensable. Pero cuando don Eugenio le invitó con alegre cordialidad a pa-

sar en Naya el día del patrón, aceptó de buen grado, com-
prometiéndose a no faltarle.

Según lo convenido, subió a Naya la víspera, rehusan-
do la montura que le ofrecía don Pedro. ¡Para legua y media escasa! ¡Y con una tarde hermosísima! Apoyándose
en un palo, dando tiempo a que anocheciese, deteniéndose a cada rato para recrearse mirando el paisaje, no tardó en llegar al cerro que domina el caserío de Naya, tan
oportunamente, que vino a caer en medio del baile, que,
al son de la gaita, bombo y tamboril, a la luz de los *facho-
nes* de paja de centeno, encendidos y agitados alegremen-
te, preludiaba a los regocijos patronales. Poco tardaron
los bailarines en bajar hacia la rectoral, cantando y *aturu-
xando* como locos, y con ellos descendió Julián.

El cura esperaba en la portalada misma; recogidas las
mangas de su chaqueta, levantaba en alto un jarro de
vino, y la criada sostenía la bandeja con vasos. Detúvose
el grupo; el gaitero, vestido de pana azul, en actitud de
cansancio, dejando desinflar la gaita, cuyo *punteiro* caía
sobre los rojos flecos del roncón, se limpiaba la frente su-
dorosa con un pañuelo de seda, y los reflejos de la paja ardiendo y de las luces que alumbraban la casa del cura permitían distinguir su cara guapota, de correctas facciones,
realzada por arrogantes patillas castañas. Cuando le sirvieron el vino, el rústico artista dijo cortésmente:

–¡A la salud del señor *abade* y la compañía!

Y, después de echárselo al coleto, aún murmuró con
mucha política, pasándose el revés de la mano por la
boca:

–De hoy en veinte años, señor abade.

Las libaciones consecutivas no fueron acompañadas
de más fórmulas de atención.

Disfrutaba el párroco de Naya de una rectoral espaciosa, alborozada a la sazón con los preparativos de la fiesta, y asistía impávido a los preliminares del saco y ruina de su despensa, bodega, leñera y huerto. Era don Eugenio joven y alegre como unas pascuas, y su condición, más que de padre de almas, de pilluelo revoltoso y ladino; pero bajo la corteza infantil se escondía singular don de gentes y conocimiento de la vida práctica. Sociable y tolerante, había logrado no tener un solo enemigo entre sus compañeros. Le conceptuaban un rapaz inofensivo.

Tras el pocillo de aromoso chocolate, dio a Julián la mejor cama y habitación que poseía, y le despertó cuando la gaita floreaba la alborada, rayando ésta apenas en los cielos. Fueron juntos los dos clérigos a revisar el decorado de los altares, compuestos ya para la misa solemne. Julián pasaba la revista con especial devoción, puesto que el patrón de Naya era el suyo mismo, el bienaventurado San Julián, que allí estaba, en el altar mayor, con su carita inocentona, su estática sonrisilla, su chupa y calzón corto, su paloma blanca en la diestra, y la siniestra delicadamente apoyada en la chorrera de la camisola. La imagen modesta, la iglesia desmantelada y sin más adorno que algún rizado cirio y humildes flores aldeanas puestas en toscos cacharros de loza, todo excitaba en Julián tierna piedad, la efusión que le hacía tanto provecho, ablandándole y desentumeciéndole el espíritu. Iban llegando ya los curas de las inmediaciones, y en el atrio, tapizado de hierba, se oía al gaitero templar prolijamente el instrumento, mientras en la iglesia, el hinojo, esparcido por las losas y pisado por los que iban entrando, despedía olor campestre y fresquísimo. La procesión se organizaba: San Julián había descendido del altar mayor; la cruz y los estandartes oscilaban sobre el remolino de gentes amontonadas ya en la estrecha nave, y los mozos, vestidos de fiesta, con su pañuelo de seda en la cabeza, en forma de burlete, se ofrecían a llevar las insignias sacras. Después de dar dos vueltas por el atrio y de detenerse breves instantes frente al crucero, el santo volvió a entrar en la iglesia, y fue pujado, con sus andas, a una mesilla, al lado del altar mayor, muy engalanada y cubierta con antigua colcha de damasco y carmesí. La misa empezó, regocijada y rústica, en armonía con los demás festejos. Más de una docena de curas la cantaban a voz en cuello, y el desvencijado incensario iba y venía, con retintín de cadenillas viejas, soltando un humo espeso y aromático, entre cuya envoltura algodonosa parecía suavizarse el desentono del *Introito*, la aspereza de las broncas laringes eclesiásticas. El gaitero, prodigando todos sus recursos artísticos, acompañaba con el *punteiro* desmangado de la gaita y haciendo oficios de clarinete. Cuando tenía que sonar entera la orquesta, mangaba otra vez el *punteiro* en el *fol;* así podía acompañar la elevación de la hostia con una solemne marcha real, y el *postcomunio* con una *muñeira* de las más recientes y brincadoras, que, ya terminada la misa, repetía en el vestíbulo, donde tandas de mozos y mozas se desquitaban, bailando a su sabor, de la compostura guardada por espacio de una hora en la iglesia. Y el baile en el atrio lleno de luz; el templo sembrado de hojas de hinojo y espadaña que magullaron los pisotones, alumbrado, más que por los cirios, por el sol que puertas y ventanas dejaban entrar a torrentes; los curas, jadeantes, pero satisfechos y habladores; el santo tan currutaco y lindo, muy risueño en sus andas, con una pierna casi en el aire para empezar un minueto, y la cándida palomita pronta a abrir las alas; todo era alegre, terrenal, nada inspiraba la augusta melancolía que suele imperar en las ceremonias religiosas. Julián se sentía tan muchacho y contento como el santo bendito, y salía ya a gozar el aire libre, acompañado de don Eugenio, cuando en el corro de los bailadores distinguió a Sabel, lujosamente vestida de domingo, girando con las demás mozas al compás de la gaita. Esta vista le aguó un tanto la fiesta.

Era a semejante hora la rectoral de Naya un infierno culinario, si es que los hay. Allí se reunían una tía y dos primas de don Eugenio –a quienes por ser muchachas y frescas no quería el párroco tener consigo a diario en la rectoral–; el ama, viejecilla llorona, estorbosa e inútil, que andaba dando vueltas como un palomino atontado, y otra ama bien distinta, de rompe y rasga, la del cura de Cebre, que en sus mocedades había servido a un canónigo compostelano, y era célebre en el país por su destreza en batir mantequillas y asar capones. Esta fornida guisandera, un tanto bigotuda, alta de pecho y de ademán brioso, había vuelto la casa de arriba abajo en pocas horas, barriéndola desde la víspera a grandes y furibundos escobazos, retirando al desván los trastos viejos y empezando a poner en marcha el formidable ejército de guisos, echando a remojo los lacones y garbanzos y revistando, con rápida ojeada de general en jefe, la hidrópica despensa, atestada de dádivas de feligreses: cabritos, pollos, anguilas, truchas, ollas de vino, manteca y miel; perdices, liebres y conejos, chorizos y morcillas. Conocido ya el estado de las provisiones, ordenó las maniobras del ejército: las viejas se dedicaron a desplumar aves; las mozas, a fregar y dejar como el oro peroles, cazos y sartenes, y un par de mozancones, uno de ellos idiota de oficio, a desollar reses y limpiar piezas de caza.

Si se encontrase allí algún maestro de la escuela pictórica flamenca, de los que han derramado la poesía del arte sobre la prosa de la vida doméstica y material, ¡con cuánto placer vería el espectáculo de la gran cocina, la hermosa actividad del fuego de leña, que acariciaba la panza reluciente de los peroles; los gruesos brazos del ama confundidos con la carne, no menos rolliza y sanguínea, del asado que aderezaba; las rojas mejillas de las muchachas, entretenidas en retozar con el idiota, como ninfas con un sátiro atado, arrojándole entre el cuero y la camisa puñados de arroz y cucuruchos de pimiento! Y momentos después, cuando el gaitero y los demás músicos vinieron a reclamar su parva o desayuno, el guiso de intestinos de castrón, hígado y bofes, llamado en el país *mataburrillo*, ¡cuán digna de su pincel encontraría la escena del rozagante apetito, de expansión del estómago, de carrillos hinchados y tragos de mosto despabilados al vuelo, que allí se representó entre bromas y risotadas!

¿Y qué valía todo ello en comparación del festín homérico preparado en la sala de la rectoral? Media docena de tablas, tendidas sobre otros tantos cestos, ayudaban a ensanchar la mesa cotidiana; por encima, dos limpios manteles de lamanisco sostenían grandes jarros rebosando tinto añejo; y haciéndoles frente, en una esquina del aposento, esperaban turno ventrudas ollas henchidas del mismo líquido. La vajilla era mezclada, y entre el estaño y barro vidriado descollaba algún talavera legítimo, capaz de volver loco a un coleccionista de los muchos que ahora se consagran a la arcana ciencia de los pucheros. Ante la mesa y sus apéndices, no sin mil cumplimientos y ceremonias, fueron tomando asiento los padres curas, porfiando bastante para ceder los asientos de preferencia, que al cabo tocaron al obeso arcipreste de Loiro –la persona más respetable en años y dignidad de todo el clero circunvecino, que no había asistido a la ceremonia por no ahogarse con las apreturas del gentío en la misa– y a Ju-

lián, en quien don Eugenio honraba a la ilustre casa de
Ulloa.

Sentóse Julián avergonzado, y su confusión subió de
punto durante la comida. Por ser nuevo en el país y haber
rehusado siempre quedarse a comer en las fiestas, era
blanco de todas las miradas. Y la mesa estaba imponente.
La rodeaban unos quince curas y sobre ocho seglares, entre ellos el médico, notario y juez de Cebre, el señorito de
Limioso, el sobrino del cura de Boán, y el famosísimo cacique, conocido por el apodo de *Barbacana,* que, apoyándose en el partido moderado a la sazón en el poder, impe-
raba en el distrito y llevaba casi anulada la influencia de
su rival el cacique *Trampeta,* protegido por los unionistas
y mal visto por el clero. En suma: allí se juntaba lo más
granado de la comarca, faltando tan sólo el marqués de
Ulloa, que vendría de fijo a los postres. La monumental
sopa de pan, rehogada en grasa, con chorizo, garbanzos y
huevos cocidos cortados en ruedas, circulaba ya en gigantescos tarterones, y se comía en silencio, jugando bien
las quijadas. De cuando en cuando se atrevía algún cura a
soltar frases de encomio a la habilidad de la guisandera; y
el anfitrión, observando con disimulo quiénes de los convidados andaban remisos en mascar, los instaba a que se
animasen, afirmando que era preciso aprovecharse de la
sopa y del cocido, pues apenas había otra cosa. Creyén-
dolo así Julián, y no pareciéndole cortés desairar a su
huésped, cargó la mano en la sopa y el cocido. Grande fue
su terror cuando empezó a desfilar interminable serie de
platos, los veintiséis tradicionales en la comida del patrón
de Naya, no la más abundante que se servía en el arciprestazgo, pues Loiro se le aventajaba mucho.

Para llegar al número prefijado, no había recurrido la
guisandera a los artificios con que la cocina francesa dis-

fraza los manjares, bautizándolos con nombres nuevos
o adornándolos con arambeles y engañifas. No, señor;
en aquellas regiones vírgenes no se conocía, ¡loado sea
Dios!, ninguna salsa o pebre de origen gabacho, y todo
era neto, varonil y clásicos, como la olla. ¿Veintiséis platos? Pronto se hace la lista: pollos asados, fritos, en pe-
pitoria, estofados, con guisantes, con cebollas, con patatas y con huevos; aplíquese el mismo sistema a la
carne, al puerco, al pescado y al cabrito. Así, sin calentarse los cascos, presenta cualquiera veintiséis variados
manjares.

¡Y cómo se burlaría la guisandera si, por arte de magia,
apareciese allí un cocinero francés empeñado en redactar
un *menú*, en reducirse a cuatro o seis principios, en alter-
nar los fuertes con los ligeros y en conceder honroso
puesto a la hortaliza! «¡Hortalizas a mí!», diría el ama del
cura de Cebre, riéndose con toda su alma y todas sus caderas también. ¡Verduras el día del patrón! Son buenas
para los cerdos.

Ahíto y mareado, Julián no tenía fuerzas sino para re-
chazar con la mano las fuentes, que no cesaban de circular, pasándoselas los convidados unos a otros: a bien que
ya le observaban menos, pues la conversación se calentaba. El médico de Cebre, atrabiliario, magro y disputador;
el notario, coloradote y barbudo, osaban decir chistes, referir anécdotas; el sobrino del cura de Boán, estudiante
de derecho, muy enamorado de condición, hablaba de
mujeres, ponderaba la gracia de las señoritas de Molende
y la lozanía de una panadera de Cebre, muy nombrada en
el país; los curas al pronto no tomaron parte, y como Julián bajase la vista, algunos comensales, después de ob-
servarle de reojo, se hicieron los desentendidos. Mas
duró poco la reserva; al ir vaciándose los jarros y desocu-

pándose las fuentes, nadie quiso estar callado, y empezaron las bromas a echar chispas.

Máximo Juncal, el médico, recién salido de las aulas
compostelanas, soltó varias puntadas sobre política, y
también malignas pullas referentes al grave escándalo que
a la sazón traía muy preocupados a los revolucionarios de
provincias: sor Patrocinio, sus manejos, su influencia en
Palacio. Alborotáronse dos o tres curas, y el cacique *Barbacana,* con suma gravedad, volviendo hacia Juncal su barba
florida y luenga, díjole, desdeñosamente, una verdad como
un templo: «que muchos hablaban de lo que no enten-
dían», a lo cual el médico replicó, vertiendo bilis por ojos y
labios, «que pronto iba a llegar el día de la gran barredura;
que luego se armaría el tiberio del siglo, y que los *neos*
irían a contarlo a casa de su padre Judas Iscariote».

Afortunadamente profirió estos tremendos vaticinios
a tiempo que la mayor parte de los párrocos se hallaban
enzarzados en la discusión teológica, indispensable complemento de todo convite patronal. Liados en ella, no
prestaron atención a lo que el médico decía ninguno de
los que podían volvérsele al cuerpo: ni el bronco abad de
Ulloa, ni el belicoso de Boán, ni el arcipreste, que siendo
más sordo que una tapia, resolvía las discusiones políticas a gritos, alzando el índice de la mano derecha como
para invocar la cólera del cielo. En aquel punto y hora,
mientras corrían las fuentes de arroz con leche, canela y
azúcar, y se agotaban las copas de tostado, llegaba a su período culminante la disputa, y se entreoían argumentos,
proposiciones, objeciones y silogismos.

–*Nego majorem...*

–*Probo minorem...*

–¡Eh.., Boán! Que con mucho disimulo me estás
echando abajo la gracia...

–Compadre, cuidado... Si adelanta usted un poquito más, nos vamos a encontrar con el libre albedrío perdido.

–Cebre, mira que vas por mal camino; ¡mira que te marchas con Pelagio!

–Yo a San Agustín me agarro y no lo suelto.

–Esa proposición puede admitirse *simpliciter;* pero tomándola en otro sentido..., no cuela.

–Citaré autoridades, todas las que se me pidan. ¿A que no me citas tú ni media docena? A ver.

–Es sentir común de la Iglesia desde los primeros concilios.

–Es punto opinable, *¡quoniam!* A mí no me vengas a asustar con concilios ni concilias.

–¿Querrás saber más que Santo Tomás?

–¿Y tú querrás ponerte contra el Doctor de la Gracia?

–¡Nadie es capaz de rebatirme esto! Señores..., la Gracia...

–¡Que nos despeñamos de una vez! ¡Eso es herejía formal; es pelagianismo puro!

–¿Qué entiendes tú, qué entiendes tú?... Lo que tú censures, que me lo claven...

–Que diga el señor arcipreste... Vamos a aventurar algo a que no me deja mal el señor arcipreste.

El arcipreste era respetado más por su edad que por su ciencia teológica; y se sosegó un tanto el formidable barullo cuando se incorporó difícilmente, con ambas manos puestas tras los oídos, vertiendo sangre por la cara, a fin de dirimir, si cabía lograrlo, la contienda. Pero un incidente distrajo los ánimos: el señorito de Ulloa entraba seguido de dos perros perdigueros, cuyos cascabeles acompañaban su aparición con jubiloso repique. Venía, según su promesa, a tomar una copa a los postres; y la tomó en pie, porque le aguardaba un bando de perdices allá en la montaña.

Hízosele muy cortés recibimiento, y los que no pudieron agasajarle a él, agasajaron a la *Chula* y al *Turco,* que iban apoyando la cabeza en todas las rodillas, lamiendo aquí un plato y zampándose un bizcocho allá. El señorito de Limioso se levantó, resuelto a acompañar al de Ulloa en la excursión cinegética, para lo cual tenía prevenido lo necesario, pues rara vez salía del pazo de Limioso sin echarse la escopeta al hombro y el morral a la cintura.

Cuando partieron los dos hidalgos ya se había calmado la efervescencia de la discusión sobre la gracia, y el médico, en voz baja, le recitaba al notario ciertos sonetos satírico-políticos que entonces corrían bajo el nombre de «belenes». Celebrábalos el notario, particularmente cuando el médico recalcaba los versos esmaltados de alusiones verdes y picantes. La mesa en desorden, manchada de salsas, ensangrentada de vino tinto, y el suelo lleno de huesos arrojados por los comensales menos pulcros, indicaban la terminación del festín. Julián hubiera dado algo bueno por poderse retirar; sentíase cansado, mortificado por la repugnancia que le inspiraban las cosas exclusivamente materiales; pero no se atrevía a interrumpir la sobremesa, y menos ahora, que se entregaban al deleite de encender algún pitillo y murmurar de las personas más señaladas en el país. Se trataba del señorito de Ulloa, de su habilidad para tumbar perdices, y sin que Julián adivinase la causa, se pasó inmediatamente a hablar de Sabel, a quien todos habían visto por la mañana en el corro de baile; se encomió su palmito, y al mismo tiempo se dirigieron a Julián señas y guiños, como si la conversación se relacionase con él. El capellán bajaba la vista, según costumbre, y fingía doblar la servilleta; mas de improviso, sintiendo uno de aquellos chispazos de cólera repentina y momentánea, que no era dueño de refrenar, tosió, miró en derredor y soltó unas cuantas asperezas y severidades, que hicieron enmudecer a la asamblea. Don Eugenio, al ver aguada la sobremesa, optó por levantarse, proponiendo a Julián que saliesen a tomar el fresco en la huerta; algunos clérigos se alzaron también, anunciando que iban a echar completas; otros se escurrieron en compañía del médico, el notario, el juez y *Barbacana*, a menear los naipes hasta la noche.

Refugiáronse en el huerto el cura de Naya y Julián, pasando por la cocina, donde la algazara de los criados, primas del cura, cocineras y músicos era formidable, y los jarros se evaporaban, y la comilona amenazaba durar hasta el sol puesto. El huerto, en cambio, permanecía en su tranquilo y poético sosiego primaveral, con una brisa fresquita que columpiaba las últimas flores de los perales y los cerezos, y acariciaba el recio follaje de las higueras, a cuya sombra, en un ribazo de mullida grama, se tendieron ambos presbíteros, no sin que don Eugenio, sacando un pañuelo de algodón a cuadros, se tapase con él la cabeza para resguardarla de las importunidades de alguna mosca precoz. A Julián todavía le duraba el sofoco, la llamarada de indignación; pero ya le pesaba de su corta paciencia, y resolvía ser más sufrido en lo venidero. Aunque bien mirado...

–¿Quiere *escotar* un sueño? –preguntó el de Naya, al verle tan cabizbajo y mustio.

–No; lo que yo quería, Eugenio, era pedirle que me dispensase el enfado que tomé allá en la mesa... Conozco que soy a veces así..., un poco vivo..., y luego hay conversaciones que me sacan de tino, sin poderlo remediar. Usted póngase en mi caso.

–Pongo, pongo... Pero a mí me están embromando también a cada rato con las primas..., y hay que aguantar, que no lo hacen con mala intención: es por reírse un poco.

–Hay bromas de bromas, y a mí me parecen delicadas para un sacerdote las que tocan a la honestidad y a la pureza. Si aguanta uno por respetos humanos esos dichos, acaso pensarán que ya tiene medio perdida la vergüenza para los hechos. ¿Y qué sé yo si algunos, no digo de los sacerdotes..., no quiero hacerles tal ofensa..., pero de los seglares, creerá que en efecto...?

El de Naya aprobó con la cabeza, como quien reconoce la fuerza de una observación; pero, al mismo tiempo, la sonrisa con que lucía la desigual dentadura era suave e irónica protesta contra tanta rigidez.

–Hay que tomar el mundo según viene... –murmuró filosóficamente–. Ser bueno es lo que importa, porque ¿quién va a tapar la boca a los demás? Cada uno habla de lo que le parece y gasta las guasas que quiere... En teniendo la conciencia tranquila...

–No, señor; no, señor; poco a poco –replicó, acaloradamente, Julián–. No sólo estamos obligados a ser buenos, sino a parecerlo; y aún es peor en un sacerdote, si me apuran, el mal ejemplo y el escándalo que el mismo pecado. Usted bien lo sabe, Eugenio; lo sabe mejor que yo, porque tiene cura de almas.

–También usted se apura ahí por una chanza, por una tontería, lo mismo que si ya todo el mundo le señalase con el dedo. Se necesita una vara de correa para vivir entre gentes... A este paso, no le arriendo la ganancia, porque no va a sacar para disgustos.

Caviloso y cejijunto, había cogido Julián un palito que andaba por el suelo, y se entretenía en clavarlo en la hierba. Levantó la cabeza de pronto.

–Eugenio, ¿es mi amigo?

–Siempre, hombre, siempre –contestó, afable y since-
ramente, el de Naya.

–Pues séame franco. Hábleme como si estuviésemos
en el confesonario. ¿Se dice por ahí... eso?

–¿Lo qué?

–Lo de que yo... tengo algo que ver con esa muchacha.
¿Eh? Porque puede usted creerme, y se lo juraría, si fuese
lícito jurar; bien sabe Dios que la tal mujer hasta me es
aborrecible, y que no la habré mirado a la cara media docena de veces desde que estoy en los Pazos.

–No, pues a la cara se la puede mirar, que la tiene como
una rosa... ¡Ea!, sosiéguese; a mí se me figura que nadie
piensa mal de usted con Sabel. El marqués no inventó la
pólvora, es cierto que no, y la moza se distraerá con los de
su clase cuanto quiera..., dígalo el bailoteo en la gaita
de hoy...; pero no iba a tener la desvergüenza de pegársela
en sus barbas con el mismo capellán. Hombre, no hagamos tan estúpido al marqués.

Julián se volvió, más bien arrodillado que sentado en la
grama, con los ojos abiertos de par en par.

–Pero... el señorito...; ¿qué tiene que ver el señorito...?

El cura de Naya saltó, a su vez, sin que ninguna mosca
le picase, y prorrumpió en juvenil carcajada. Julián, comprendiendo, preguntó nuevamente:

–Luego el chiquillo..., el Perucho...

Tornó don Eugenio a reír, hasta el extremo de limpiar-
se los lagrimales con el pañuelo de cuadros.

–No se ofenda... –murmuraba entre risa y llanto–. No
se ofenda porque me río así... Es que, de veras, no me puedo contener cuando me pega la risa; un día hasta me puse
malo... Esto es como las cosqui..., cosquillas..., involuntario...

Aplacado el acceso de risa, don Eugenio añadió:

–Es que yo siempre lo tuve a usted por un bienaventurado, como nuestro patrón San Julián...; pero esto pasa de
castaño oscuro... ¡Vivir en los Pazos y no saber lo que
ocurre en ellos! ¿O es que quiere hacerse el bobo?

–A fe, no sospechaba nada, nada, nada. ¿Usted piensa
que iba a quedarme allí ni dos días, caso de averiguarlo
antes? ¿Autorizar con mi presencia un amancebamiento?
Pero... ¿usted está seguro de lo que dice?

–Hombre..., ¿tiene usted ganas de cuentos? ¿Es usted
ciego? ¿No lo ha notado? Pues repárelo.

–¡Qué sé yo! ¡Cuando uno no está en la malicia! Y el
niño..., ¡infeliz criatura! El niño me da tanta compasión...
Allí se cría como un morito... ¿Se comprende que haya
padres tan sin entrañas?

–¡Bah!... Esos hijos así, nacidos por detrás de la iglesia... Luego, si uno oye a los de aquí y a los de allá... Cada
cual dice lo que se le antoja... La moza es alegre como unas
castañuelas; todo el mundo en las romerías le debe dos
cuartos: uno la convida a rosquillas; el otro, a *resolio;* éste la
saca a bailar; aquél la empuja... Se cuentan mil enredos...
¿Usted se ha fijado en el gaitero que tocó en la misa?

–¿Un buen mozo con patillas?

–Cabal. Le llaman el *Gallo* de mote. Pues dicen si la
acompaña o no por los caminos... ¡Historias!

Por detrás de la tapia del huerto se oyó entonces vocerío alegre y argentinas carcajadas.

–Son las primas... –dijo don Eugenio–. Van a la gaita,
que está tocando en el crucero ahora. ¿Quiere usted venir
un ratito? A ver si le pasa el disgusto... Ahí, en casa, unos
rezan y otros juegan... Yo no rezo nunca sobre la comida.

–Vamos allá –contestó Julián, que se había quedado
ensimismado.

–Nos sentaremos al pie del crucero.

Capítulo 7

V olvía Julián preocupado a la casa solariega, acusándose de excesiva simplicidad por no haber reparado en cosas de tanto bulto. Él era sencillo como la paloma; sólo que en este pícaro mundo también se necesita ser cauto como la serpiente... Ya no podía continuar en los Pazos... ¿Cómo volvía a vivir a cuestas de su madre, sin más emolumentos que la misa? ¿Y cómo dejaba así, de golpe, al señorito don Pedro, que le trataba tan llanamente? ¿Y la casa de Ulloa, que necesitaba un restaurador celoso y adicto? Todo era verdad; pero ¿y su deber de sacerdote católico?

Le acongojaban estos pensamientos al cruzar un maizal, en cuyo lindero manzanillas y cabrifollos despedían grato aroma. Era la noche templada y benigna, y Julián apreciaba por primera vez la dulce paz del campo, aquel sosiego que derrama en nuestro combatido espíritu la madre Naturaleza. Miró al cielo, alto y oscuro.

–¡Dios sobre todo! –murmuró, suspirando, al pensar que tendría que habitar un pueblo de calles angostas y encontrarse con gente a cada paso.

Siguió andando, guiado por el ladrido lejano de los perros. Ya divisaba próxima la vasta mole de los Pazos. El postigo debía de estar abierto. Julián distaba de él unos cuantos pasos no más, cuando oyó dos o tres gritos que le helaron la sangre; clamores inarticulados, como de alimaña herida, a los cuales se unía el desconsolado llanto de un niño.

Engolfóse el capellán en las tenebrosas profundidades de corredor y bodega, y llegó velozmente a la cocina. En el umbral se quedó paralizado de asombro ante lo que iluminaba la luz fuliginosa del candilón. Sabel, tendida en el suelo, aullaba desesperadamente; don Pedro, loco de furor, la abrumaba a culatazos; en una esquina, Perucho, con los puños metidos en los ojos, sollozaba. Sin reparar lo que hacía, arrojóse Julián hacia el grupo, llamando al marqués con grandes voces:

–¡Señor don Pedro!... ¡Señor don Pedro!

Volvióse el señor de los Pazos, y se quedó inmóvil, con la escopeta empuñada por el cañón, jadeante, lívido de ira, los labios y las manos agitados por temblor horrible; y en vez de disculpar su frenesí o de acudir a la víctima, balbució roncamente:

–¡Perra..., perra..., condenada...; a ver si nos das pronto de cenar, o te deshago! ¡A levantarse..., o te levanto con la escopeta!

Sabel se incorporaba, ayudada por el capellán, gimiendo y exhalando entrecortados ayes. Tenía aún el traje de fiesta, con el cual la viera Julián danzar pocas horas antes junto al crucero y en el atrio; pero el *mantelo* de rico paño se encontraba manchado de tierra; el dengue de grana se le caía de los hombros, y uno de sus largos zarcillos, de filigrana de plata, abollado por un culatazo, se le había clavado en la nuca, por donde escurrían algunas gotas de sangre. Cinco verdugones rojos en la mejilla de Sabel contaban bien a las claras cómo había sido derribada la intrépida bailadora.

–¡La cena, he dicho! –repitió, brutalmente, don Pedro.

Sin contestar, pero no sin gemir, dirigióse la muchacha hacia el rincón donde hipaba el niño, y le tomó en brazos, apretándole mucho. El angelote seguía llorando a moco y baba. Don Pedro se acercó entonces, y, mudando de tono, preguntó:

–¿Qué es eso? ¿Tiene algo Perucho?

Púsole la mano en la frente y la sintió húmeda. Levantó la palma: era sangre. Desviando entonces los brazos, apretando los puños, soltó una blasfemia, que hubiera horrorizado más a Julián si no supiese, desde aquella tarde misma, que acaso tenía ante sí a un padre que acababa de herir a su hijo. Y el padre resurgía, maldiciéndose a sí propio, apartando los rizos del chiquillo, mojando un pañuelo en agua y atándolo con cuidado indecible sobre la descalabradura.

–A ver cómo le cuidas... –gritó, dirigiéndose a Sabel–. Y cómo haces la cena en un vuelo... ¡Yo te enseñaré, yo te enseñaré a pasarte las horas en las romerías sacudiéndote, perra!

Con los ojos fijos en el suelo, sin quejarse ya, Sabel permanecía parada, y su mano derecha tentaba suavemente su hombro izquierdo, en el cual debía de tener alguna dolorosa contusión. En voz baja y lastimera, pero con suma energía, pronunció, sin mirar al señorito:

–Busque quien le haga la cena..., y quien esté aquí... Yo me voy, me voy, me voy, me voy...

Y lo repetía obstinadamente, sin entonación, como el que afirma una cosa natural e inevitable.

–¿Qué dices, bribona?

–Que me voy, que me voy... A mi casita pobre... ¿Quién me trajo aquí? ¡Ay mi madre de mi alma!

Rompió la moza a llorar amarguísimamente, y el marqués, requiriendo su escopeta, rechinaba los dientes de cólera, dispuesto ya a hacer alguna barrabasada notable, cuando un nuevo personaje entró en escena. Era Primitivo, salido de un rincón oscuro; diríase que estaba allí oculto hacía rato. Su aparición modificó instantáneamente la actitud de Sabel, que tembló, calló y contuvo sus lágrimas.

–¿No oyes lo que te dice el señorito? –preguntó, sosegadamente, el padre a la hija.

–Oi-go, sii-señooor, oi-go... –tartamudeó la moza, comiéndose los sollozos.

–Pues a hacer la cena en seguida. Voy a ver si volvieron ya las otras muchachas para que te ayuden. La *Sabia* está ahí fuera: te puede encender la lumbre.

Sabel no replicó nada. Arremangóse la camisa y bajó de la espetera una sartén. Como evocada por alguna de sus compañeras en hechicerías, entró en la cocina entonces, pisando de lado, la vieja de las greñas blancas, la *Sabia,* que traía el enorme mandil atestado de leña. El marqués tenía aún la escopeta en la mano; cogiósela respetuosamente Primitivo y la llevó al sitio de costumbre. Julián, renunciando a consolar al niño, creyó llegada la ocasión de dar un golpe diplomático.

–Señor marqués..., ¿quiere que tomemos un poco el aire? Está la noche muy buena... Nos pasearemos por el huerto...

Y para sus adentros pensaba: «En el huerto le digo que me voy también... No se ha hecho para mí esta vida ni esta casa.»

Salieron al huerto. Oíase el croar de las ranas en el estanque, pero ni una hoja de los árboles se movía: tal estaba la noche de serena. El capellán cobró ánimos, pues la oscuridad alienta mucho a decir cosas difíciles.

–Señor marqués, yo siento tener que advertirle...

Volvióse el marqués bruscamente.

–¡Ya sé!..., ¡Chist!... No necesitamos gastar saliva. Me ha pescado usted en uno de esos momentos en que el hombre no es dueño de sí... Dicen que no se debe pegar nunca a las mujeres... Francamente, don Julián, según ellas sean... Hay mujeres de mujeres, ¡caramba!..., y ciertas cosas acabarían con la paciencia del santo Job que resucitase. Lo que siento es el golpe que le tocó al chiquillo.

–Yo no me refería a eso... –murmuró Julián–. Pero si quiere que le hable con el corazón en la mano, como es mi deber, creo no está bien maltratar así a nadie..., y por la tardanza de la cena no merece...

–¡La tardanza de la cena! –prorrumpió el señorito–. ¡La tardanza! A ningún cristiano le gusta pasarse el día en el monte, comiendo frío, y llegar a casa y no encontrar bocado caliente; pero ¡si esa mala hembra no tuviese otras mañas! ¿No la ha visto usted? ¿No la ha visto usted todo el día, allá en Naya, bailoteando como una descosida, sin vergüenza? ¿No la ha encontrado usted a la vuelta, bien acompañada? ¡Ah!... ¿Usted cree que se vienen solitas las mozas de su calaña? ¡Ja, ja, ja! Yo la he visto, con estos ojos, y le aseguro a usted que si tengo algún pesar es el de no haberle roto una pierna, para que no baile más por unos cuantos meses.

Guardó silencio el capellán, sin saber qué responder a la inesperada revelación de celos feroces. Al fin calculó que se le abría camino para soltar lo que tenía atravesado en la garganta.

–Señor marqués –murmuró–, dispénseme la libertad que me tomo... Una persona de su clase no se debe rebajar a importársele por lo que haga o no haga la criada... La gente es maliciosa, y pensará que usted trata con esa chica... Digo ¡pensará! Ya lo piensa todo el mundo... Y el caso es que yo..., vamos..., no puedo permanecer en una casa donde, según la voz pública, vive un cristiano en concubinato... Nos está prohibido severamente autorizar con nuestra presencia el escándalo y hacernos cómplices de él. Lo siento a par de alma, señor marqués; puede creerme que hace tiempo no tuve un disgusto igual.

El marqués se detuvo con las manos sepultadas en los bolsillos.

–*¡Leria, leria!* –murmuró–. Es preciso hacerse cargo de lo que es la juventud y la robustez... No me predique un sermón, no me pida imposibles. ¡Qué diantre! El que más y el que menos es hombre como todos.

–Yo soy un pecador –replicó Julián–, solamente que veo claro en este asunto, y por los favores que debo a usted y el pan que le he comido, estoy obligado a decir la verdad. Señor marqués, con franqueza: ¿no le pesa de vivir así encenagado? ¡Una cosa tan inferior a su categoría y a su nacimiento! ¡Una triste criada de cocina!

Siguieron andando, acercándose a la linde del bosque, donde concluía el huerto.

–¡Una bribona desorejada, que es lo peor! –exclamó el marqués, después de un rato de silencio–. Oiga usted... –añadió, arrimándose a un castaño–. A esa mujer, a Primitivo, a la condenada bruja de la *Sabia,* con sus hijas y nietas, a toda esa gavilla, que hace de mi casa merienda de negros; a la aldea entera, que los encubre, era preciso cogerlos así –y agarraba una rama del castaño, triturándola en menudos fragmentos– y deshacerlos. Me están saqueando, me comen vivo...; y cuando pienso en que esa tunanta me aborrece y se va de mejor gana con cualquier gañán de los que acuden descalzos a alquilarse para majar el centeno, ¡tengo mientes de aplastarle los sesos como a una víbora!

Julián oía estupefacto aquellas miserias de la vida pecadora, y se admiraba de lo bien que teje el diablo sus redes.

–Pero, señor... –balbució–, si usted mismo lo conoce y lo comprende...

–¿Pues no lo he de comprender? ¿Soy estúpido, acaso, para no ver que esa desvergonzada huye de mí, y cada día tengo que cazarla como a una liebre? ¡Sólo está contenta entre los demás labriegos, con la hechicera, que le trae y lleva chismes y recados a los mozos! A mí me detesta. A la hora menos pensada me envenenará.

–Señor marqués, ¡yo me pasmo! –arguyó el capellán eficazmente–. ¡Que usted se apure por una cosa tan fácil de arreglar! ¡Tiene más que poner a semejante mujer en la calle?

Como ambos interlocutores se habían acostumbrado a la oscuridad, no sólo vio Julián que el marqués meneaba la cabeza, sino que torcía el gesto.

–Bien se habla... –pronunció sordamente–. Decir es una cosa, y hacer es otra... Las dificultades se tocan en la práctica. Si echo a ese enemigo, no encuentro quien me guise ni quien venga a servirme. Su padre... ¿Usted no lo creerá? Su padre tiene amenazadas a todas las mozas de que a la que entre aquí en marchándose su hija, le mete él una perdigonada en los lomos. Y saben que es hombre para hacerlo como lo dice. Un día cogí yo a Sabel por un brazo y la puse en la puerta de la casa; la misma noche se me despidieron las otras criadas. Primitivo se fingió enfermo, y estuve una semana comiendo en la rectoral y haciéndome la cama yo mismo... Y tuve que pedirle a Sabel, de favor, que volviese... Desengáñese usted: pueden más que nosotros. Esa comparsa que traen alrededor son paniaguados suyos, que los obedecen ciegamente. ¿Piensa usted que yo ahorro un ochavo aquí, en este desierto? ¡Quiá! Vive a mi cuenta toda la parroquia. Ellos se beben mi cosecha de vino; mantienen sus gallinas con mis frutos; mis montes y mis sotos les suministran leña; mis hórreos les surten de pan; la renta se cobra tarde, mal y arrastro; yo sostengo siete u ocho vacas, y la leche que bebo cabe en el hueco de la mano; en mis establos hay un rebaño de bueyes y terneros que jamás se uncen para labrar mis tierras; se compran con mi dinero, eso sí, pero luego se dan en aparcería y no se me rinden cuentas jamás.

–¿Por qué no pone otro mayordomo?

–¡Ay, ay, ay! ¡Como quien dice nada! Una de dos: o sería hechura de Primitivo, y entonces estábamos en lo mismo, o Primitivo le largaría un tiro en la barriga... Y si hemos de decir verdad, Primitivo no es mayordomo... Es peor que si lo fuese, porque manda en todos, incluso en mí; pero yo no le he dado jamás semejante mayordomía... Aquí el mayordomo fue siempre el capellán... Ese Primitivo no sabrá casi leer ni escribir, pero es más listo que una centella, y ya en vida de tío Gabriel se echaba mano de él para todo... Mire usted, lo cierto es que el día que él se cruza de brazos, se encuentra uno colgadito... No hablemos ya de la caza, que para eso no tiene par; a mí me faltarían los pies y las manos si me faltase Primitivo... Pero en los demás asuntos es igual... Su antecesor de usted, el abad de Ulloa, no se valía sin él; y usted, que también ha venido en concepto de administrador, séame franco: ¿ha podido usted amañarse solo?

–La verdad es que no –declaró Julián humildemente–. Pero con el tiempo..., la práctica...

–¡Bah, bah! A usted no le obedecerá ni le hará caso jamás ningún paisano, porque es usted un infeliz, es usted demasiado bonachón. Ellos necesitan gente que conozca sus máculas y les dé ciento de ventaja en picardía.

Por depresiva que fuese para el amor propio del capellán la observación, hubo de reconocer su exactitud. No obstante, picado ya, se propuso agotar los recursos del ingenio para conseguir la victoria en lucha tan desigual. Y su caletre le sugirió la siguiente perogrullada:

–Pero, señor marqués..., ¿por qué no sale un poco al pueblo? ¿No sería ése el mejor modo de desenredarse? Me admiro de que un señorito como usted pueda aguantar todo el año aquí, sin moverse de estas montañas fieras... ¿No se aburre?

El marqués miraba al suelo, aun cuando en él no había cosa digna de verse. La idea del capellán no le cogía de sorpresa.

–¡Salir de aquí! –exclamó–. ¿Y a dónde demontre se va uno? Siquiera aquí, mal o bien, es uno el rey de la comarca... El tío Gabriel me lo decía mil veces: las personas decentes, en las poblaciones, no se distinguen de los zapateros... Un zapatero que se hace millonario metiendo y sacando la lezna, se sube encima de cualquier señor de los que lo somos de padres a hijos... Yo estoy muy acostumbrado a pisar tierra mía y a andar entre árboles, que corto si se me antoja.

–Pero ¡al fin, señorito, aquí le manda Primitivo!

–¡Bah!... A Primitivo le puedo yo dar tres docenas de puntapiés, si se me hinchan las narices, sin que el juez me venga a empapelar... No lo hago; pero duermo tranquilo con la seguridad de que lo haría si quisiese. ¿Cree usted que Sabel irá a quejarse a la justicia de los culatazos de hoy?

Esta lógica de la barbarie confundía a Julián.

–Señor, yo no le digo que deje esto... Únicamente que salga una temporada, a ver cómo le prueba... Apartándose usted de aquí algún tiempo, no sería difícil que Sabel se casase con persona de su esfera, y que usted también encontrase una conveniencia arreglada a su calidad, una esposa legítima. Cualquiera tiene un desliz: la carne es flaca; por eso no es bueno para el hombre vivir solo, porque se encenaga, y, como dijo quien lo entendía, es mejor casarse que abrasarse en concupiscencia, señor don Pedro. ¿Por qué no se casa, señorito? –exclamó juntando las manos–. ¡Hay tantas señoritas buenas y honradas!

A no ser por la oscuridad, vería Julián chispear los ojos del marqués de Ulloa.

–¿Y cree usted, santo de Dios, que no se me había ocurrido a mí? ¿Piensa usted que no sueño todas las noches con un chiquillo que se me parezca, que no sea hijo de esa bribona, que continúe el nombre de la casa..., que herede esto cuando yo me muera... y que se llame Pedro Moscoso, como yo?

Al decir esto, golpeábase el marqués su fornido tronco, su pecho varonil, cual si de él quisiese hacer brotar, fuerte y adulto ya, al codiciado heredero. Julián, lleno de esperanza, iba a animarle en tan buenos propósitos; pero se estremeció de repente, pues creyó sentir a sus espaldas un rumor, un roce, el paso de un animal por entre la maleza.

–¿Qué es eso? –exclamó, volviéndose–. Parece que anda por aquí el zorro.

El marqués le cogió del brazo.

–Primitivo... –articuló en voz baja y ahogada de ira–. Primitivo, que nos atisbará hace un cuarto de hora, oyendo la conversación... Ya está usted fresco... Nos hemos lucido... ¡Me valga Dios y los santos de la corte celestial! También a mí se me acaba la cuerda. ¡Vale más ir a presidio que llevar esta vida!

Capítulo 8

Mientras se raía con la navaja de barba los contados pelos rubios que brotaban por sus carrillos, Julián
maduraba un proyecto. Afeitado y limpio que fuese, em-
prendería el camino de Cebre un pie tras otro, en el caballo de San Francisco; allí le pediría al cura una jícara de
chocolate, y esperaría en la rectoral hasta las doce, hora
en que pasa la diligencia de Orense a Santiago; malo sería
que en interior o cupé no hubiese un asiento vacante. Tenía dispuesto su maletín; lo enviaría a buscar desde Cebre
por un mozo. Y calculando así, miraba contristado el paisaje ameno, el huerto con su dormilón estanque, el um-
brío manchón del soto, la verdura de los prados y maiza-
les, la montaña, el limpio firmamento, y se le prendía el
alma en el atractivo de aquella dulce soledad y silencio,
tan de su gusto, que deseaba pasar allí la vida toda.
¡Cómo ha de ser! Dios nos lleva y trae según sus fines...
No, no era Dios, sino el pecado, en figura de Sabel, quien
le arrojaba del paraíso. Le agitó semejante idea y se cortó
dos veces la mejilla... Estuvo próximo a inferirse el tercer
rasguño, porque le dieron una palmada en el hombro.

Se volvió. ¿Quién había de conocer a don Pedro, tan

metamorfoseado como venía? Afeitado también, aunque
sin detrimento de su barba, que brillaba, suavizada por el
aceite de olor; trascendiendo a jabón y a ropa limpia, vestido con traje de mezclilla, chaleco de piqué blanco, hongo azul y al brazo un abrigo, parecía el señor de Ulloa otro
hombre nuevo y diferente, con veinte grados más de educación y cultura que el antiguo. De golpe lo comprendió
todo Julián..., y la sangre le dio gozoso vuelco.

–¡Señorito!

–¡Ea!; despachar, que corre prisa... Tiene usted que
acompañarme a Santiago, y necesitamos llegar a Cebre
antes de mediodía.

–¿De veras viene usted? *¡Mismo* parece cosa de milagro! Yo estuve hoy arreglando la maleta. ¡Bendito sea
Dios! Pero si usted determina entretanto que me quede
aquí...

–¡No faltaba otra cosa! Si salgo solo, se me agua la fiesta. Voy a dar una sorpresa al tío Manolo, y a conocer a las
primas, que sólo las he visto cuando eran unas mocosas...
Si ahora me desanimo, no vuelvo a animarme en diez
años. Ya he mandado a Primitivo que ensille la yegua y
ponga el aparejo a la borrica.

En aquel punto asomó por la puerta un rostro que a Julián se le antojó siniestro, y acaso pensó otro tanto el marqués, pues preguntó impaciente:

–Vamos a ver, ¿qué ocurre?

–La yegua –respondió Primitivo, sin alzar la voz– no
sirve para el camino.

–¿Por qué razón? ¿Puede saberse?

–Está sin una *ferradura* siquiera –declaró serenamen-
te, el cazador.

–¡Mal rayo que te parta! –vociferó el marqués, echando fuego por los ojos–. ¡Ahora me dices eso! ¿Pues no es

cuenta tuya cuidar de que esté herrada? ¿O he de llevarla
yo al herrador todos los días?

–Como no sabía que el señorito quisiese salir hoy...

–Señor –intervino Julián–, yo ire a pie. Al fin tenía determinado dar ese paseo. Lleve usted la burra.

–Tampoco hay burra –objetó el cazador, sin pestañear
ni alterar un solo músculo de su faz broncínea.

–¿Que... no... hay... bu...rraaaa? –articuló, apretando
los puños, don Pedro–. ¿Que no... la... hayyy? A ver, a
ver... Repíteme eso, en mi cara.

El hombre de bronce no se inmutó al reiterar fríamente:

–No hay burra.

–¡Pues así Dios me salve, la ha de haber y tres más; y si
no por quien soy que os pongo a todos a cuatro patas y
me lleváis a caballo hasta Cebre!

Nada replicó Primitivo, incrustado en el quicio de la
puerta.

–Vamos claros: ¿cómo es que no hay burra?

–Ayer, al volver del pasto, el rapaz que la cuida le encontró dos puñaladas... Puede el señorito verla.

Disparó don Pedro una imprecación y bajó de dos en
dos las escaleras. Primitivo y Julián le seguían. En la cuadra, el pastor, adolescente de cara estúpida y escrofulosa,
confirmó la versión del cazador. Allí, en el fondo del establo, columbraron al pobre animal, que temblaba, con las
orejas gachas y el ojomontecino; la sangre de sus heridas,
en negro reguero, se había coagulado desde el anca a los
cascos. Julián experimentó en el establo, sombrío y lleno
de telarañas, impresión análoga a la que sentiría en el
teatro de un crimen. Por lo que hace al marqués, quedóse
suspenso un instante, y de súbito, agarrando al pastor
por los cabellos, se los mesó y refregó con furia, exclamando:

–¡Para que otra vez dejes acuchillar a los animales..., toma..., toma..., toma...!

Rompió el chico a llorar becerrilmente, lanzando angustiosas miradas al impasible Primitivo. Don Pedro se volvió hacia éste.

–Pilla ahora mismo mi saco y la maleta de don Julián... *¡Volando!*... Nos vamos a pie hasta Cebre... Andando bien, tenemos tiempo de coger el coche.

Obedeció el cazador sin perder su helada calma. Bajó la maleta y el saco; pero, en vez de cargar ambos objetos a hombros, entregó cada bulto a un mozo de campo, diciendo lacónicamente:

–Vas con el señorito.

Sorprendióse el marqués y miró a su montero con desconfianza. Jamás perdonaba Primitivo la ocasión de acompañarle, y extrañaba su retraimiento entonces. Por la imaginación de don Pedro cruzaron rápidas vislumbres de recelo; y como si Primitivo lo adivinase, probó a disiparlo:

–Yo tengo ahí que atender al rareo del soto de Rendas... Están los castaños tan apretados, que no se ve... Ya andan allá los leñadores... Pero sin mí no se desenvuelven...

Encogióse de hombros el señorito, calculando que acaso Primitivo se proponía ocultar en el soto la vergüenza de su derrota. No obstante, como creía conocerle, hacíasele duro que abandonase la partida sin desquite. Estuvo a punto de exclamar: «¡Acompáñame!» Presintió resistencias, y pensó para su sayo: «¡Qué demonio! Más vale dejarle. Aunque se empeñe, no me ha de cortar el paso... Y si cree que puede conmigo...»

Fijó, sin embargo, una mirada escrutadora en las enjutas facciones del cazador, donde creía advertir, muy encubierta y disimulada, cierta contracción diabólica.

«¿Qué estará rumiando este zorro? –cavilaba el señorito–. Sin alguna no escapamos. ¡No, pues como se desmande...! Me coge hoy en punto de caramelo.»

Subió don Pedro a su habitación, y volvió con la escopeta al hombro. Julián le miraba, sorprendido de que tomase el arma yendo de viaje. De pronto, el capellán recordó algo también y se dirigió a la cocina.

–¡Sabel! –gritó–. ¡Sabel! ¿Dónde está el niño, mujer? Le quería dar un beso.

Sabel salió y volvió con el chiquillo, agarrado a sus sayas. Le había encontrado escondido en el pesebre de las vacas, su rincón favorito, y el diablillo traía los rizos entretejidos con hierba y flores silvestres. Estaba precioso. Hasta la venda de la descalabradura le asemejaba al Amor. Julián le levantó en peso, besándole en ambos carrillos.

–Sabel, mujer, lávalo de cuando en cuando siquiera... Por las mañanas...

–Vámonos, vámonos... –apremió el marqués desde la puerta, como si recelase acercarse a la mujer y al niño–. Hace falta el tiempo... Se nos va a marchar el coche.

Si Sabel deseaba retener a aquel fugitivo Eneas, no dio de ello la más leve señal, pues se volvió con gran sosiego a sus potes y trébedes. Don Pedro, a pesar de la urgencia alegada para apurar a Julián, aguardó dos minutos en la puerta, quizás con la ilusión recóndita de ser detenido por la muchacha; pero al fin, encogiéndose de hombros, salió delante, y echó a andar por la senda, abierta entre viñas, que conducía al crucero. Era el paraje descubierto, aunque el terreno quebrado, y el señorito podía otear fácilmente, a derecha e izquierda, todo cuanto sucediese; ni una liebre brincaría por allí sin que sus ojos linces de cazador la avizorasen. Aunque departiendo con Julián acerca de la sorpresa que se le preparaba a la familia De la Lage, y de si amenazaba llover porque el cielo se había encapotado, no descuidaba el marqués observar algo que debía interesarle muchísimo. Un instante se paró, creyendo divisar la cabeza de un hombre allá lejos, detrás de los paredones que cerraban la viña. Pero a tal distancia no consiguió cerciorarse. Vigiló más atento.

Acercábanse al soto de Rendas, situado antes del crucero; desde allí el arbolado se espesaba, y se dificultaba la precaución. Orillaron el soto, llegaron al pie del santo símbolo y se internaron en el camino, más agrio y estrecho, sin ver nada que justificase temores. En la espesura oyeron el golpe reiterado del hacha y el «¡ham!» de los leñadores, que rareaban los castaños. Más adelante, silencio total. El cielo se cubría de nubes cirrosas, y la claridad del sol apenas se abría paso, filtrándose velada y cárdena, presagiando tempestad. Julián recordó un detalle melancólico, la cruz a la cual iban a llegar en breve, que señalaba el teatro de un crimen, y preguntó:

–¿Señorito?

–¿Eh? –murmuró el marqués, hablando con los dientes apretados.

–Aquí cerca mataron a un hombre, ¿verdad? Donde está la cruz de madera. ¿Por qué fue, señorito? ¿Alguna venganza?

–Una pendencia entre borrachos, al volver de la feria –respondió, secamente, don Pedro, que se hacía todo ojos para inspeccionar los matorrales.

La cruz negreaba ya sobre ellos, y Julián se puso a rezar el padrenuestro acostumbrado, muy bajito. Iba delante, y el señorito le pisaba casi los talones. Los mozos portadores del equipaje se habían adelantado mucho, deseosos de llegar cuanto antes a Cebre y echar un traguete en la ta-

berna. Para oír el susurro que produjeron las hojas y la
maleza, al desviarse y abrir paso a un cuerpo, necesitá-
banse realmente sentidos de cazador. El señorito lo percibió, aunque tenue, clarísimo, y vio el cañón de la escopeta
apuntando tan recto, que de fijo no se perdería el disparo: el cañón no amagaba a su pecho, sino a las espaldas de
Julián. La sorpresa estuvo a punto de paralizar a don Pedro. Fue un segundo, menos que un segundo tal vez, un
espacio de tiempo inapreciable, lo que tardó en reponerse
y en echarse a la cara su arma, apuntando a su vez al enemigo, emboscado. Si el tiro de éste salía, la bala se cruza-
ría casi con otra bala justiciera. La situación duró pocos
instantes: estaban frente a frente dos adversarios dignos
de medir sus fuerzas. El más inteligente cedió, encontrán-
dose descubierto. Oyó el marqués el roce del follaje al bajarse el cañón que amenazaba a Julián, y Primitivo salió
del soto, blandiendo su vieja escopeta certera, remenda-
da con cordeles. Julián precipitó el *Gloria Patri* para decirle en tono cortés:

–¡Hola!... ¿Se viene usted, por fin, con nosotros, hasta
Cebre?

–Sí, señor –contestó Primitivo, cuyo semblante recordaba más que nunca el de una estatua de fundición–.
Dejo dispuesto en Rendas, y voy a ver si de aquí a Cebre
sale algo que tumbar...

–Dame esa escopeta, Primitivo –ordenó don Pedro–.
Estoy oyendo cantar la codorniz ahí, que no parece sino
que me hace burla. Se me ha olvidado cargar mi carabina.

Diciendo y haciendo, cogió la escopeta, apuntó a cualquier parte y disparó. Volaron hojas y pedazos de rama
de un roble próximo, aunque ninguna codorniz cayó herida.

–¡Marró! –exclamó el señorito, fingiendo gran contra-

riedad, mientras para sí discurría: «No era bala; eran pos-
tas... Le quería meter grajea del plomo en el cuerpo...
¡Claro! Con bala era más escandaloso, más alarmante
para la justicia. Es zorro fino.» Y en voz alta–: No vuelvas
a cargar; hoy no se caza, que se nos viene la lluvia encima
y tenemos que apretar el paso... Marcha delante; enséña-
nos el atajo hasta Cebre.

–¿No lo sabe el señorito?

–Sí tal; pero a veces me distraigo.

Capítulo 9

Como ya dos veces había repicado la campanilla y los criados no llevaban trazas de abrir, las señoritas De la Lage, suponiendo que a horas tan tempranas no vendría nadie de cumplido, bajaron en persona, y en grupo, a abrir la puerta, sin peinar, de bata y chinelas, hechas unas fachas. Así es que se quedaron voladas al encontrarse con un arrogante mozo, que les decía campechanamente:

–¿A que nadie me conoce aquí?

Sintieron impulsos de echar a correr; pero la tercera, la menos linda de todas, frisando, al parecer, en los veinte años, murmuró:

–De fijo que es el primo Perucho Moscoso.

–¡Bravo! –exclamó don Pedro–. ¡Aquí está la más lista de la familia!

Y, adelantándose con los brazos abiertos, fue para abrazarla; pero ella, hurtando el cuerpo, le tendió una manecita fresca, recién lavada con agua y colonia. En seguida se entró por la casa, gritando:

–¡Papá! ¡Papá! ¡Está aquí el primo Perucho!

El piso retembló bajo unos pasos elefantinos... Apareció el señor De la Lage, llenando con su volumen la antesala, y don Pedro abrazó a su tío, que le llevó casi en volandas al salón. Julián, que por no malograr la sorpresa de la aparición del primo se había quedado oculto detrás de la puerta, salía riendo del escondite, muy embromado por las señoritas, que afirmaban que estaba gordísimo, y se escurría por el pasillo, en busca de su madre.

Viéndolos juntos, se observaba extraordinario parecido entre el señor De la Lage y su sobrino carnal: la misma estatura prócer, las mismas proporciones amplias, la misma abundancia de hueso y fibra, la misma barba, fuerte y copiosa; pero lo que en el sobrino era armonía de complexión titánica, fortalecida por el aire libre y los ejercicios corporales, en el tío era exuberancia y plétora: condenado a una vida sedentaria, se advertía que le sobraba sangre y carne, de la cual no sabía qué hacer; sin ser lo que se llama obeso, su humanidad se desbordaba por todos lados: cada pie suyo parecía una lancha; cada mano, un mazo de carpintero. Se ahogaba con los trajes de paseo; no cabía en las habitaciones reducidas; resoplaba en las butacas del teatro, y en misa repartía codazos para disponer de más sitio. Magnífico ejemplar de una raza apta para la vida guerrera y montés de las épocas feudales, se consumía miserablemente en el vil ocio de los pueblos, donde el que nada produce, nada enseña, ni nada aprende, de nada sirve y nada hace. ¡Oh dolor! Aquel castizo Pardo de la Lage, naciendo en el siglo XV, hubiera dado en qué entender a los arqueólogos e historiadores del siglo XIX.

Mostró admirarse de la buena presencia del sobrino, y le habló llanamente, para inspirarle confianza.

–¡Muchacho, muchacho! ¿Adónde vas con tanto doblar? Cuidado que estás más hombre que yo... Siempre te imitaste más a Gabriel y a mí que a tu madre, que santa gloria haya... Lo que es con tu padre, ni esto... No saliste

Moscoso ni Cabreira, chico; saliste Pardo por los cuatro
costados. Ya habrás visto a tus primas, ¿eh? Chiquillas,
¿qué le decís al primo?

–¿Qué me dicen? Me han recibido como a la persona
de más cumplimiento... A ésta le quise dar un abrazo, y
ella me alargó la mano muy fina.

–¡Qué borregas! ¡Marías Remilgos! A ver cómo abra-
záis todas al primo, inmediatamente.

La primera que se adelantó a cumplir la orden fue la
mayor. Al estrecharla, don Pedro no pudo dejar de notar
las bizarras proporciones del bulto humano que oprimía.
¡Una real moza la primita mayor!

–¿Tú eres Rita, si no me equivoco? –preguntó, risueño–. Tengo muy mala memoria para nombres, y puede
que os confunda.

–Rita, para servirte –respondió con igual amabilidad
la prima...–. Y ésta es Manolita, y ésta es Carmen, y aqué-
lla es Nucha...

–¡Chis!... Poquito a poco... Me lo iréis repitiendo conforme os abrace.

Dos primas vinieron a pagar el tributo, diciendo festi-
vamente:

–Yo soy Manolita, para servir a usted.

–Yo, Carmen, para lo que usted guste mandar.

Allá, entre los pliegues de una cortina de damasco, se
escondía la tercera, como si quisiera esquivar la ceremonia afectuosa; pero no le valió la treta, antes su retraimiento incitó al primo a exclamar:

–Doña Hucha, o como te llames... Cuidadito conmigo...; se me debe un abrazo.

–Me llamo Marcelina, hombre... Pero éstas me llaman
siempre Marcelinucha o Nucha...

Costábale trabajo resolverse, y permanecía refugiada

en el rojo dosel de la cortina, cruzando las manos sobre el peinador de percal blanco, que rayaban con doble y largo trazo, como de tinta, sus sueltas trenzas. El padre la empujó bruscamente, y la chica vino a caer contra el primo, toda ruborizada, recibiendo un apretón en regla, amén de un frote de barbas que la obligó a ocultar el rostro en la pechera del marqués.

Hechas así las amistades, entablaron el señor De la Lage y su sobrino la imprescindible conversación referente al viaje, sus causas, incidentes y peripecias. No explicaba muy satisfactoriamente el sobrino su impensada venida: «¡Pchs!... Ganas de *espilirse*... Cansa estar siempre solo... Gusta la variación...» No insistió el tío, pensando entre sí: «Ya Julián me lo contará todo.»

Y se frotaba las manos colosales, sonriendo a una idea que, si acariciaba tiempo hacía allá en su interior, jamás se le había presentado tan clara y halagüeña como entonces. ¡Qué mejor esposo podían desear sus hijas que el primo Ulloa! Entre los numerosos ejemplares del tipo del padre que desea colocar a sus niñas, ninguno más vehemente que don Manuel Pardo en cuanto a la voluntad, pero ninguno más reservado en el modo y forma. Porque aquel hidalgo de cepa vieja sentía a la vez gana ardentísima de casar a las chiquillas y un orgullo de raza tan exaltado, bajo engañosas apariencias de llaneza, que no sólo le vedaba descender a ningún ardid de los usuales en padres casamenteros, sino que le imponía suma rigidez y escrúpulo en la elección de sus relaciones y en la manera de educar a sus hijas, a quienes traía como encastilladas y aisladas, no llevándolas sino de Pascuas a Ramos a diversiones públicas. «Las señoritas De la Lage –discurría don Manuel– deben casarse, y sería contrario al orden providencial que no apareciese tronco en que injertar dignamente los retoños de tan noble estirpe; pero antes se quedan para vestir imágenes que unirse con cualquiera, con el teniente que está de guarnición, con el comerciante que medra midiendo paño, con el médico que toma el pulso; eso sería, ¡vive Dios!, profanación indigna; las señoritas De la Lage sólo pueden dar su mano a quien se las iguale en calidad.» Así, pues, don Manuel, que se desdeñaría de tender redes a un ricachón plebeyo, se propuso inmediatamente hacer cuanto estuviese en su mano para que su sobrino pasase a yerno, como el Sandoval de la zarzuela.

¿Conformaban las primitas con las opiniones de su padre? Lo cierto es que, apenas el primo se sentó a platicar con don Manuel, cada niña se escurrió bonitamente, ya a arreglar su tocado, ya a prevenir alojamiento al forastero y platos selectos para la mesa. Se convino en que el primo se quedaba hospedado allí, y se envió por la maleta a la posada.

Fue la comida alegre en extremo. Rápidamente se había establecido entre don Pedro y las señoritas De la Lage el género de familiaridad inherente al parentesco en grado prohibido, pero dispensable: familiaridad que se diferencia de la fraternal en que la sazona y condimenta un picante polvito de hostilidad, germen de graciosas y galantes escaramuzas. Cruzábase en la mesa vivo tiroteo de bromas, equívocos, piropos, que entre los dos sexos suele preludiar a más serios combates.

–Primo, me extraña mucho que, estando a mi lado, no me sirvas el agua.

–Los aldeanos no entendemos de política; ve enseñándome un poco, que por tener maestras así...

–Glotón, ¿quién te da permiso para repetir?

–El plato está tan rico, que supongo que es obra tuya.

–¡Vaya unas ilusiones! Ha sido la cocinera. Yo no guiso para ti. Te fastidiaste.

–Prima, esta yemecita. Por mí.

–No me robes del plato, goloso. Que no te lo doy, ¡ea! ¿No tienes ahí la fuente?

–¿A que te lo atrapo? Cuando más descuidada estés.

–¿A que no?

Y la prima se levantaba y echaba a correr con su plato en las manos, para evitar el hurto de un merengue o de media manzana, y el primo la perseguía alrededor de la mesa, y el juego se celebraba con estrepitosas carcajadas, como si fuese el paso más gracioso del mundo. Las mantenedoras de este torneo eran Rita y Manolita, las dos mayores; en cuanto a Nucha y Carmen, se encerraban en los términos de una cordialidad mesurada, presenciando y riendo las bromas, pero sin tomar parte activa en ellas, con la diferencia de que en el rostro de Carmen, la más joven, se notaba una melancolía perenne, una preocupación dominante, y en el de Nucha se advertía tan sólo gravedad natural, no exenta de placidez.

Hállabase don Pedro en sus glorias. Al resolverse a emprender el viaje, receló que las primas fuesen algunas señoritas muy cumplimenteras y espetadas, cosa que a él le pondría en un brete, por serle extrañas las fórmulas del trato ceremonioso con damas de calidad, clase de «perdices blancas» que nunca había cazado; mas aquel recibimiento franco le devolvió al punto su aplomo. Animado, y con la cálida sangre despierta, consideraba a las primitas una por una, calculando a cuál arrojaría el pañuelo. La menor no hay duda que era muy linda, blanca con cabos negros, alta y esbelta; pero la mal disimulada pasión de ánimo, las cárdenas ojeras, amenguaban su atractivo para don Pedro, que no estaba por romanticismos. En cuanto a la tercera, Nucha, asemejábase bastante a la menor, sólo que en feo: sus ojos, de magnífico tamaño, negros también como moras, padecían leve estrabismo convergente, lo cual daba a su mirar una vaguedad y pudor especial; no era alta ni sus facciones se pasaban de correctas, a excepción de la boca, que era una miniatura. En suma: pocos encantos físicos, al menos para los que se pagan de la cantidad y morbidez de esta nuestra envoltura de barro. Manolita ofrecía otro tipo distinto, admirándose en ella lozanas carnes y suma gracia, unida a un defecto que para muchos es aumento singular de perfección en la mujer, y a otros –verbigracia, a don Pedro– les inspira repulsión: un carácter masculino mezclado a los hechizos femeniles, un bozo que iba pasando a bigote, una prolongación del nacimiento del pelo sobre la oreja, que, descendiendo a lo largo de la mandíbula, quería ser, más que suave patilla, atrevida barba. A la que no se podía poner tachas era a Rita, la hermana mayor. Lo que más cautivaba a su primo en Rita no era tanto la belleza del rostro como la cumplida proporción del tronco y miembros, la amplitud y redondez de la cadera, el desarrollo del seno, todo cuanto en las valientes y armónicas curvas de su briosa persona prometía la madre fecunda y la nodriza inexhausta. ¡Soberbio vaso, en verdad, para encerrar un Moscoso legítimo, magnífico patrón donde injertar el heredero, el continuador del nombre! El marqués presentía en tan arrogante hembra no el placer de los sentidos, sino la numerosa y masculina prole que debía rendir; bien como el agricultor que, ante un terreno fértil, no se prenda de las florecillas que lo esmaltan, pero calcula aproximadamente la cosecha que podrá rendir al terminarse el estío.

Pasaron al salón después de la comida, para la cual las muchachas se habían emperejilado. Enseñaron a don Pedro infinidad de quisicosas: estereóscopos, álbumes de fotografías, que eran entonces objetos muy elegantes y nada comu-

nes. Rita y Manolita obligaban al primo a fijarse en los retratos, que las representaban apoyadas en una silla o en una
columna, actitud clásica que por aquel tiempo imponían
los fotógrafos, y Nucha, abriendo un álbum chiquito, se lo
puso delante a don Pedro, preguntándole, afanosamente:

–¿Le conoces?

Era un muchacho como de diecisiete años, rapado, con
uniforme de alumno de la Academia de Artillería, pareci-
dísimo a Nucha y a Carmen cuanto puede parecerse un
pelón a dos señoritas con buenas trenzas de pelo.

–Es mi niño –afirmó Nucha, muy grave.

–¿Tu niño?

Riéronse las otras hermanas a carcajadas, y don Pedro
exclamó, cayendo en la cuenta:

–¡Bah! Ya sé. Es vuestro hermano, mi señor primo, el
mayorazgo De la Lage, Gabrieliño.

–Pues claro. ¿Quién había de ser? Pero esa Nucha le
quiere tanto, que siempre le llama su niño.

Nucha, corroborando el aserto, se inclinó y besó el re-
trato con tan apasionada ternura, que allá, en Segovia, el
pobre alumno, víctima quizá de los rigores de la novata-
da, debió de sentir en la mejilla y el corazón una cosa dulce y caliente. Cuando Carmen, la tristona, vio a sus hermanas entretenidas, se escabulló del salón, donde ya no
apareció más. Agotado todo lo que en el salón había que
enseñar al primo, le mostraron la casa desde el desván
hasta la leñera; un caserón antiguo, espacioso y destartalado, como aún quedan muchos en la monumental Compostela, digno hermano urbano de los rurales Pazos de
Ulloa. En su fachada severa desafinaba una galería de
nuevo cuño, ideada por don Manuel Pardo de la Lage,
que tenía el costoso vicio de hacer obras. Semejante sole-
cismo arquitectónico era el quitapesares de las señoritas

de Pardo; allí se las encontraba siempre, posadas como pájaros en rama favorita; allí hacían labor, allí tenían un breve jardín, contenido en macetas y cajones; allí colgaban jaulas de canarios y jilgueros: tal vez no parasen en esto los buenos oficios de la galería dichosa. Lo cierto es que en ella encontraron a Carmen, asomada y mirando a la calle, tan absorta, que no sintió llegar a sus hermanas. Nucha la tiró del vestido; la muchacha se volvió, pudiendo notarse que tenía unas vislumbres de rosa en las mejillas, descoloridas de ordinario. Hablóle Nucha vivamente al oído, y Carmen se apartó del encristalado antepecho, siempre muda y preocupada. Rita no cesaba de explicar al primo mil particularidades:

–Desde aquí se ven las mejores calles... Ése es el Preguntoiro; por ahí pasa mucha gente... Aquella torre es la de la Catedral... ¿Y tú no has ido a la Catedral todavía? Pero ¿de veras no le has rezado un credo al Santo Apóstol, judío? –exclamaba la chica, vertiendo provocativamente luz de sus pupilas radiantes–. Vaya, vaya... Tengo yo que llevarte allí para que conozcas al Santo y le abraces muy apretadito... ¿Tampoco has visto aún el Casino? ¿La Alameda? ¿La Universidad? ¡Señor, si no has visto nada!

–No, hija... Ya sabes que soy un pobre aldeano..., y he llegado ayer al anochecer. No hice más que acostarme.

–¿Por qué no te viniste acá en derechura, descastado?

–¿A alborotaros la casa de noche? Aunque salgo de entre tojos, no soy tan mal criado como todo eso.

–Vamos, pues hoy tienes que ver alguna notabilidad... Y no faltar al paseo... Hay chicas muy guapas.

–De eso ya me he enterado, sin molestarme en ir a la Alameda –contestó el primo, echando a Rita una miradaza que ella resistió con intrepidez notoria y pagó sin esquivez alguna.

Capítulo 10

Y en efecto, le fueron enseñadas al marqués de Ulloa multitud de cosas que no le importaban mayormente. Nada le agradó, y experimentó mil decepciones, como suele acontecer a las gentes habituadas a vivir en el campo, que se forman del pueblo una idea exagerada. Pareciéronle, y con razón, estrechas, torcidas y mal empedradas las calles, fangoso el piso, húmedas las paredes, viejos y ennegrecidos los edificios, pequeño el circuito de la ciudad, postrado su comercio y solitarios casi siempre sus sitios públicos; y en cuanto a lo que de un pueblo antiguo puede enamorar a un espíritu culto, los grandes recuerdos, la eterna vida del arte conservada en monumentos y ruinas, de eso entendía don Pedro lo mismo que de griego o latín. ¡Piedras mohosas! Ya le bastaban las de los Pazos. Nótese cómo un hidalgo campesino, de muy rancio criterio, se hallaba al nivel de los demócratas más vandálicos y demoledores. A pesar de conocer Orense y haber estado en Santiago cuando niño, discurría y fantaseaba a su modo lo que debe ser una ciudad moderna: calles anchas, mucha regularidad en las construcciones, todo nuevo y flamante, gran policía, ¿qué menos puede ofrecer la civilización a sus esclavos? Es cierto que Santiago poseía dos o tres edificios espaciosos: la Catedral, el Consistorio, San Martín... Pero en ellos existían cosas muy sin razón ponderadas, en concepto del marqués; por ejemplo: la Gloria, de la Catedral. ¡Vaya unos santos más mal hechos y unas santas más larguiruchas y sin forma humana! ¡Unas columnas más raramente esculpidas! Sería de ver a alguno de estos sabios, que escudriñan el sentido de un monumento religioso, consagrándose a la tarea de demostrar a don Pedro que el pórtico de la Gloria encierra alta poesía y profundo simbolismo. ¡Simbolismo! ¡Jerigonzas! El pórtico no era para tanto, y las figuras parecían pasadas por un tamiz. Por fuerza las artes andaban atrasadísimas en aquellos tiempos de Maricastaña. Total, que de los monumentos de Santiago se atenía el marqués a uno de fábrica muy reciente: su prima Rita.

La proximidad de la fiesta del Corpus animaba un tanto la soñolienta ciudad universitaria, y todas las tardes había lucido paseo bajo los árboles de la Alameda. Carmen y Nucha solían ir delante, y las seguían Rita y Manolita, acompañadas por su primo; el padre cubría la retaguardia, conversando con algún señor mayor, de los muchos que existen en el pueblo compostelano, donde por ley de afinidad, parece abundar, más que en otras partes, la gente provecta.

A menudo se arrimaba a Manolita un señorito muy planchado y tieso, con cierto empaque ridículo y exageradas pretensiones de elegancia; llamábase don Víctor de la Formoseda, y estudiaba derecho en la Universidad; don Manuel Pardo le veía gustoso acercarse a sus hijas, por ser el señorito de la Formoseda, de muy limpio solar montañés y no despreciable caudal. No era éste el único mosquito que zumbaba en torno de la señorita De la Lage. A las primeras de cambio, notó don Pedro que así por los angostos y lóbregos soportales de la Rúa del Villar como por las frondosidades de la Alameda y la Herradura, les seguía y escoltaba un hombre joven, melenudo, enfundado en un gabán gris, de corte raro y antiguo. Aquel hombre parecía la sombra de las muchachas; no era posible volver la cabeza sin encontrársele; y don Pedro reparó también que al surgir detrás de un pilar o por entre los árboles el rondador perpetuo, la cara triste y ojerosa de Carmen se animaba, y brillaban sus abatidos ojos. En cambio, don Manuel y Nucha daban señales de inquietud y desagrado.

Ya sobre la pista, don Pedro siguió acechando, a fuer de cazador experto. Nucha no debía tener ningún adorador entre la multitud de estudiantes y vagos que acudían al paseo, o, si lo tenía, no le hacía caso, pues caminaba seria e indiferente. En público, Nucha parecía revestirse de gravedad ajena a sus años. Respecto a Manolita, no perdía ripio coqueteando con el señorito de la Formoseda. Rita, siempre animada y provocadora, lo era mucho con su primo y no poco con los demás, pues don Pedro advirtió que a las miradas y requiebros de sus admiradores correspondía con ojeadas vivas y flecheras. Lo cual no dejó de dar en qué pensar al marqués de Ulloa, quien tal vez por contarse en el número de los hombres fácilmente atraídos por las mujeres vivarachas, tenía de ellas opinión detestable, y para sus adentros la expresaba en términos muy crudos.

Dormían en habitaciones contiguas Julián y el marqués, pues Julián, desde su ordenación, había ascendido de categoría en la casa, y mientras la madre continuaba desempeñando las funciones de ama de llaves y dueña, el hijo comía con los señores, ocupaba un cuarto de importancia y era tratado en suma, si no de igual a igual, pues siempre quedaban matices de protección, al menos con gran amabilidad y deferencia. De noche, antes de recogerse, el marqués se le entraba en el dormitorio a fumar un cigarrillo y charlar. La conversación ofrecía pocos lances, pues siempre versaba sobre el mismo proyecto. Decía don Pedro que le admiraban dos cosas: haberse resuelto a salir de los Pazos y hallarse tan decidido a tomar estado, idea que antes le parecía irrealizable. Era don Pedro de los que juzgan muy importantes y dignas de comentarse sus propias acciones y mutaciones –achaque propio de egoístas– y han menester tener siempre cerca de sí algún inferior o subordinado a quien referirlas, para que les atribuya también valor extraordinario.

Agradaba la plática a Julián. Aquellas proyectadas bodas entre primo y prima le parecían tan naturales como enlazarse la vid y el olmo. Las familias no podían ser mejores ni más para en una; las clases, iguales; las edades, no muy desproporcionadas, y el resultado, dichosísimo, porque así redimía el marqués su alma de las garras del demonio, personificado en impúdicas barraganas. Solamente no le contentaba que don Pedro se hubiese ido a fijar en la señorita Rita; mas no se atrevía ni a indicarlo, no fuese a malograrse la cristiana resolución del marqués.

–Rita es una gran moza... –decía éste, explayándose–. Parece sana como una manzana, y los hijos que tenga heredarán su buena constitución. Serán más fuertes aún que Perucho, el de Sabel.

¡Inoportuna reminiscencia! Julián se apresuraba a replicar, sin meterse en honduras fisiológicas:

–La casta de los señores de Pardo es muy saludable, gracias a Dios.

Una noche cambiaron de sesgo las confidencias, entrando en terreno sumamente embarazoso para Julián, siempre temeroso de que cualquier desliz de su lengua desbaratase los proyectos del señorito, y le echase a él sobre la conciencia responsabilidad gravísima.

–¿Sabe usted –insinuó don Pedro– que mi prima Rita se me figura algo casquivana? Por el paseo va siempre entretenida en si la miran o no la miran, si le dicen o no le dicen... Juraría que toma varas.

–¿Que toma varas? –repitió el capellán, quedándose en ayunas del sentido de la frase grosera.

–Sí, hombre... que se deja querer, vamos... Y para casarse, no es cosa de broma que la mujer las gaste con el primero que llega.

–¿Quién lo duda, señorito? La prenda más esencial en la mujer es la honestidad y el recato. Pero no hay que fiarse de apariencias. La señorita Rita tiene el genio así, franco y alegre...

Creíase Julián salvado con estas evasivas, cuando, a las pocas noches, don Pedro le apretó para que cantase:

–Don Julián, aquí no valen misterios... Si he de casarme, quiero al menos saber con quién y cómo... Apenas se reirían si, porque vengo de los Pazos, me diesen de buenas a primeras gato por liebre. Con razón se diría que salí de un soto para meterme en otro. No sirve contestar que usted no sabe nada. Usted se ha criado en esta casa y conoce a mis primas desde que nació. Rita..., Rita es mayor que usted, ¿no es verdad?

–Sí, señor –respondió Julián, no teniendo por cargo de conciencia revelar la edad–. La señorita Rita cumplirá ahora veintisiete o veintiocho años... Después viene la señorita Manolita y la señorita Marcelina, que son seguidas, veintitrés y veintidós..., porque en medio murieron dos niños varones..., y luego la señorita Carmen, veinte...

Cuando nació el señorito Gabriel, que andará en los diecisiete o poco más, ya no se pensaba que la señora volviese a tener sucesión, porque andaba delicada, y le probó tan mal el parto, que falleció a los pocos meses.

–Pues usted debe de conocer perfectamente a Rita. Cante usted ¡ea!

–Señorito, a la verdad... Yo me crié en esta casa, es cierto; pero sin manualizarme con los señores, porque mi clase era otra muy distinta... Y mi madre, que es muy piadosa, no me permitió jamás juntarme con las señoritas para jugar ni nada..., por razones de decoro... ¡Ya usted me comprende! Con el señorito Gabriel sí que pasé algún rato; lo que es con las señoritas..., buenos días y buenas noches, cuando las encontraba en los pasillos. Luego ya fui al seminario...

–¡Bah, bah! ¿Tiene usted gana de cuentos?... Harto estará usted de saber cosas de las chicas. Basta su madre de usted para enterarle. ¿Acerté? Se ha puesto usted colorado... ¡Ajá! Por ahí vamos bien ¡A ver con qué cara me niega que su madre le ha informado de algunas cosillas...!

Julián se tornó purpúreo. ¡Que si le habían contado! ¡Pues no habían de contarle! Desde su llegada, la venerable dueña, que regía el llavero en casa De la Lage, no había cogido a solas a su hijo un minuto sin ceder a la comezón de tocar ciertos asuntos, que únicamente con varones graves y religiosos pueden conferirse... Misia Rosario no lo iba a charlar con otras comadres envidiosas; eso, no; por algo comía el pan de don Manuel Pardo; pero con la gente grave y de buen consejo –verbigracia, su confesor, don Vicente, el canónigo, y Julián, aquel pedazo de sus entrañas elevado a la más alta dignidad que cabe en la tierra–, ¿quién le quitaba el gustazo de juzgar a su modo la conducta del amo y las señoritas, de alardear de discre-

ción, censurando melosa y compasivamente algunos actos que ella, si «fuese señora», no realizaría jamás, y de oír
que «personas de respeto» alababan mucho su cordura y
conformaban del todo con su dictamen? Que si le habían
contado a Julián, ¡Dios bendito! Pero una cosa es que se lo
hubiesen contado, y otra que él lo pudiese repetir. ¿Cómo
revelar la manía de la señorita Carmen, empeñada en casarse, contra viento y marea de su padre, con un estu-
diantillo de medicina, un nadie, hijo de un herrador de
pueblo (¡oh, baldón para la preclara estirpe de los Pardos!), un loco de atar, que la comprometía siguiéndola
por todas partes, a modo de perrito faldero, y de quien
además se aseguraba que era un materialista, metido en
sociedades secretas? ¿Cómo divulgar que la señorita Manolita hacía novenas a San Antonio para que don Víctor
de la Formoseda se determinase a pedirla, llegando al extremo de escribir a don Víctor cartas anónimas, indispo-
niéndole con otras señoritas cuya casa frecuentaba? Y, sobre todo, ¿cómo indicar ni lo más somero y mínimo de
«aquello» de la señorita Rita, que, maliciosamente inter-
pretado, tanto podía dañar a su honra? Antes le arranca-
sen la lengua.

–Señorito –balbució–. Yo creo que las señoritas son
muy buenas e incapaces de faltar en nada; pero si lo contrario supiese, me guardaría bien de propalarlo, toda vez
que yo..., que mi agradecimiento a esta familia me pondría..., vamos..., como si dijéramos..., una mordaza.

Detúvose, comprendiendo que se empantanaba más.

–No traduzca mis palabras, señorito... Por Dios, no sa-
que usted consecuencias de mi poca habilidad para expli-
carme.

–Según eso –preguntó el marqués, mirando de hito en
hito al capellán–, ¿usted juzga que no hay absolutamente

nada censurable? Clarito. ¿Las considera usted a todas unas señoritas intachables..., perfectísimas..., que me convienen para casarme? ¿Eh?

Meditó Julián antes de responder.

–Si usted se empeña en que le descubra cuanto uno tiene en el corazón..., francamente, aunque las señoritas son cada una de por sí muy simpáticas, yo, puesto a escoger..., no lo niego..., me quedaría con la señorita Marcelina.

–¡Hombre! Es algo bizca... y flaca... Sólo tiene buen pelo y buen genio.

–Señorito, es una alhaja.

–Será como las demás.

–Es como ella sola. Cuando el señorito Gabriel quedó sin mamá de pequeñito, le cuidó con una formalidad que tenía la gracia del mundo, porque ella no era mucho mayor que él. Una madre no hiciera más. De día, de noche, siempre con el chiquillo en brazos. Le llamaba su hijo; dicen que era un sainete ver aquello. Parece que el peso del chiquillo la rindió, y por eso quedó más delicada de salud que las otras. Cuando el hermano marchó al colegio estuvo malucha. Por eso la ve usted descolorida. Es un ángel, señorito. Todo se le vuelve aconsejar bien a las hermanas...

–Señal de que lo necesitan –arguyó don Pedro, maliciosamente.

–¡Jesús! No puede uno deslizarse... Bien sabe usted que sobre lo bueno está lo mejor, y la señorita Marcelina raya en perfecta. La perfección es dada a pocos. Señorito, la señorita Marcelina, ahí donde usted la ve, se confiesa y comulga tan a menudo, y es tan religiosa, que edifica a la gente.

Quedóse don Pedro reflexionando algún rato, y aseguró después que le agradaba mucho la religiosidad en las mujeres; que la conceptuaba indispensable para que fuesen buenas.

–Conque beatita, ¿eh? –añadió–. Ya tengo por dónde hacerla rabiar.

Y tal fue, en efecto, el resultado inmediato de aquella conferencia donde, con mejor deseo que diplomacia, había intentado Julián presentar la candidatura de Nucha. Desde entonces el primo gastó con ella bastantes bromas, algunas más pesadas que divertidas. Con placer de niño voluntarioso cuyos dedos entreabren un capullo, gozaba en poner colorada a Nucha, en arañarle la epidermis del alma por medio de chanzas subidas e indiscretas familiaridades, que ella rechazaba enérgicamente. Semejante juego mortificaba al capellán tanto como a la chica; las sobremesas eran para él largo suplicio, pues a las anécdotas y cuentos de don Manuel, que versaban siempre sobre materias nada pulcras ni bien olientes –costumbre inveterada en el señor De la Lage–, se unían las continuas inconveniencias del primo con la prima. El pobre Julián, con los ojos fijos en el plato, el rubio entrecejo un tanto fruncido, pasaba las de Caín. Imaginábase él que ajar, siquiera fuese en broma, la flor de la modestia virginal era abominable sacrilegio. Por lo que su madre le había contado y por lo que en Nucha veía, la señorita le inspiraba religioso respeto, semejante al que infunde el camarín que contiene una veneranda imagen. Jamás se atrevía a llamarla por el diminutivo, pareciéndole Nucha nombre de perro más bien que de persona; y cuando don Pedro se resbalaba a chanzonetas escabrosas, el capellán, juzgando que consolaba a la señorita Marcelina, tomaba asiento a su lado y le hablaba de cosas santas y apacibles, de alguna novena o función de iglesia, a las cuales Nucha asistía con asiduidad.

No lograba el marqués vencer la irritante atracción que le llevaba hacia Rita; y con todo, al crecer el imperio que ejercía en sus sentidos la prima mayor, se fortalecía también la especie de desconfianza instintiva que infunden al campesino las hembras ciudadanas, cuyo refinamiento y coquetería suele confundir con la depravación. Vamos, no lo podía remediar el marqués: según frase suya, Rita le escamaba terriblemente. ¡Es que a veces ostentaba una desenvoltura! ¡Se mostraba con él tan incitadora; tendía la red con tan poco disimulo; se esponjaba de tal suerte ante los homenajes masculinos!

El aldeano que llega al pueblo ha oído contar mil lances, mil jugarretas hechas a los bobos que allí entran desprevenidos como incautos peces. Lleno de recelo, mira hacia todas partes, teme que le roben en las tiendas, no se fía de nadie, no acierta a conciliar el sueño en la posada, no sea que mientras duerme le birlen el bolso. Guardada la distancia que separa de un labriego al señor de Ulloa, éste era su estado moral en Compostela. No hería su amor propio ser dominado por Primitivo y vendido groseramente por Sabel en su madriguera de los Pazos, pero sí que le torease en Compostela su artificiosa primilla. Además, no es lo mismo distraerse con una muchacha cualquiera que tomar esposa. La hembra destinada a llevar el nombre esclarecido de Moscoso y a perpetuarlo legítimamente había de ser limpia como un espejo... Y don Pedro figuraba entre los que no juzgan limpia ya a la que tuvo amorosos tratos, aun en la más honesta y lícita forma, con otro que con su marido. Aun las ojeadas en calles y paseos eran pecados gordos. Entendía don Pedro el honor conyugal a la manera calderoniana, española neta, indulgentísima para el esposo e implacable para la esposa. Y a él que no le dijesen: Rita no estaba sin algún enredillo... Acerca de Carmen y Manolita no necesitaba discurrir, pues bien veía lo que pasaba. Pero Rita...

Ningún amigo íntimo tenía en Santiago don Pedro, aunque sí varios conocimientos logrados en el paseo, en casa de su tío o en el Casino, donde solía ir mañana y noche, a fuer de buen español ocioso. Así se le embromaba mucho con su prima, comentándose también la desatinada pasión de Carmen por el escolar y su continuo atalayar en la galería, con el adorador apostado enfrente. Siempre alerta, el señorito estudiaba el tono y acento con que nombraban a Rita. En dos o tres ocasiones le pareció notar unas puntas de ironía, y acaso no se equivocase; pues en las ciudades pequeñas, donde ningún suceso se olvida ni borra, donde gira perpetuamente la conversación sobre los mismos asuntos, donde se abulta lo nimio y lo grave adquiere proporciones épicas, a menudo tiene una muchacha perdida la fama antes que la virtud, y ligerezas insignificantes, glosadas y censuradas años y años, llevan a la doncella con palma al sepulcro. Además, las señoritas De la Lage, por su alcurnia, por los humos aristocráticos de su padre y la especie de aureola con que pretendía rodearlas, por su belleza, eran blanco de bastantes envidillas y murmuraciones: cuando no se las motejaba de orgullosas, se recurría a tacharlas de coquetas.

Lucía el Casino entre su maltratado moblaje un caduco sofá de gutapercha, gala del gabinete de lectura; sofá que pudiera llamarse tribuna de los maldicientes, pues allí se reunían tres de las más afiladas tijeras que han cortado sayos en el mundo: triunvirato digno de más detenido bosquejo, y en el cual descollaba un personaje eminentísimo maestro en la ciencia del mal saber. Así como los eruditos se precian de no ignorar la más pequeña particularidad concerniente a las remotas épocas históricas, ese sujeto se jactaba de poder decir, sin errar punto ni coma, lo que disfrutaban de renta, lo que comían, lo que hablaban y hasta lo que pensaban las veinte o treinta familias de viso que encerraba el recinto de Santiago. Hombre era para pronunciar con suma formalidad y gran reposo:

–Ayer, en casa De la Lage, se han puesto en la mesa dos principios: croquetas y carne estofada. La ensalada fue de coliflor, y a los postres se sirvió carne de membrillo de las monjas.

Comprobada la exactitud de tales pormenores, resultaban rigurosamente ciertos.

Tan bien informado individuo consiguió encender más recelos en el ánimo del suspicaz señor de Ulloa, bastándole para ello unas cuantas palabritas, de ésas que, tomadas al pie de la letra, no llevan malicia alguna, pero vistas al trasluz pueden significarlo todo... Encomiando el salero de Rita, y la hermosura de Rita, y la buena conformación anatómica del cuerpo de Rita, añadió, como al descuido:

–Es una muchacha de primer orden... Y aquí difícilmente le saldría novio. Las chicas por el estilo de Rita siempre encuentran su media naranja en un forastero.

Capítulo 11

Hacía un mes que don Manuel Pardo se preguntaba a sí mismo: «¿Cuándo se determinará el rapaz a pedirme a Rita?»

Que se la pediría no lo dudó un momento. La situación del marqués en aquella casa era tácitamente la del novio aceptado. Los amigos de la familia De la Lage se permitían alusiones desembozadas a la próxima boda; los criados, en la cocina, calculaban ya a cuánto ascendería la propineja nupcial. Al recogerse, sus hermanas daban matraca a Rita.

A todas horas reían fraternalmente con el primo y una ráfaga de alegría juvenil trocaba la vetusta casa en alborotada pajarera.

Descabezaba una tarde la siesta el marqués, cuando llamaron a la puerta con grandes palmadas. Abrió: era Rita, en chambra, con un pañuelo de seda, atado a lo curro, luciendo su hermosa garganta descubierta. Blandía en la diestra un plumero enorme, y parecía una guapísima criada de servir, semejanza que lejos de enfriar al marqués, le hizo hervir la sangre con mayor ímpetu. Sofocada y risueña la muchacha echaba lumbres por ojos, boca y mejillas.

–¿Perucho? ¿Peruchón?

–¿Ritiña, Ritona? –contestó don Pedro devorándola con el mirar.

–Dicen las chicas que vengas... Estamos muy enfaenadas arreglando el desván, donde hay todos los trastos del tiempo del abuelo. Parece que se encuentran allí cosas fenomenales.

–Y yo, ¿para qué os sirvo? Supongo que no me mandaréis barrer.

–Todo será que se nos antoje. Ven, holgazán, dormilón, marmota.

Conducía al desván empinadísima escalera, y no era el sitio muy oscuro, pues recibía luz de tres grandes claraboyas, pero sí bastante bajo; don Pedro no podía estar allí en pie, y las chicas, al menor descuido, se pegaban coscorrones en la cabeza contra la armazón del techo. Guardábanse en el desván mil cachivaches arrumbados, que habían servido en otro tiempo a la pompa, aparato y esplendor de los Pardos de la Lage, y hoy tenían por compañeros el polvo y la polilla; por esperanza, la visita de las muchachas bulliciosas, que de cuando en cuando lo exploraban, a fin de desenterrar alguna presea de antaño, que reformaban según la moda actual. Con las antiguallas que allí se pudrían pudiera escribirse la historia de las costumbres y ocupaciones de la nobleza gallega desde un par de siglos acá. Restos de sillas de mano pintadas y doradas; farolillos con que los pajes alumbraban a sus señoras al regresar de las tertulias, cuando no se conocía en Santiago el alumbrado público; un uniforme de maestrante de Ronda; escofietas y ridículos bordados de abalorio; chupas recamadas de flores vistosas; medias caladas de seda, rancias ya; faldas adornadas con caireles; espadines de acero tomados de orín; anuncios de funcio-

nes de teatro impresos en seda, rezando que la dama de
música había de cantar una chistosa tonadilla, y el gracioso representar una divertida pitipieza; todo andaba por
allí revuelto con otros chirimbolos análogos, que tras-
cendían a casacón desde mil leguas, y entre los cuales dis-
tinguíanse, como prendas más simbólicas y elocuentes,
los trebejos masónicos: medalla, triángulo, mallete, es-
cuadra y mandil, despojos de un abuelo afrancesado y
grado 33..., y una lindísima chaqueta de grana, con las insignias de coronel bordadas de plata por bocamanga y
cuello, herencia de la abuela de don Manuel Pardo, que,
según costumbre de su época, autorizada por el ejemplo
de la reina María Luisa, usaba el uniforme de su marido
para montar diestramente a horcajadas.

—A buena parte me trajisteis —decía don Pedro, ahogado entre el polvo y contrariadísimo por no poder moverse del asiento.

—Aquí te queremos —le replicaban Rita y Manolita, palmoteando triunfantes—, porque, aunque te empeñes, no
hay medio de correr tras de nosotras ni de hacernos ba-
rrabasadas. Llegó la nuestra. Te vamos a vestir con espa-
dín y chupa. Ya verás.

—Buena gana tengo de ponerme de máscara.

—Un minuto solamente. Para ver qué facha haces.

—Os digo que no me visto de mamarracho.

—¿Cómo que no? Se nos ha puesto a nosotras en el
moño.

—Mirad que os pesará. La que se me acerque ha de arre-
pentirse.

—¿Y qué nos harás, fantasmón?

—Eso no se dice hasta que se vea.

La misteriosa amenaza pareció infundir temor en las
primas, que se limitaron por entonces a inofensivas tra-

vesuras, a algún plumerazo más o menos. Adelantaba la limpieza del desván: Manolita, con sus brazos nervudos, manejaba los trastos; Rita los clasificaba; Nucha los sacudía y doblaba esmeradamente; Carmen tomaba poca parte en el trajín, y menos aún en la jarana; dos o tres veces se eclipsó, para asomarse a la galería, sin duda. Las demás le soltaron indirectas.

–¿Qué tal está el día, Carmucha? ¿Llueve o hace sol?

–¿Pasa mucha gente por la calle? Contesta, mujer.

–Ésa siempre está pensando en las musarañas.

A medida que las prendas iban quedando limpias de polvo, las chicas se las probaban. A Manolita le sentaba a maravilla el uniforme de coronel, por su tipo hombruno. Rita era un encanto con la dulleta de seda verdegay de la abuela. Carmen sólo consintió en dejarse un estrafalario adorno, un penacho triple, que allá cuando se estrenó, se llamaba las tres potencias. Tocóle a Nucha la probatura de las mantillas de blonda. A todo esto la tarde caía, y en el telarañoso recinto del desván se veía muy poco. La penumbra era favorable a los planes de las muchachas; aprovechando la ocasión propicia, acercáronse disimuladamente las dos mayores a don Pedro, y mientras Rita le plantaba en la cabeza un sombrero de tres picos, Manolita le echaba por los hombros una chupa color tórtola, con guirnaldas de flores azules y amarillas.

Fue de confusión el momento que siguió a esta diablura sosa. Don Pedro, medio a gatas, porque de otro modo no se lo consentía la poca altura del desván, perseguía a sus primas, resuelto a tomar memorable venganza; y ellas, exhalando chillidos ratoniles, tropezando con los muebles y cachivaches esparcidos aquí y acullá, procuraban buscar la puertecita angosta para evitar represalias. Mientras Rita se atrincheraba tras los restos de una silla

de manos y una desvencijada cómoda, huyeron dos chicas, las menos valientes; y habiendo tenido Manolita la
buena ocurrencia de cegar momentáneamente a su primo, arrojándole a la cabeza un chal, pudo evadirse también Rita, jefe nato del motín. Desenredarse del chal, ha-
ciéndolo jirones, y lanzarse a la puerta y a la escalera en
seguimiento de la fugitiva, fueron acciones simultáneas
en don Pedro.

Saltó impetuosamente los peldaños precipitándose en
el corredor a tientas, guiado por su instinto de persegui-
dor de alimañas ágiles, que oye delante de sí el apresurado trotecillo de la hermosa res. En una revuelta del pasillo le dio alcance. La defensa fue blanda, entrecortada de
risas. Don Pedro, determinado a infligir el castigo ofrecido, lo aplico, en efecto, cerca de una oreja, largo y sonoro.
Parecióle que la víctima no se resistía entonces; mas debía
de ser errónea tan maliciosa suposición, porque Rita
aprovechó un segundo de suspensión de hostilidades
para huir nuevamente, gritando:

–¿A que no me coges otra vez, cobarde?

Engolosinado, olvidando el peligro del juego, el marqués echó detrás de la prima, que se había desvanecido ya
en las negruras del pasadizo. Éste, irregular y tortuoso,
serpeaba alrededor de parte de la casa, quebrándose en
inesperados codos, y a veces estrechándose como longa-
niza mal rellena. Rita llevaba ventaja en sus familiares an-
gosturas. Oyó el marqués chirriar puertas, indicio de que
la chica se había acogido al sagrado de alguna habitación.
No estaba don Pedro para respetar sagrados. Empujó la
puerta tras la cual juzgaba parapetada a Rita. La puerta
resistía, como si tuviese algún obstáculo delante; mas los
puños de don Pedro dieron cuenta fácilmente de la endeble trinchera de un par de sillas, que vinieron al suelo con

estrépito. Penetró en un cuarto completamente oscuro, y por instinto alargó las manos, a fin de no tropezar con los muebles; advirtió que algo rebullía en las tinieblas; tanteó el aire y palpó un busto de mujer, que aprisionó en sus brazos sin decir palabra, con ánimo de repetir el castigo. ¡Oh, sorpresa! La resistencia más tenaz y briosa, la protesta más desesperada, unas manitas de acero que no podía cautivar, un cuerpo nervioso que se sacudía rehuyendo toda presión, y al mismo tiempo varias exclamaciones de profunda y verdadera congoja, dos o tres gritos ahogados que demandaban socorro... ¡Diantre! Aquello no se parecía a lo otro, no... Por ciego y exaltado que estuviese el marqués, hubo de comprender... Sintió una confusión insólita en él, y soltó a la chica.

–Nuchiña, no llores... Calla, mujer... Ya te dejo; no te hago nada... Aguarda un instante.

Registró precipitadamente sus bolsillos, rascó un fósforo, miró alrededor, encendió una vela, puesta en un candelabro... Nucha, viéndose libre, callaba; pero se mantenía a la defensiva. Volvió el marqués a disculparse y consolarla.

–Nucha, no seas chiquilla... Perdona, mujer... Dispensa, no creí que eras tú.

Conteniendo un sollozo, exclamó Nucha:

–Fuese quien fuese... Con las señoritas no se hacen esas brutalidades.

–Hija mía, tu señora hermanita me buscó..., y el que me busca, que no se queje si me encuentra... ¡Ea!, no haya más, no estés así disgustada. ¿Qué va a decir de mí el tío? Pero ¿aún lloras, mujer? Cuidado que eres sensible de veras. A ver, a ver esa cara.

Alzó el candelabro para alumbrar el rostro de Nucha. Estaba ésta encendida, demudada, y por sus mejillas corría despacio una lágrima; pero al darle la luz en los ojos, no pudo menos de sonreír ligeramente y secar el llanto con su pañuelo.

–¡Hija! ¡Cualquiera se atreve! ¡Eres una fierecita! ¡Y hasta fuerza en los puños descubres en esos momentos! ¡Diantre!

–Vete –ordenó Nucha recobrando su seriedad–. Ésta es mi habitación, y no me parece decente que estés en ella.

Dio el marqués dos pasos para salir; y, volviéndose de pronto, preguntó:

–¿Quedamos amigos? ¿Se hacen las paces?

–Sí, con tal que no vuelvas a las andadas –respondió, con sencillez y firmeza, Nucha.

–¿Qué harás si vuelvo? –interrogó, risueño, el hidalgo campesino–. Capaz eres de dejarme en el sitio de una manotada, chica.

–No, por cierto... No tengo fuerzas para tanto. Haré otra cosa.

–¿Cuál?

–Decírselo a papá, muy clarito, para que se fije en lo que de seguro no se le habrá pasado por la cabeza: que no parece natural vivir tú aquí, no siendo nuestro hermano y siendo nosotras muchachas solteras. Ya sé que es un atrevimiento meterme a enmendar la plana a papá; pero él no ha reparado en esto ni te cree capaz de gracias como las de hoy. En cuanto note algo, se le ha de ocurrir, sin que yo se lo sople al oído, pues no soy quién para aconsejar a mi padre.

–¡Caramba! Lo dices de un modo... ¡como si fuese de vida o muerte!

–Pues así.

Marchóse con estas despachaderas el marqués, y a la hora de la cena estuvo taciturno y metido en sí, haciendo caso omiso de las zalamerías de Rita. Nucha, aunque un poco alterada la fisonomía, se mostró como siempre, afable, tranquila y atenta al buen servicio y orden de la mesa. Aquella noche el marqués no dejó dormir a Julián, entreteniéndole hasta las altas horas con larga y tendida plática. Los días siguientes fueron de tregua. Don Pedro salía bastante, y se le veía mucho en el Casino, junto a la tribuna de los maldicientes. No perdía allí el tiempo. Informábase de particularidades que le importaban; por ejemplo: el verdadero estado de fortuna de su tío. En Santiago se decía lo que él sospechaba ya: don Manuel Pardo mejoraba en tercio y quinto a su primogénito Gabriel, que entre la mejora, su legítima y el vínculo, vendría a arramblar con casi toda la casa De la Lage. No restaba más esperanza a las primitas que la herencia de una tía soltera, doña Marcelina, madrina de Nucha por más señas, que residía en Orense, atesorando sórdidamente y viviendo como una rata en su agujero. Estas nuevas dieron en qué pensar a don Pedro, que desveló a Julián algunas noches más. Al cabo adoptó una resolución definitiva.

Estremecióse de placer don Manuel Pardo viendo al sobrino entrar en su despacho una mañana, con la expresión indefinible que se nota en el rostro y continente de quien viene a tratar algo de importancia. Había oído don Manuel que donde hay varias hermanas, lo difícil es deshacerse de la primera y después las otras se desprenden de suyo, como las cuentas de una sarta tras la más próxima al cabo del hilo. Colocada Rita, lo demás eran tortas y pan pintado. Con Manolita cargaría, por último, el finchado señorito de la Formoseda; a Carmen se le quitarían de la cabeza ciertas locuras, y, siendo tan linda, no le faltaría buen acomodo; y Nucha... Lo que es Nucha no le hacía a él peso en casa, pues la gobernaba a las mil maravillas; además, a fuer de heredera presunta de su madrina, no necesitaba ampararse casándose. Si no hallaba marido, viviría con Gabriel cuando éste, acabada la carrera, se estableciese según conviene al mayorazgo De la Lage. Con tan gratos pensamientos, don Manuel abrió los oídos para mejor recibir el rocío de las palabras de su sobrino... Lo que recibió fue un escopetazo.

–¿Por qué se asusta usted tanto, tío? –exclamaba don Pedro, gozando en sus adentros con la mortificación y asombro del viejo hidalgo–. ¿Hay impedimento? ¿Tiene Nucha otro novio?

Comenzó don Manuel a poner mil objeciones, callándose algunas que no eran para dichas. Salió la corta edad de la muchacha, su delicada salud, y hasta su poca hermosura alegó el padre, sazonando la observación con alusiones no muy reservadas al buen palmito de Rita y al mal gusto de no preferirla. Dio al sobrino manotadas en los hombros y en las rodillas; gastó chanzas; quiso aconsejarle como se aconseja a un niño que escoge entre juguetes, y, por último, tras de referir varios chascarrillos adecuados al asunto y contados en dialecto, acabó por declarar que a las demás chicas les daría algo al contraer el matrimonio, pero que a Nucha..., como esperaba heredar lo de su tía... Los tiempos estaban malos, *abofé*.... Luego, encarándose con el marqués, le interrogó:

–¿Y qué dice esa mosquita muerta de Nucha? Vamos a ver.

–Usted se lo preguntará, tío... ¡Yo no le dije cosa de sustancia!... Ya vamos viejos para andar haciendo cocos.

¡Oh, y qué marejada hubo en casa De la Lage por espacio de una quincena! Entrevistas con el padre, cuchicheos de las hermanas entre sí, trasnochadas y madrugonas; batir de puertas, lloreras escondidas, que denunciaban

ojos como puños; trastornos en las horas de comer, con-
ferencias con amigos sesudos, curiosidades de dueña
oficiosa que apaga el ruido de su pisar para sorprender,
al abrigo de una cortina, todas las dramáticas menudencias que acompañan a un grave suceso doméstico...
Y como en provincia las paredes son de cristal, se murmuró en Santiago desaforadamente, glosando los escándalos ocurridos entre las señoritas De la Lage por
causa del primo. Se acusó a Rita de haber insultado
agriamente a su hermana porque le quitaba el novio, y a
Carmen, de ayudarla, porque Nucha reprendía su ven-
taneo. Se censuró a Nucha también por falsa e hipócrita. Se le royeron los zancajos a don Manuel, afirmando
que había dicho en toda confianza a persona que lo repitió en toda intimidad: «El sobrino no me había de salir de aquí sin una de las chicas, y como se le antojó Nucha, hubo que dársela». Se aseguró que las hermanas no
cruzaban ya palabra alguna en la mesa, y lo confirmó
ver a Rita, en paseo, sola con Carmen, delante, mientras
el primo seguía detrás con don Manuel y Nucha. Ésta
iba como avergonzada, cabizbaja y modesta. Crecieron
los comentarios cuando Rita salió para Orense, a acompañar una temporada a la tía Marcelina, según dijo, y
don Pedro para una posada, por no considerarse decoroso que los novios viviesen bajo un mismo techo en
vísperas de boda.

Ésta se efectuó llegada la dispensa pontificia, hacia fines del mes de agosto. No faltaron los indispensables requisitos: finezas mutuas, regalos de amigos y parientes,
cajas de dulces muy emperifolladas para repartir, buen
ajuar de ropa blanca; las galas venidas de Madrid en un
cajón monstruo. Dos o tres días antes de la ceremonia, se
recibió un paquetito procedente de Segovia, y, dentro de

él, un estuche. Contenía una sortija de oro, muy sencilla, y una cartulina figurando tarjeta, que decía: «A mi inolvidable hermana Marcelina, su más amante hermano, *Gabriel*». La novia lloró bastante con el obsequio de su «niño», púsolo en el dedo meñique de la mano izquierda, y allí se le reunió el otro anillo que en la iglesia le ciñeron.

Casáronse al anochecer, en una parroquia solitaria. Vestía la novia de rico gro negro, mantilla de blonda y aderezo de brillantes. Al regresar, hubo refresco para la familia y amigos íntimos solamente; un refresco a la antigua española, con almíbares, sorbetes, chocolate, vino generoso, bizcochos, dulces variadísimos, todo servido en macizas salvillas y bandejas de plata, con gran etiqueta y compostura. No adornaban la mesa flores, a no ser las rosas de trapo de las tartas o ramilletes de piñonate; dos candelabros con bujías, altos como mecheros de catafalco, solemnizaban el comedor; y los convidados, transidos aún del miedo que infunde el terrible sacramento del matrimonio visto de cerca, hablaban bajito, lo mismo que en un duelo, esmerándose en evitar hasta el repique de las cucharillas en la loza de los platos. Parecía aquello la comida postrera de los reos de muerte. Verdad es que el señor don Nemesio Angulo, eclesiástico en extremo, cortesano y afable, antiguo amigo y tertuliano de don Manuel y autor de la dicha de los cónyuges, a quienes acababa de bendecir, intentó soltar dos o tres cosillas festivas, en tono decentemente jovial, para animar un poco la asamblea; pero sus esfuerzos se estrellaron contra la seriedad de los concurrentes. Todos estaban –es la frase de cajón– muy afectados, incluso el señorito de la Formoseda, que acaso pensaba: «Cuando la barba de tu vecino...», y Julián, que viendo colmados sus deseos y votos ardentísimos, triunfante su candidatura, sentía, no obstante, en el corazón un peso raro, como si algún presentimiento cruel se lo abrumase.

Seria y solícita, la novia atendía y servía a todo el mundo: dos o tres veces su pulso desasentado le hizo verter el pajarete que escanciaba al buen don Nemesio, colocado en sitio preferente, a su derecha. El novio, entretanto, conversaba con los hombres, y, al alzarse de la mesa, repartió excelentes cigarros, de que tenía rellena la petaca. Nadie aludió al trascendental acontecimiento, ni se atrevió a decir la menor chanza que pudiese poner colorada a la novia; pero al despedirse los convidados, algunos caballeros recalcaron maliciosamente las «buenas noches», mientras matronas y doncellas, besando con estrépito a la desposada, le chillaban al oído: «Adiós, señora... Ya eres señora; ya no es posible llamarte señorita...», celebrando tan trivial observación con fingidas risas y mirando a Nucha como para aprendérsela de memoria. Cuando todos fueron saliendo, don Manuel Pardo se acercó a su hija, y la oprimió contra el pecho colosal, sellándole la frente con besos muy cariñosos. Hallábase realmente conmovido el señor De la Lage: era la primera vez que casaba una hija; sentía desbordarse en su alma la paternidad, y al tomar de la mano a Nucha para conducirla a la cámara nupcial, alumbrándoles el camino Misia Rosario con un candelabro de cinco brazos, cogido de la mesa del comedor, no acertaba a pronunciar palabra, y un poco de humedad se asomaba a sus lagrimales áridos, y una sonrisa de orgullo y placer entreabría al mismo tiempo su boca. En el umbral pudo exclamar al cabo:

–¡Si levantase la cabeza tal día como hoy tu madre, que en gloria esté...!

Ardían en el tocador de la estancia dos velas, puestas en candeleros, no menos empinados y majestuosos que

los candelabros del refresco; y como no la iluminaba otra
luz, ni se había soñado siquiera en el clásico globo de por-
celana que es de rigor en todo voluptuoso camarín de novia, impregnaba la alcoba más misterio religioso que
nupcial, completando su analogía con una capilla u ora-
torio la forma del tálamo, cuyas cortinas de damasco rojo
franjeadas de oro, se parecían exactamente a colgaduras
de iglesia, y cuyas sábanas blanquísimas, tersas y almidonadas, con randas y encajes, tenían la casta lisura de los
manteles de altar. Cuando el padre se retiraba ya, murmurando: «Adiós, Nuchita, hija querida», la novia le asió
la diestra y se la besó humildemente, con labios secos,
abrasados de calentura. Quedó sola. Temblaba como la
hoja en el árbol, y al través de sus crispados nervios corría
a cada instante el escalofrío de la «muerte chiquita», no
por miedo razonado y consciente, sino por cierto pavor
indefinible y sagrado. Parecíale que aquella habitación
donde reinaba tan imponente silencio, donde ardían tan
altas y graves las luces, era el mismo templo en que no hacía dos horas aún se había puesto de hinojos... Volvió a
arrodillarse, divisando allá en la sombra de la cabecera
del lecho el antiguo Cristo de ébano y marfil, a quien el
cortinaje formaba severo dosel. Sus labios murmuraban
el consuetudinario rezo nocturno: «Un padrenuestro por
el alma de mamá...» Oyéronse en el corredor pisadas recias, crujir de botas flamantes, y la puerta se abrió.

Capítulo 12

Quedaban migajas, no muy añejas aún, del pan de la boda, cuando don Pedro celebró con Julián una conferencia, conviniendo ambos en lo urgente de que el capellán se adelantase a salir a los Pazos para adoptar varias precauciones indispensables y civilizar algo la huronera, mientras no iban a vivirla sus dueños. Julián aceptó la comisión, y entonces el señorito mostró remordimiento o escrúpulos de habérsela encomendado.

–Mire usted –advirtió– que allí se necesitan muchas agallas... Primitivo es hombre de malos hígados, capaz de darle a usted cinco vueltas...

–Dios adelante. Matar no me matará.

–No lo diga usted dos veces –insistió el señor de Ulloa, impulsado por voces de su conciencia, que en aquel momento se dejaban oír claras y apremiantes–. Ya le avisé a usted en otra ocasión de cómo es Primitivo. Capaz de cualquier desafuero... Lo que yo no creo es que vaya a cometer barbaridades por gusto de cometerlas ni aun en el primer momento, cuando le ciega el deseo de la venganza... Con todo...

No era ésta la única vez que don Pedro manifestaba sagacidad en el conocimiento de caracteres y personas, don esterilizado por la falta de nociones de cultura moral y delicadeza, de esas que hoy exige la sociedad a quien, mediante el nacimiento, la riqueza o el poder, ocupa en ella lugar preeminente.

Prosiguió el señorito:

–Primitivo no es un bárbaro... Pero es un bribón redomado y taimadísimo, que no se para en barras con tal de lograr sus fines... ¡Demontres! Harto estoy de saberlo... El día que nos vinimos..., si él pudiese detenernos soplándonos un tiro a mansalva..., no doy dos cuartos por su pellejo de usted ni por el mío.

Estremecióse Julián, y se le borraron las rosadas tintas de los pómulos. No era de madera de héroes, lo cual le salía a la cara. A don Pedro le divertía infinito el miedo del capellán. En la índole de don Pedro había un fondo de crueldad, sostenido por su vida grosera.

–Apostemos –exclamó, riéndose– que la cruz aquella del camino va a pasarla rezando.

–No digo que no –contestó Julián, repuesto ya–; mas no por eso me niego a ir. Es mi deber; de suerte que no hago nada extraordinario en cumplirlo. Dios sobre todo... A veces no es tan fiero el león como lo pintan.

–No le tiene cuenta ahora a Primitivo meterse en dibujos.

Calló Julián. Al cabo exclamó:

–Señorito, si usted adoptase una buena resolución. ¡Echar a ese hombre, señorito, echarle!

–Calle usted, hombre, calle usted... Le pondremos a raya... Pero eso de echar... ¿Y los perros? ¿Y la caza? ¿Y aquellas gentes, y todo aquel cotarro, que nadie lo entiende sino él? Desengáñese usted: sin Primitivo, no me arreglo yo allí... Haga usted la prueba, sólo por gusto, de aquillotrarme algunas cosas de las que Primitivo maneja durmiendo... Además, crea usted lo que le digo, que es como el Evangelio: si echa usted a Primitivo por la puerta, se nos entrará por la ventana. ¡Diantre! ¡Si sabré yo quién es Primitivo!

Julián balbució:

–¿Y... de lo demás?

–De lo demás... Arréglese usted como quiera... Lleva usted plenos poderes.

¡Ya lo creo que los llevaba! ¡Así llevase también alguna receta eficaz para servirse de ellos! Investido de autoridad omnímoda, Julián sentía en el fondo del alma una especie de compasión por la desvergonzada manceba y el hijo espurio. Este último sobre todo. ¿Qué culpa tenía el pobre inocente de las bellaquerías maternales? Siempre parecía duro arrojarle de una casa donde, al fin y al cabo, el dueño era su padre. Julián no se hubiera encargado jamás de tan ingrata comisión, a no parecerle que iba en ello la salvación de don Pedro, y también el sosiego temporal de la que él seguía llamando señorita Marcelina, contra el dictamen de las convidadas a la boda.

No sin aprensión cruzó de nuevo el triste país de lobos que antecedía al valle de los Pazos. El cazador le aguardaba en Cebre, e hicieron la jornada juntos; Primitivo, por más señas, se mostró tan sumiso y respetuoso, que Julián, quien, al revés de don Pedro, poseía el don de errar en el conocimiento práctico de las gentes, guardando los aciertos para el terreno especulativo y abstracto, fue poco a poco desechando la desconfianza y persuadiéndose de que ya no tenía el zorro intenciones de morder. El rostro impasible de Primitivo no revelaba rencor ni enojo. Con su laconismo y seriedad habituales, hablaba del tiempo desapacible y metido en agua, que casi no había consentido majar, ni segar el maíz, ni vendimiar como Dios manda, ni cumplir en paz ninguna de las grandes faenas agrícolas. Estaba, en efecto, el camino encharcado, lleno de aguazales, y como había llovido por la mañana también, los pinos dejaban escurrir de las verdes y brillantes púas de su ramaje gotas de agua que se aplastaban en el sombrero de los viajeros. Julián iba perdiendo el miedo, y un gozo muy duro le inundaba el espíritu cuando saludó al crucero con verdadera efusión religiosa.

«Bendito seas, Dios mío –pensaba para sí–, pues me has permitido cumplir una obra buena, grata a tus ojos. He encontrado en los Pazos, hace un año, el vicio, el escándalo, la grosería y las malas pasiones; y vuelvo trayendo el matrimonio cristiano, las virtudes del hogar consagrado por Ti. Yo, yo he sido el agente de que te has valido para tan santa obra... Dios mío, gracias.»

Cortaron el soliloquio ladridos vehementes: era la jauría del marqués, que salía a recibir al montero mayor, haciendo locas demostraciones de regocijo, zarandeando los rabos mutilados y abriendo de una cuarta las fresquísimas bocas. Acaricióos Primitivo con su enjuta mano, pues era sumamente afectuoso para los perros; y al nieto, que en pos de los perros venía, le dio una especie de festivo soplamocos. Quiso Julián besar al niño, pero éste se puso en polvorosa antes que pudiese lograrlo; y el capellán experimentó otra vez compasivos remordimientos, causados por la vista de la ya repudiada criatura. A Sabel la halló en el sitio de costumbre, entre sus pucheros, pero sin el antiguo séquito de aldeanas viejas y mozas, de la *Sabia* y su dilatada progenie. Reinaba en la cocina orden perfecto: todo limpio, sosegado y solitario; la persona más severa y amiga de censurar no encontraría qué. El capellán comenzaba a sentirse confuso viendo en ausencia suya tanto arreglo, y a temer que su venida lo trastornara: idea dictada por su nativa timidez. A la hora de cenar aumentó su sorpresa. Primitivo, más blando que un guante, le daba cuenta, en voz reposada, de lo ocurrido allí durante medio año, en materia de vacas paridas, obras emprendidas, rentas cobradas; y mientras el padre reconocía así su autoridad superior, la hija le servía diligente y humilde, con pegajosa dulzura de animal doméstico que implora caricias. No sabía Julián qué cara poner en vista de una acogida tan cordial.

Creyó que mudarían de actitud al día siguiente, cuando, haciendo uso de los plenísimos poderes y facultades omnímodas de que venía investido, ordenó a la Agar y al Ismael de aquel patriarcado emigrar al desierto. ¡Milagro asombroso! Tampoco se alteró entonces la mansedumbre de Primitivo.

–Los señoritos traerán cocinera de allá, de Santiago –explicaba Julián, para fundar en algo la expulsión.

–Por supuesto... –respondió Primitivo con la mayor naturalidad del mundo–. Allá en la *vila* guísase de otro modo... Los señores tienen la boca acostumbrada... Cuadra bien, que yo también le iba a pedir que le escribiese al señor marqués de traer quien cocinase.

–¿Usted? –exclamó Julián, estupefacto.

–Sí, señor... La hija se me quiere casar...

–¿Sabel?

–Sabel, sí, señor, anda en eso... Con el gaitero de Naya, el *Gallo*... Por descontado, se empeña en irse para su casa así que les echen las bendiciones...

Sintió Julián un sofocón de pura alegría. No pudo menos de pensar que en todo aquel negocio de Sabel andaba visiblemente la mano de la Providencia. Sabel casada, alejada de allí, el peligro conjurado; las cosas en orden, la salvación segura. Una vez más dio gracias al Dios bondadoso que quita los estorbos de delante cuando la mezquina previsión humana no cree posible removerlos siquiera... La satisfacción que le rebosaba en el semblante era tal, que se avergonzó de mostrarla ante Primitivo, y empezó a charlar aprisa, por disimulo, felicitando al cazador y augurando a Sabel un porvenir de ventura en el nuevo estado. Aquella noche misma escribió al marqués la buena noticia.

Pasaron días, siempre bonancibles. Proseguía Sabel mansa; Primitivo, complaciente; Perucho, invisible; la cocina desierta. Sólo notaba Julián cierta resistencia pasiva en lo tocante al gobierno de los estados y hacienda del marqués. En este terreno le fue absolutamente imposible adelantar una pulgada. Primitivo sostenía su posición de verdadero administrador, apoderado y, entre bastidores, autócrata; Julián comprendía que sus plenos poderes importaban tanto como la carabina de Ambrosio y hasta pudo cerciorarse, por indicios evidentes, de que el influjo que ejercía el cazador en el circuito de los Pazos iba haciéndose extensivo a toda la comarca; a menudo venían a conferenciar con el mayordomo, en actitud respetuosa y servil, gentes de Cebre, de Castrodorna, de Boán, de puntos más distantes todavía. En cuatro leguas a la redonda no se movía una paja sin intervención y aquiescencia de Primitivo. No poseía Julián fuerza para luchar con él, ni lo intentaba, pareciéndole secundario el perjuicio que a la casa de Ulloa originase la mala administración de Primitivo, en proporción al daño inmenso que estuvo a punto de causarle Sabel. Descartarse de la hija lo tenía él por importante; en cuanto al padre...

¡Verdad es que la hija no se marchaba tampoco; pero se marcharía, no faltaba más! ¿Quién duda que se marcharía? Tranquilizaba a Julián una señal en su concepto infalible: el haber sorprendido cierto anochecer, cerca del pajar, a Sabel y al gallardo gaitero entretenidos en coloquios más dulces que edificantes. Le ruborizó el encuentro; pero hizo la vista gorda, reflexionando que aquello era, por decirlo así, la antesala del altar. Seguro de la victoria respecto a la mala hembra, transigió en lo relativo al mayordomo. Cuanto más que éste no rechazaba las indicaciones de Julián ni le llevaba la contraria en cosa alguna. Si el capellán ideaba planes, censuraba abusos o insistía en la urgente necesidad de una reforma, Primitivo aprobaba, allanaba el camino, sugería medios, de palabra se entiende; al llegar a la realización, ya era harina de otro costal: empezaban las dificultades, las dilaciones: que hoy..., que mañana... No hay fuerza comparable a la inercia. Primitivo decía a Julián para consolarle:

—Una cosa es hablar, y otra hacer...

O matar a Primitivo, o entregársele a discreción: el capellán comprendía que no quedaba otro recurso. Fue un día a desahogar sus cuitas con don Eugenio, el abad de Naya, cuyos discretos pareceres le alentaban mucho. Encontróle todo alborotado con los noticiones políticos, que acababan de confirmar los pocos periódicos que se recibían en aquellos andurriales. La Marina se había sublevado, echando del trono a la reina, y ésta se encontraba ya en Francia, y se constituía un Gobierno provisional y se contaba de una batalla reñidísima en el puente de Alcolea, y el Ejército se adhería, y el diablo y su madre... Don Eugenio andaba, de puro excitado, medio loco, proyectando irse a Santiago sin dilación para saber noticias ciertas. ¡Qué dirían el señor arcipreste y el abad de Boán! ¿*Barbacana*? Ahora sí que *Barbacana* estaba fresco; su eterno adversario, *Trampeta,* amigo de los unionistas, se le montaría encima por los siglos de los siglos, amén.

Con el embullo de estos acontecimientos, apenas atendió el abad de Naya a las tribulaciones de Julián.

Capítulo 13

Transcurrido algún tiempo de vida familiar con suegro y cuñadas, don Pedro echó de menos su huronera.

No se acostumbraba a la metrópoli arzobispal. Ahogábanle las altas tapias verdosas, los soportales angostos, los edificios de lóbrego zaguán y escalera sombría, que le parecían calabozos y mazmorras. Fastidiábale vivir allí donde tres gotas de lluvia meten en casa a todo el mundo y engendran instantáneamente una triste vegetación de hongos de seda, de enormes paraguas. Le incomodaba la perenne sinfonía de la lluvia que se deslizaba por los canalones abajo o retiñía en los charcos causados por la depresión de las baldosas. Quedábanle dos recursos no más para combatir el tedio: discutir con su suegro o jugar un rato en el Casino. Ambas cosas le produjeron en breve, no hastío, pues el verdadero hastío es enfermedad moral propia de los muy refinados y sibaritas de entendimiento, sino irritación y sorda cólera hija de la secreta convicción de su inferioridad. Don Manuel era superior a su sobrino por el barniz de educación adquirido en dilatados años de existencia ciudadana y el consiguiente trato de gentes, así como por aquel bien entendido orgullo de su nacimiento y apellido, que le salvaba de adocenarse –era su expresión predilecta–. Aparte de la manía de referir en las sobremesas y entre amigos de confianza mil anécdotas, no contrarias al pudor, pero sí a la severidad del estómago de los oyentes, era don Manuel persona cortés y de buenas formas, para presidir, verbigracia, un duelo, asistir a una junta en la Sociedad Económica de Amigos del País, llevar el estandarte en una procesión, ser llamado al despacho de un gobernador en consulta. Si deseaba retirarse al campo, no le atraía tan sólo la perspectiva de dar rienda suelta a instintos selváticos, de andar sin corbata, de no pagar tributo a la sociedad, sino que le solicitaban aficiones más delicadas, de origen moderno: el deseo de tener un jardín, de cultivar frutales, de hacer obras de albañilería, distracción que le embelesaba y que en el campo es más barata que en la ciudad.

Además, el fino trato de su mujer, la perpetua compañía de sus hijas, suavizara ya las tradiciones rudas que por parte de los De la Lage conservaba don Manuel: cinco hembras respetadas y queridas civilizan al hombre más agreste. He aquí por qué el suegro, a pesar de encontrarse cronológicamente una generación más atrás que su yerno, estaba moralmente bastantes años más delante.

Trataba don Manuel de descortezar a don Pedro, y no sólo fue trabajo perdido, sino contraproducente, pues recrudeció su soberbia y le infundió mayores deseos de emanciparse de todo yugo. Aspiraba el señor De la Lage a que su sobrino se estableciese en Santiago, levantando la casa de los Pazos y visitándola los veranos solamente, a fin de recrearse y vigilar sus fincas; y al dar tales consejos a su yerno, lo entreveraba con indirectas y alusiones para demostrar que nada ignoraba de cuanto sucedía en la vieja madriguera de los Ulloas. Este género de imposición y fiscalización, aunque tan disculpable, irritó a don Pedro, que, según decía, no aguantaba ancas ni gustaba de ser manejado por nadie del mundo.

–Por lo mismo –declaró un día delante de su mujer– vamos a tomar soleta pronto. A mí nadie me trae y lleva desde que pasé de chiquillo. Si callo a veces, es porque estoy en casa ajena.

Estar en casa ajena le exaltaba. Todo cuanto veía lo encontraba censurable y antipático. El decoroso fausto del señor De la Lage; sus bandejas y candelabros de plata; su moblaje rico y antiguo; la respetabilidad de sus relaciones, compuestas de lo más selecto de la ciudad; su honesta tertulia nocturna de canónigos y personas formales que venían a hacerle la partida de tresillo; sus criados respetuosos, a veces descuidados, pero nunca insolentes ni entremetidos: todo se le figuraba a don Pedro sátira viviente del desarreglo de los Pazos, de aquella vida torpe, de las comidas sin mantel, de las ventanas sin vidrios, de la familiaridad con mozas y gañanes. Y no se le despertaba la saludable emulación, sino la ruin envidia y su hermano el ceñudo despecho. Únicamente le consolaban los desatinados amoríos de Carmen; celebraba la gracia, frotándose las manos, siempre que en el Casino se comentaba la procacidad del estudiante y el descaro de la chiquilla. ¡Que rabiase su suegro! No bastaba tener sillas de damasco y alfombras para evitar escándalos.

Los altercados de don Pedro con su tío iban agriándose, y vino a envenenarlos la discusión política, que enzarza más que ninguna otra, especialmente a los que discuten por impresión, sin ideas fijas y razonadas. Fuerza es confesar que el marqués estaba en este caso. Don Manuel no era ningún lince, pero afiliado platónicamente desde muchos años atrás al partido moderado puro, hecho a leer periódicos, conocía la rutina; y había tomado tan a contrapelo el chasco de González Bravo y la marcha de Isabel II, que se disparaba, poniéndose a dos dedos de ahogarse, cuando el sobrino, por molestarle, le contradecía, disculpaba a los revolucionarios, repetía las enormidades que la prensa y las lenguas de entonces propalaban contra la majestad caída, y aparentaba creerlas como artículo de fe. El tío le rebatía con acritud, alzando al cielo las gigantescas manos.

–Allá en las aldeas –decía– se traga todo, hasta el mayor disparate... No tenéis formado el criterio, hijo; no tenéis formado el criterio; ésa es vuestra desgracia... Lo miráis todo al través de un punto de vista que os forjáis vosotros mismos... –este tremendo disparate debía de haberlo aprendido don Manuel en algún artículo de fondo–. Hay que juzgar con la experiencia, con la sensatez.

–¿Y usted se figura que somos tontos los que venimos de allá?... Puede ser que aún tengamos más pesqui, y veamos lo que ustedes no ven... –aludía a su prima Carmen, colgada de la galería en aquel momento–. Créame usted, tío: en todas partes hay bobalicones que se maman el dedo... ¡Vaya si los hay!

La discusión tomaba carácter personal y agresivo; solía esto ocurrir a la hora de la sobremesa; las tazas del café chocaban furiosas contra los platillos; don Manuel, trémulo de coraje, vertía el anisete al llevarlo a la boca; tío y sobrino alzaban la voz mucho más de lo regular, y, después de algún descompasado grito o frase dura, había instantes de armado silencio, de muda hostilidad, en que las chicas se miraban, y Nucha, con la cabeza baja, redondeaba bolitas de miga de pan o doblaba muy despacio las servilletas de todos, deslizándolas en las anillas. Don Pedro se levantaba de repente, rechazando su silla con energía, y, haciendo temblar el piso bajo su andar fuerte, se largaba al Casino, donde las mesas de tresillo funcionaban día y noche.

Tampoco allí se encontraba bien. Sofocábale cierta atmósfera intelectual, muy propia de ciudad universitaria. Compostela es pueblo en que nadie quiere pasar por ignorante, y comprendía el señorito cuánto se mofarían de él, y qué chacota se le preparaba, si se averiguase con certeza que no estaba fuerte en ortografía ni en otras «ías» nombradas allí a menudo. Se le sublevaba su amor propio de monarca indiscutible en los Pazos de Ulloa al verse tenido en menos que unos catedráticos acatarrados y pergaminosos, y aun que unos estudiantes troneras, con las botas rotas y el cerebro caliente y vibrante todavía de alguna lectura de autor moderno, en la biblioteca de la Universidad o en el gabinete del Casino. Aquella vida era sobrado activa para la cabeza del señorito, sobrado entumecida y sedentaria para su cuerpo; la sangre se le requemaba por falta de esparcimiento y ejercicio; la piel le pedía con mucha necesidad baños de aire y sol, duchas de lluvia, friegas de espinos y escajos, ¡plena inmersión en la atmósfera montés!

No podía sufrir la nivelación social que impone la vida urbana; no se habituaba a contarse como número par en un pueblo habiendo estado siempre de nones en su residencia feudal. ¿Quién era él en Santiago? Don Pedro Moscoso a secas; menos aún: el yerno del señor De la Lage, el marido de Nucha Pardo. El marquesado allí se había deshecho como la sal en el agua, merced a la malicia de un viejecillo, miembro del maldiciente triunvirato, a quien correspondía, por su acerada y prodigiosa memoria y años innumerables, el ramo de averiguaciones y esclarecimientos de añejos sucedidos, así como al más joven, que conocemos ya, tocaban las investigaciones de actualidad, viniendo a ser cronista el uno y analista el otro de la metrópoli.

El cronista, pues, hizo su oficio desentrañando la genealogía entera y verdadera de las casas de Cabreira y Moscoso, probando ce por be que el título de Ulloa no correspondía ni podía corresponder sino al duque de tal y cual, grande de España, etc.; y demostrándolo mediante oportuna exhibición de la *Guía de Forasteros*. Por cierto que al instruir estas diligencias se hizo bastante burla de don Pedro y del señor De la Lage, a quien se acusaba de haber bordado la corona de marquesa en un juego de sábanas regalado a su hija, inocente desliz que el analista confirmó, especificando dónde y cómo se habían marcado las susodichas sábanas y cuánto había costado el escusón y el perendengue de la coronita.

Impaciente ya, resolvió don Pedro la marcha antes que pasase la inclemencia del invierno, a fines de un marzo muy esquivo y desapacible. Salía el coche para Cebre tan de madrugada, que no se veía casi; hacía un frío cruel, y Nucha, acurrucada en el rincón del incómodo vehículo, se llevaba a menudo el pañuelo a los ojos, por lo cual su marido le interpeló con poca blandura:

–Parece que vienes de mala manera conmigo.

–¡Qué cosas tienes! –respondió la muchacha, destapando el rostro y sonriendo–. Es natural que sienta dejar al pobre papá y... a las chicas.

–Pues ellas –murmuró el señorito– me parece que no te echarán memoriales para que vuelvas.

Nucha calló. El carruaje brincaba en los baches de la salida, y el mayoral, con voz bronca, animaba al tiro. Alcanzaron la carretera, y rodó el armatoste sobre una superficie más igual. Nucha reanudó el diálogo, preguntando a su marido pormenores relativos a los Pazos, conversación a que él se prestaba gustoso, ponderando hiperbólicamente la hermosura y salubridad del país, encareciendo la antigüedad del caserón y alabando la vida cómoda e independiente que allí se hacía.

–No creas –decía a su mujer, alzando la voz para que

no la cubriese el ruido de los cascabeles y el retemblar de los vidrios–, no creas que no hay gente fina allí. La casa está rodeada de señorío principal: las señoritas de Molende, que son muy simpáticas; Ramón Limioso, un cumplido caballero... También nos hará compañía el abad de Naya... ¡Pues y el nuestro, el de Ulloa, que es presentado por mí! Ése es tan mío como los perros que llevo a cazar... No le mando que ladre y que porte porque no se me antoja. ¡Ya verás, ya verás! Allí es uno alguien y supone algo.

A medida que se acercaban a Cebre, que entraban en sus dominios, se redoblaba la alegre locuacidad de don Pedro. Señalaba a los grupos de castaños, a los escuetos montes de aliaga y exclamaba, regocijadísimo:

–¡Foro de casa..., foro de casa!... No corre por ahí una liebre que no paste en tierra mía.

La entrada en Cebre acrecentó su alboroto. Delante de la posada aguardaban Primitivo y Julián: aquél, con su cara de metal, enigmática y dura; éste, con el rostro dilatado por afectuosísima sonrisa. Nucha le saludó con no menor cordialidad. Bajaron los equipajes, y Primitivo se adelantó, trayendo a don Pedro su lucida y viva yegua castaña. Iba éste a montar, cuando reparó en la cabalgadura que estaba dispuesta para Nucha, y era una mula alta, maligna y tozuda, arreada con aparejo redondo, de esos que por formar en el centro una especie de comba, más parecen hechos para despedir al jinete que para sustentarle.

–¿Cómo no le has traído a la señorita la borrica? –preguntó don Pedro, deteniéndose antes de montar, con un pie en el estribo y una mano asida a las crines de la yegua, y mirando al cazador con desconfianza.

Primitivo articuló no sé qué de una pata coja, de un tumor frío...

–¿Y no hay más borricos en el país? ¿Eh? A mí no me

vengas con eso. Te sobraba tiempo para buscar diez po-
llinas.

Volvióse hacia su mujer, y como para tranquilizar su
conciencia, preguntóle:

–¿Tienes miedo, chica? Tú no estarás acostumbrada a
montar. ¿Has andado alguna vez en esta casta de aparejos? ¿Sabes tenerte en ellos?

Nucha permanecía indecisa, recogiendo el vestido con
la diestra, sin soltar de la otra el saquillo de viaje. Al cabo
murmuró:

–Lo que es tenerme, sé... El año pasado, cuando estuve
de baños, monté en mil aparejos nunca vistos, sólo que
ahora...

Soltó el traje de repente, llegóse a su marido y le pasó
un brazo alrededor del cuello, escondiendo la cara en su
pechera, como la primera vez que había tenido que abra-
zarle; y allí, en una especie de murmullo o secreteo dulcí-
simo, acabó la frase interrumpida. Pintóse en el rostro del
marqués la sorpresa. Y casi al mismo tiempo la exaltación
de una victoria. Y apretando contra sí a su mujer con
amorosa protección, exclamó a gritos:

–O no hay en tres leguas a la redonda una pollina mansa, o aunque la tenga el mismo Dios del cielo y no la quiera prestar, aquí vendrá para ti, a fe de Pedro Moscoso.
Aguarda, hija, aguarda un minuto nada más... O, mejor
dicho, entra en la posada y siéntate... A ver, un banco, una
silla para la señorita... Espera, Nuchina; vengo volando.
Primitivo, acompáñame tú. Abrígate, Nucha.

Volando, no; pero sí, al cabo de media hora, volvió sin
aliento. Traía del ronzal una oronda borriquilla, bien
arreada, dócil y segura: la propia hacanea de la mujer del
juez de Cebre. Don Pedro tomó en brazos a su esposa y la
sentó en la albarda, arreglándole la ropa con esmero.

Capítulo 14

Así que pudieron conferenciar reservadamente capellán y señorito, preguntó don Pedro, sin mirar cara a cara a Julián:

–¿Y ésa? ¿Está todavía por aquí? No la he visto cuando entramos.

Como Julián arrugase el entrecejo, añadió:

–Está, está... Apostaría yo cien pesos, antes de llegar, a que usted no había encontrado modo de sacudírsela de encima.

–Señorito, la verdad... –articuló Julián, bastante disgustado–. Yo no sé qué decir... Ha sido una cosa que se ha ido enredando... Primitivo me juró y perjuró que la muchacha se iba a casar con el gaitero de Naya...

–Ya sé quién es –dijo, entre dientes, don Pedro, cuyo rostro se anubló.

–Pues yo..., como era bastante natural, lo creí. Además tuve ocasión de persuadirme de que, en efecto, el gaitero y Sabel... tienen... trato.

–¿Ha averiguado usted todo eso? –interrogó el marqués con ironía.

–Señor, yo... Aunque no sirvo mucho para estas cosas,

quise informarme, para no caer de inocente... He preguntado por ahí, y todo el mundo está conforme en que andan para casarse; hasta don Eugenio, el abad de Naya, me dijo que el muchacho había pedido sus papeles. Y por cierto que, a pretexto de no sé qué enredo o dificultad en los tales papeles dichosos, no se hizo la cosa todavía.

Quedóse don Pedro callado, y, al fin, prorrumpió:

–Es usted un santo. Ya podían venirme a mí con ésas.

–Señor, la verdad es que si tuvieron intención de engañarme..., digo que son unos grandísimos pillos. Y la Sabel, si no está muerta y penada por el gaitero, lo figura que es un asombro. Hace dos semanas fue a casa de don Eugenio, y se le arrodilló llorando, pidiendo por Dios que se diese prisa a arreglarle el casamiento, porque aquel día iba a ser el más feliz de su vida. Don Eugenio me lo ha contado, y don Eugenio no dice una cosa por otra.

–¡Bribonaza! ¡Bribonaza! –tartamudeó el señorito, iracundo, paseándose por la habitación.

Sosegóse, no obstante, muy luego, y agregó:

–No me pasmo de nada de eso, ni digo que don Eugenio mienta; pero... usted... es un papanatas, un infeliz, porque aquí no se trata de Sabel, ¿entiende usted?, sino de su padre, de su padre. Y su padre le ha engañado a usted como a un chino, vamos. La... mujer esa bien comprendo que rabia por largarse; mas Primitivo es abonado para matarla antes que tal suceda.

–No; si también empezaba yo a maliciarme eso... Mire usted que empezaba a maliciármelo.

El señorito se encogió de hombros con desdén, y exclamó:

–A buena hora... Deje usted ya de mi cuenta este asunto... Y por lo demás..., ¿qué tal, qué tal?

–Muy mansos..., como corderos... No se me han opuesto de frente nada.

–Pero habrán hecho de lado cuanto se les antoje... Mire usted, don Julián: a veces me dan ganas de empapillarle a usted: lo mismito que a los pichones.

Julián replicó, todo compungido:

–Señorito, acierta usted de medio a medio. No hay forma de conseguir nada aquí si Primitivo se opone. Tenía usted razón cuando me lo aseguraba el año pasado. Y de algún tiempo acá, parece que aún le tienen mayor respeto, por no decir miedo. Desde que se armó la revolución y andan agitadas las cosas políticas, y cada día recibimos una noticia gorda, creo que Primitivo se mezcla en esos enredos y recluta satélites en el país... Me lo ha asegurado don Eugenio, añadiendo que ya antes tenía subyugada a mucha gente prestando a réditos.

Guardaba silencio don Pedro. Por fin, alzó la cabeza, y dijo:

–¿Se acuerda usted de la burra que hubo que buscar en Cebre para mi mujer?

–¡No me he de acordar!

–Pues la señora del juez..., ríase usted un poco, hombre..., la señora del juez se avino a prestármela porque iba Primitivo conmigo. Si no...

No hizo Julián reflexión alguna acerca de un suceso que tanto indignaba al marqués. Al terminar la conferencia, don Pedro le puso la mano en el hombro.

–¿Y por qué no me da usted la enhorabuena, desatento? –exclamó, con aquella misma irradiación que habían tenido sus pupilas en Cebre.

Julián no entendía. El señorito se explicó, cayéndosele la baba de gozo. Sí, señor; para octubre, el tiempo de las castañas..., esperaba el mundo un Moscoso, un

Moscoso auténtico y legítimo..., hermoso como un sol además.

–¿Y no puede ser también una Moscosita? –preguntó Julián, después de reiteradas felicitaciones.

–¡Imposible! –gritó el marqués con toda su alma. Y como el capellán se echase a reír, añadió–: Ni de guasa me lo anuncie usted, don Julián... Ni de guasa. Tiene que ser un chiquillo, porque si no, le retuerzo el pescuezo a lo que venga. Ya le he encargado a Nucha que se libre bien de traerme otra cosa más que un varón. Soy capaz de romperle una costilla si me desobedece. Dios no me ha de jugar una mala pasada. En mi familia siempre hubo sucesión masculina: Moscosos crían Moscosos, es ya proverbial. ¿No lo ha reparado usted cuando estuvo almorzándose el polvo del archivo? Pero usted es capaz de no haber reparado tampoco en el estado de mi mujer si no le entero yo ahora.

Y era verdad. No sólo no lo había echado de ver, sino que tan natural contingencia no se le había pasado siquiera por las mientes. La veneración que por Nucha sentía, y que iba acrecentándose con el trato, cerraba el paso a la idea de que pudiesen ocurrirle los mismos percances fisiológicos que a las demás hembras del mundo. Justificaba esta candorosa niñería el aspecto de Nucha. La total inocencia que se pintaba en sus ojos vagos y como perdidos en contemplaciones de un mundo interior, no había menguado con el matrimonio; las mejillas, un poco más redondeadas, seguían tiñéndose del carmín de la vergüenza por el menor motivo. Si alguna variación podía observarse, algún signo revelador del tránsito de virgen a esposa, era quizá un aumento de pudor; pudor, por decirlo así, más consciente y seguro de sí mismo; instinto elevado a virtud. No se cansaba Julián de admirar la noble

seriedad de Nucha cuando una chanza atrevida o una palabra malsonante hería sus oídos; la dignidad natural,
que era como su propia envoltura, escudo impalpable
que la resguardaba hasta contra las osadías del pensamiento; la bondad con que agradecía la atención más
leve, pagándola con frases compuestas, pero sinceras; la
seriedad de toda su persona, semejante al caer de una tarde apacibilísima. Parecíale a Julián que Nucha era, ni más
ni menos, el tipo ideal de la bíblica esposa, el poético
ejemplar de la mujer fuerte, cuando aún no se ha borrado de su frente el nimbo del candor y, sin embargo, ya se
adivina su entereza y majestad futura. Andando el tiempo, aquella gracia había de ser severidad, y a las oscuras
trenzas sucederían las canas de plata, sin que en la pura
frente imprimiese jamás una mancha el delito, ni una
arruga el remordimiento. ¡Cuán sazonada madurez prometía tan suave primavera! Al pensarlo, felicitábase otra
vez Julián por la parte que le cabía en la acertada elección
del señorito.

Con desinteresada satisfacción se decía a sí mismo que
había logrado contribuir al establecimiento de una cosa
gratísima a Dios e indispensable a la concertada marcha
de la sociedad: el matrimonio cristiano, lazo bendito por
medio del cual la Iglesia atiende juntamente con admirable sabiduría a fines espirituales y materiales, santifican-
do los segundos por medio de los primeros. «La índole de
tan sagrada institución –discurría Julián– es opuesta a
impúdicos extremos y arrebatos, a romancescos y necios
desahogos, ardientes y roncos arrullos de tórtola»; por
eso alguna vez que el esposo se deslizaba a familiaridades
más despóticas que tiernas, parecíale al capellán que la
esposa sufría mucho, herida en su cándida modestia, en
su decente compostura; figurábasele que la caída de sus

párpados, su encendimiento, su silencio, eran muda protesta contra libertades impropias del honesto trato conyugal. Si ante él sucedían tales cosas –a la mesa, por ejemplo–, Julián torcía la cara, haciéndose el distraído, o alzaba el vaso para beber, o fingía atender a los perros, que husmeaban por allí.

Le asaltaba entonces un escrúpulo, de esos que se quiebran de sutiles. Por muy perfecta casada que hiciese Nucha, su condición y virtudes la llamaban a otro estado más meritorio todavía, más parecido al de los ángeles, en que la mujer conserva como preciado tesoro su virginal limpieza. Sabía Julián, por su madre, que Nucha manifestaba a veces inclinación a la vida monástica, y daba en la manía de deplorar que no hubiese entrado en un convento. Siendo Nucha tan buena para mujer de un hombre, mejor sería para esposa de Cristo; y las castas nupcias dejarían intacta la flor de su inocencia corporal, poniéndola para siempre al abrigo de las tribulaciones y combates que en el mundo nunca faltan.

Esto de los combates le recordaba a Sabel. ¿Quién duda que su permanencia en casa era ya un peligro para la tranquilidad de la esposa legítima? No imaginaba Julián riesgos inmediatos, pero presentía algo amenazador para lo porvenir. ¡Horrible familia ilegal, enraizada con el viejo caserón solariego como las parietarias y yedras en los derruidos muros! Al capellán le entraban a veces impulsos de coger una escoba, y barrer bien fuerte, bien fuerte, hasta que echase de allí a tan mala ralea. Pero cuando iba más determinado a hacerlo, tropezaba en la egoísta tranquilidad del señorito y en la resistencia pasiva, incontrastable, del mayordomo. Sucedió además una cosa que aumentó la dificultad de la barredura: la cocinera enviada de Santiago empezó a malhumorarse, quejándose de que no entendía la cocina, de que la leña no ardía bien, del humo, de todo; Sabel, muy servicial, acudió a ayudarla, y a los pocos días la cocinera, cansada de aldea, se despidió con malos modos, y Sabel quedó en su sitio, sin que mediasen más fórmulas para el reemplazo que asir el mango de la sartén cuando la otra lo soltó. Julián no tuvo ni tiempo de protestar contra este cambio de ministerio y vuelta al antiguo régimen. Lo cierto es que la familia espuria se mostraba por entonces incomparablemente humilde: a Primitivo no se le encontraba sino llamándole cuando hacía falta; Sabel se eclipsaba apenas dejaba la comida puesta a la lumbre y confiada al cuidado de las mozas de fregadero; el chiquillo parecía haberse evaporado.

Y, con todo, al capellán no le llegaba la camisa al cuerpo. ¡Si Nucha se enteraba! ¿Y quién duda que se enteraría en el momento menos pensado? Por desgracia, la nueva esposa mostraba afición suma a recorrer la casa, a informarse de todo, a escudriñar los sitios más recónditos y trasconejados; verbigracia: desvanes, bodegas, lagar, palomar, hórreos, *tulla,* perreras, cochiqueras, gallinero, establos, *herbeiros* y depósitos de forraje. No le llegaba a Julián la camisa al cuerpo, temblando que en alguna de estas dependencias recibiese Nucha a boca de jarro, por impensado accidente, la atroz revelación. Y al mismo tiempo, ¿cómo oponerse al útil merodeo del ama de casa hacendosa para sus dominios? Parecía que con la joven señora entraban en cada rincón de los Pazos la alegría, la limpieza y el orden, y que la saludaba el rápido bailotear del polvo arremolinado por las escobas, la vibración del rayo de sol proyectado en escondrijos y zahurdas, donde las espesas telarañas no lo habían dejado penetrar desde años antes.

Seguía Julián a Nucha en sus exploraciones, a fin de vigilar y evitar, si cabía, cualquier suceso desgraciado. Y, en

efecto, su intervención fue provechosa cuando Nucha
descubrió en el gallinero cierto pollo implume. El caso
merece referirse despacio.

   Había observado Nucha que en aquella casa de bendi-
ción las gallinas no ponían jamás, o si ponían, no se veía
la postura. Afirmaba don Pedro que se gastaban al año
bastantes ferrados de centeno y mijo en el corral, y, con
todo eso, las malditas gallinas no daban nada de sí. Lo
que es cacarear, cacareaban como descosidas, indicio evidente de que andaban en tratos de soltar el huevo; oíase el
himno triunfal de las fecundas, a la vez que el blando clo-
quear de las cluecas; se iba a ver el nido, se advertía en él
suave calorcillo, se distinguía la paja prensada señalando
en relieve la forma del huevo... Y nada: que no se podía
juntar ni para una mala tortilla. Nucha permanecía ojo
alerta. Un día, que acudió más diligente al cacareo dela-
tor, divisó agazapado en el fondo del gallinero, escondiéndose como un ratoncillo, a un rapaz de pocos años.
Sólo asomaban entre la paja de la nidadura sus descalzos
pies. Nucha tiró de ellos, y salió el cuerpo, y tras del cuerpo las manos, en las cuales venía ya el plato que apetecía
el ama de casa, pues los huevos que el chico acababa de
ocultar, se le habían roto con la prisa, y la tortilla estaba
allí medio hecha, cascada por lo menos.

   –¡Ah, pícaro! –exclamó Nucha, cogiéndole y sacándole
afuera, a la luz del corral–. ¡Te voy a desollar vivo, gran tu-
nante! ¡Ya sabemos quién es el zorro que se come los huevos! ¡Hoy te pongo el trasero en remojo, donde no lo veas!

   Agitábase y perneaba el ladrón en miniatura; Nucha
sintió lástima, imaginándose que sollozaba con desconsuelo. Apenas logró verle un minuto la cara, desviándole
de ella los brazos, pudo convencerse de que el muy insolente no hacía sino reírse a más y a mejor, y también no-

tar la extraordinaria lindeza del desharrapado chicuelo.
Julián, testigo inquieto de esta escena, se adelantó y quiso
arrebatárselo a Nucha.

–¡Déjemelo usted, don Julián!... –suplicó ella– ¡Qué
guapo!, ¡qué pelo, qué ojos! ¿De quién es esta criatura?

Nunca el timorato capellán sintió tantas ganas de mentir. No atinó, sin embargo.

–Creo... –tartamudeó, atragantándose–, creo que... de
Sabel, la que guisa estos días.

–¿De la criada? Pero... ¿está casada esa chica?

Creció la turbación de Julián. De esta vez tenía en la
garganta una pera de ahogo.

–No, señora; casada, no... Ya sabe usted que..., desgra-
ciadamente... las aldeanas, por aquí, no es común que
guarden el mayor recato... Debilidades humanas...

Sentóse Nucha en un poyo del corral que con el gallinero lindaba, sin soltar al chiquillo, empeñándose en verle
la cara mejor. Él porfiaba en taparla con manos y brazos,
pegando respingos de conejo montés cautivo y sujeto.
Sólo se descubría su cabellera, el monte de rizos, castaños
como la propia castaña madura, envedijados, revueltos
con briznas de paja y motas de barro seco, y el cuello y
nuca devorados por el sol.

–Julián, ¿tiene usted ahí una pieza de dos cuartos?

–Sí, señora.

–Toma, *rapaciño*... A ver si me pierdes el miedo.

Fue eficaz el conjuro. Alargó el chiquillo la mano, y
metió rápidamente en el seno la moneda. Nucha vio entonces el rostro redondeado, hoyoso, graciosísimo y correcto a la vez, como el de los amores de bronce que sos-
tienen mecheros y lámparas. Una risa, entre picaresca y
celestial, alegraba tan linda obra de la naturaleza. Nucha
le plantó un sonoro beso en cada carrillo.

–¡Qué monada! ¡Dios le bendiga! ¿Cómo te llamas, pequeño?

–Perucho –contestó el pilluelo con sumo desenfado.

–¡El nombre de mi marido! –exclamó la señorita con viveza–. ¿Apostemos a que es su ahijado? ¿Eh?

–Es su ahijado, su ahijado –se apresuró a declarar Julián, que desearía ponerle al chico un tapón en aquella boca risueña, de carnosos labios cupidinescos. No pudiendo hacerlo intentó sacar la conversación de terreno tan peligroso.

–¿Para qué querías tú los huevos? Dilo, y te doy otros dos cuartos; anda.

–Los vendo –declaró Perucho concisamente.

–Conque los vendes, ¿eh? Tenemos aquí un negociante... ¿Y a quién los vendes?

–A las mujeres de por ahí, que van a la *vila*

–Sepamos: ¿a cómo te pagan?

–Dos cuartos por la *ducia*.

–Pues mira –dijo Nucha cariñosamente–: de aquí en adelante me los vas a vender a mí, que te pagaré otro tanto. Por lo bonito que eres, no quiero reñirte ni enfadarme contigo. ¡Quiá! Vamos a ser muy amigotes tú y yo. Lo primero que te he de regalar son unos pantalones... No andas muy decente que digamos.

En efecto, por los desgarrones y aberturas del sucio calzón de estopa del chico hacían irrupción sus fresquísimas y lozanas carnes, cuya morbidez no alcanzaba a encubrir el fango y suciedad que les servía de vestidura, a falta de otra más decorosa.

–¡Angelito! –murmuró Nucha–. ¡Parece mentira que los traigan así! Yo no sé cómo no se matan, cómo no perecen de frío... Julián, hay que vestir a este niño Jesús.

–¡Sí; buen niño Jesús está él! –gruñó Julián–. El mismí-

simo enemigo malo, ¡Dios me perdone! No le tenga lástima, señorita; es un diablillo, más travieso que un mico...
¡Lo que no hice yo para enseñarle a leer y escribir, para
acostumbrarle a que se lavase esos hocicos y esas patas!
¡Ni atándole, señorita, ni atándole! Y está más sano que
una manzana, con la vida que trae. Ya se ha caído dos veces al estanque este año, y de una por poco se ahoga.

   –Vaya, Julián: ¿qué quiere usted que haga a su edad? No
ha de ser formal, como los mayores. Ven conmigo, rapaz,
que voy a arreglarte algo para que te tapes esas pierneci-
tas. ¿No tiene calzado? Pues hay que encargarle unos zuecos bien fuertes, de álamo... Y le voy a predicar un sermón a su madre para que me lo enjabone todos los días.
Usted le va a dar lección otra vez. O le haremos ir a la escuela, que será lo mejor.

   No hubo quien apease a Nucha de su caritativo propósito. Julián estaba con el alma en un hilo, temiendo que de
semejante aproximación resultase alguna catástrofe. No
obstante, la bondad natural de su corazón hizo que se in-
teresase nuevamente por aquella obra pía, que ya había
intentado sin fruto. Veía en ella mayor demostración de la
hermosura moral de Nucha. Parecíale que era providencial el que la señorita cuidase a aquel mal retoño de tronco ruin. Y Nucha entre tanto, se divertía infinito con su
protegido; hacíale gracia su propia desvergüenza, sus instintos truhanescos, su afán por apandar huevos y fruta,
su avidez de coger las monedas, su afición al vino y a los
buenos bocados. Aspiraba a enderezar aquel arbolito
tierno, civilizándole a la vez la piel y el espíritu. «Obra de
romanos», decía el capellán.

Capítulo 15

Por entonces se dedicó el matrimonio Moscoso a pagar visitas de la aristocracia circunvecina. Nucha montaba la borriquilla, y su marido, la yegua castaña; Julián los acompañaba en mula; alguno de los perros favoritos del marqués se incorporaba a la comitiva siempre, y dos mozos, vestidos con la ropa dominguera, la más bordada faja, el sombrero de fieltro nuevecito, empuñando varas verdes, que columpiaban al andar, iban de espolistas, encargados de tener mano de las monturas cuando se apeasen los jinetes.

La tanda empezó por la señora jueza de Cebre. Abrió la puerta una criada en pernetas, que, al ver a Nucha bajarse de su cabalgadura y arreglar los volantes del traje con el mango de la sombrilla, echó a correr, despavorida, hacia el interior de la casa, clamando como si anunciase fuego o ladrones:

—Señora... ¡Ay mi señora! ¡Unos señores..., hay unos señores aquí!

Ningún eco respondió a sus alaridos de consternación; pero transcurridos breves minutos, apareció en el zaguán el juez en persona, deshaciéndose en excusas por la torpeza de la muchacha: era inconcebible el trabajo que costaba domesticarla; «se le repetía mil veces la misma cosa, y nada, no aprendía a recibir a las..., pues..., de la manera que...». Al murmurar así, arqueaba el codo ofreciendo a Nucha el sostén de su brazo para subir la escalera; y siendo ésta tan angosta que no cabían dos personas de frente, la señora de Moscoso pasaba los mayores trabajos del mundo, intentando asirse con las yemas de los dedos al brazo del buen señor, que subía dos escalones antes que ella, todo torcido y sesgado. Llegados a la puerta de la sala, el juez empezó a palparse, buscando ansiosamente algo en los bolsillos, articulando, a media voz, monosílabos entrecortados y exclamaciones confusas. De repente exhaló una especie de bramido terrible:

–Pepa... ¡Pepaaaaa!

Se oyó el «¡clac!» de los pies descalzos, y el juez interpeló a la fámula:

–¿La llave, vamos a ver? ¿Dónde Judas has metido la llave?

Pepa se la alargaba ya a toda prisa, y el juez, cambiando de tono y pasando de la más furiosa ronquera a la más meliflua dulzura, empujó la puerta y dijo a Nucha:

–Por aquí, señora mía; por aquí...; tenga usted la bondad.

La sala estaba completamente a oscuras; Nucha tropezó con una mesa, a tiempo que el juez repetía:

–Tenga usted la bondad de sentarse, señora mía... Usted dispense...

La claridad que bañó la habitación, una vez abiertas las maderas de la ventana, permitió a Nucha distinguir al fin el sofá de repis azul, los dos sillones haciendo juego, el velador de caoba, la alfombra tendida a los pies del sofá y que representaba un ferocísimo tigre de Bengala, color de canela fina. Al juez todo se le volvía acomodar a los visitadores, insistiendo mucho en si al marqués de Ulloa le convenía la luz de frente o estaría mejor de espaldas a la vidriera; al mismo tiempo lanzaba ojeadas de sobresalto en derredor, porque le iba sabiendo mal la tardanza de su mujer en presentarse. Esforzábase en sostener la conversación; pero su sonrisa tenía la contracción de una mueca, y su ojo severo se volvía hacia la puerta muy a menudo.

Al cabo se oyó en el corredor crujido de enaguas almidonadas: la señora jueza entró, sofocada y compuesta de fresco, según claramente se veía en todos los pormenores de su tocado; acababa de embutir su respetable humanidad en el corsé, y, sin embargo, no había logrado abrochar los últimos botones del corpiño de seda; el moño postizo, colocado a escape, se torcía, inclinándose hacia la oreja izquierda; traía un pendiente desabrochado, y no habiéndole llegado el tiempo para calzarse, escondía con mil trabajos, entre los volantes pomposos de la falda de seda, las babuchas de orillo.

Aunque Nucha no pecaba de burlona, no pudo menos de hacerle gracia el atavío de la jueza, que pasaba por el figurín vivo de Cebre, y a hurtadillas sonrió a Julián, mostrándole con imperceptible guiño los collares, dijes y broches que lucía en el cuello la señora, mientras ésta, a su vez, devoraba e inventariaba el sencillo adorno de la recién casada santiaguesa. La visita fue corta, porque el marqués deseaba cumplir aquel mismo día con el arcipreste, y la parroquia de Loiro distaba una legua, por lo menos, de la villita de Cebre. Se despidieron de la autoridad judicial tan ceremoniosamente como habían entrado, con los mismos requilorios del brazo y acompañamiento y muchos ofrecimientos de casa y persona.

Era preciso, para ir a Loiro, internarse bastante en la montaña y seguir una senda llena de despeñaderos y precipicios, que sólo se hacía practicable al acercarse a los dominios del arciprestazgo, vastos y ricos algún día, hoy casi anulados por la desamortización. La rectoral daba señales de su esplendor pasado; su aspecto era conventual; al entrar y apearse en el zaguán, los señores de Ulloa sintieron la impresión del frío subterráneo de una ancha cripta abovedada, donde la voz humana retumbaba de un modo extraño y solemne. Por la escalera, de anchos peldaños y monumental balaústre de piedra, bajaba dificultosamente, con la lentitud y el balanceo con que caminan los osos puestos en dos pies, una pareja de seres humanos, monstruosa, deforme, que lo parecía más viéndola así reunida: el arcipreste y su hermana. Ambos jadeaban: su dificultosa respiración parecía el resuello de un accidentado; las triples roscas de la papada y el rollo del pestorejo aureolaban con formidable nimbo de carne las fauces, moradas de puro inyectadas en sangre espesa; y cuando se volvían de espaldas, en el mismo sitio en que el arcipreste lucía la tonsura, ostentaba su hermana un moñito de pelo gris, análogo al que gastan los toreros. Nucha, a quien el recibimiento del juez y el tocado de su señora habían puesto de buen humor, volvió a sonreír disimuladamente, sobre todo al notar los *quid pro quos* de la conversación, producidos por la sordera de los dos respetables hermanos. No desmintiendo éstos la hospitalaria tradición campesina, hicieron pasar a los visitadores, quieras o no quieras, al comedor, donde un marmolillo se hubiese reído también observando cómo la mesa del refresco, la misma en que comían a diario los dueños de la casa, tenía dos escotaduras, una frente a otra, sin duda destinadas a alojar desahogadamente la rotundidad de un par de abdómenes gigantescos.

El regreso a los Pazos fue animado por comentarios y bromas acerca de las visitas; hasta Julián dio de mano a su formalidad y a su indulgencia acostumbrada, para divertirse a cuenta de la mesa escotada y del almacén de quincalla que la señora jueza lucía en el pescuezo y seno. Pensaban con regocijo en que al día siguiente se les preparaba otra excursión del mismo género, sin duda igualmente divertida; tocábales ver a las señoritas de Molende y a los señores de Limioso.

Salieron de los Pazos tempranito, porque bien necesitaban toda la larga tarde de verano para cumplir el programa, y acaso no les alcanzaría, si no fuese porque a las señoritas de Molende no las encontraron en casa; una mocetona, que pasaba cargada con un haz de hierba, explicó difícilmente que las señoritas iban a la feria de Villamorta, y sabe Dios cuándo volverían de allá. Le pesó a Nucha, porque las señoritas, que habían estado en los Pazos a verla, le agradaban, y eran los únicos rostros juveniles, las únicas personas en quienes encontraba reminiscencias de la cháchara alegre y del fresco pico de sus hermanas, a las cuales no podía olvidar. Dejaron un recado de atención, a cargo de la mocetona, y torcieron monte arriba, camino del pazo de Limioso.

El camino era difícil y se retorcía en espiral alrededor de la montaña; a uno y otro lado, las cepas de viña, cargadas de follaje, se inclinaban sobre él como para borrarlo. En la cumbre amarilleaba, a la luz del sol poniente, un edificio, prolongado con torre a la izquierda, y a la derecha un palomar derruido, sin techo ya. Era la señorial mansión de Limioso, un tiempo castillo roquero, nido de azor colgado en la escarpada umbría del montecillo soli-

tario, tras del cual, en el horizonte, se alzaba la cúspide
majestuosa del inaccesible pico Leiro. No se conocía en
todo el contorno, ni acaso en toda la provincia, casa in-
fanzona más linajuda ni más vieja, y a cuyo nombre aña-
diesen los labriegos con acento más respetuoso el califi-
cativo de pazo-palacio, reservado a las moradas hidalgas.

Desde bastante cerca, el pazo de Limioso parecía des-
habitado, lo cual aumentaba la impresión melancólica
que producía su desmantelado palomar. Por todas partes,
indicios de abandono y ruina: las ortigas obstruían la especie de plazoleta o patio de la casa; no faltaban vidrios
en las vidrieras, por la razón plausible de que tales vidrieras no existían, y aun alguna madera, arrancada de sus
goznes, pendía torcida, como un jirón en un traje usado.
Hasta las rejas de la planta baja, devoradas de orín, subían
las plantas parásitas, y festones de hiedra seca y raquítica
corrían por entre las junturas desquiciadas de las piedras.
Estaba el portón abierto de par en par, como puerta de
quien no teme a ladrones; pero al sonido mate de los cascos de las monturas en el piso herboso del patio, respon-
dieron asmáticos ladridos, y un mastín y dos perdigueros
se abalanzaron contra los visitantes, desperdiciando por
las fauces el poco brío que les quedaba, pues ninguno de
aquellos bichos tenía más que un erizado pelaje sobre
una armazón de huesos, prontos a agujerearlo al menor
descuido. El mastín no podía, literalmente, ejecutar el esfuerzo del ladrido; temblábanle las patas, y la lengua le
salía de un palmo entre los dientes, amarillos y roídos por
la edad. Apaciguáronse los perdigueros a la voz del señor
de Ulloa, con quien habían cazado mil veces; no así el
mastín, resuelto, sin duda, a morir en la demanda, y a
quien sólo acalló la aparición de su amo, el señorito de Limioso.

¿Quién no conoce en la montaña al directo descendiente de los paladines y ricoshombres gallegos, al infatigable cazador, al acérrimo tradicionalista? Ramoncito Limioso contaría a la sazón poco más de veintiséis años, pero ya sus bigotes, sus cejas, su cabello y sus facciones todas tenían una gravedad melancólica y digna, algún tanto burlesca para quien por primera vez le veía. Su entristecido arqueo de cejas le prestaba vaga semejanza con los retratos de Quevedo; su pescuezo, flaco, pedía a voces la golilla, y en vez de la vara que tenía en la mano, la imaginación le otorgaba una espada en cazoleta. Dondequiera que se encontrase aquel cuerpo larguirucho, aquel gabán raído, aquellos pantalones con rodilleras y tal cual remiendo, no se podía dudar que, con sus pobres trazas, Ramón Limioso era un verdadero «señor desde sus principios» –así decían los aldeanos– y no «hecho a puñetazos», como otros.

Lo era hasta en el modo de ayudar a Nucha a bajarse de la borrica, en la naturalidad galante con que le ofrecía no el brazo, sino, a la antigua usanza, dos dedos de la mano izquierda para que en ellos apoyase la palma de su diestra la señora de Ulloa. Y con el decoro propio de un paso de minueto, la pareja entró por el pazo de Limioso adelante, subiendo la escalera exterior que conducía al claustro, no sin peligro de rodar por ella: tales estaban de carcomidos los venerables escalones. El tejado del claustro era un puro calado; veíanse, al través de las tejas y las vigas, innumerables retales de terciopelo azul celeste; la cría de las golondrinas piaba dulcemente en sus nidos, cobijados en el sitio más favorable, tras el blasón de los Limiosos, repetido en el capitel de cada pilar en tosca escultura –tres peces bogando en un lago, un león sosteniendo una cruz–. Fue peor cuando entraron en la antesala. Muchos años hacía que la polilla y la vetustez habían dado cuenta de la tablazón del piso; y no alcanzando, sin duda, los medios de los Limiosos a echar piso nuevo, se habían contentado con arrojar algunas tablas sueltas sobre los pontones y las vigas, y por tan peligroso camino cruzó tranquilamente el señorito, sin dejar de ofrecer los dedos a Nucha y sin que ésta se atreviese a solicitar más firme apoyo. Cada tablón en que sentaba el pie se alzaba y blandía, descubriendo abajo la negra profundidad de la bodega, con sus cubas vestidas de telarañas. Atravesaron impávidos el abismo y penetraron en la sala, que al menos poseía un piso clavado, aunque en muchos sitios roto y en todos casi reducido a polvo sutil por el taladro de los insectos.

Nucha se quedó inmóvil de sorpresa. En un ángulo de la sala medio desaparecía, bajo un gran acervo de trigo, un mueble soberbio, un bargueño incrustado de concha y marfil; en las paredes, del betún de los cuadros, viejos y ahumados, se destacaba a lo mejor una pierna de santo martirizado, toda contraída, o el anca de un caballo, o la cabeza carrilluda de un angelote; frente a la esquina del trigo se alzaba un estrado, revestido de cuero de Córdoba, que aún conservaba su rica coloración y sus oros intensos; ante el estrado, en semicírculo, magníficos sitiales tallados, con asiento de cuero también, y entre el trigo y el estrado, sentadas en *tallos* –asientos de tronco de roble bruto, como los que usan los labriegos más pobres–, dos viejas secas, pálidas, derechas, vestidas de hábito del Carmen, hilaban.

Jamás había creído la señora de Moscoso que vería hilar más que en las novelas o en los cuentos, a no ser a las aldeanas, y le produjo singular efecto el espectáculo de aquellas dos estatuas bizantinas, que tales parecían por su quietud y los rígidos pliegues de su ropa, manejando el

huso y la rueca, y suspendiendo a un mismo tiempo la labor cuando ella entró. En nombre de las dos estatuas
–que eran las tías paternas del señorito de Limioso– había visitado éste a Nucha; vivía también en el pazo el padre, paralítico y encamado; pero a éste nadie le echaba la
vista encima; su existencia era como un mito, una leyenda de la montaña. Las dos ancianas se irguieron y tendieron a Nucha los brazos, con movimiento tan simultáneo
que no supo a cuál de ellas atender, y a la vez y en las dos
mejillas sintió un beso de hielo, un beso dado sin labios y
acompañado del roce de una piel inerte. Sintió también
que le asían las manos otras manos despojadas de carne,
consuntas, amojamadas y momias; comprendió que la
guiaban hacia el estrado y que le ofrecían uno de los sitiales; y apenas se hubo sentado en él, conoció con terror
que el asiento se desvencijaba, se hundía; que se largaba
cada pedazo del sitial por su lado, sin crujidos ni resistencia, y con el instinto de la mujer encinta, se puso en pie,
dejando que la última prenda del esplendor de los Limiosos se derrumbase en el suelo para siempre.

Salieron del goteroso pazo cuando ya anochecía, y sin
que se lo comunicasen, sin que ellos mismos pudiesen
acaso darse cuenta de ello, callaron todo el camino, porque les oprimía la tristeza inexplicable de las cosas que se
van.

Capítulo 16

Debía el sucesor de los Moscosos de andar ya cerca de este mundo, porque Nucha cosía sin descanso prendas menudas, semejantes a ropa de muñecas. A pesar de la asiduidad en la labor, no se desmejoraba; al contrario, parecía que cada pasito de la criatura hacia la luz del día era en beneficio de su madre.

No podía decirse que Nucha hubiese engruesado; pero sus formas se llenaban, volviéndose suaves curvas lo que antes eran ángulos y planicies. Sus mejillas se sonrosaban, aunque le velaba frente y sienes esa ligera nube oscura conocida por paño. Su pelo negro parecía más brillante y copioso; sus ojos, menos vagos y más húmedos; su boca, más fresca y roja. Su voz se había timbrado con notas graves. En cuanto al natural aumento de su persona, no era mucho ni la afeaba, prestando solamente a su cuerpo la dulce pesadez que se nota en el de la Virgen en los cuadros que representan la Visitación. La colocación de sus manos, extendidas sobre el vientre, como para protegerlo, completaba la analogía con las pinturas de tan tierno asunto.

Hay que reconocer que don Pedro se portaba bien con

su esposa durante aquella temporada de expectación. Olvidando sus acostumbradas correrías por montes y riscos, la sacaba todas las tardes, sin faltar una, a dar paseítos higiénicos, que crecían gradualmente, y Nucha, apoyada en su brazo, recorría el valle en que los Pazos de Ulloa se esconden, sentándose en los murallones y en los ribazos al sentirse muy fatigada. Don Pedro tendía a satisfacer sus menores deseos: en ocasiones, se mostraba hasta galante, trayéndole las flores silvestres que le llamaban la atención, o ramas de madroño y zarzamora cuajadas de fruto. Como a Nucha le causaban fuerte sacudimiento nervioso los tiros, no llevaba jamás el señorito su escopeta, y había prohibido expresamente a Primitivo cazar por allí. Parecía que la leñosa corteza se le iba cayendo, poco a poco, al marqués, y que su corazón, bravío y egoísta, se inmutaba, dejando asomar, como entre las grietas de una pared, florecillas parásitas, blandos afectos de esposo y padre. Si aquello no era el matrimonio cristiano, soñado por el excelente capellán, viven los cielos que debía asemejársele mucho.

Julián bendecía a Dios todos los días. Su devoción había vuelto no a renacer, pues no muriera nunca, pero sí a reavivarse y encenderse. A medida que se acercaba la hora crítica para Nucha, el capellán permanecía más tiempo de rodillas dando gracias al terminar la misa; prolongaba más las letanías y el rosario; ponía más alma y fervor en el cuotidiano rezo. Y no entran en la cuenta dos novenas devotísimas: una a la Virgen de agosto, otra a la Virgen de septiembre. Figurábasele este culto mariano muy adecuado a las circunstancias, por la convicción cada vez más firme de que Nucha era viva imagen de Nuestra Señora, en cuanto una mujer concebida en pecado puede serlo.

Al oscurecer de una tarde de octubre estaba Julián sentado en el poyo de su ventana, engolfado en la lectura del padre Nieremberg. Sintió pasos precipitados en la escalera. Conoció el modo de pisar de don Pedro. El rostro del señor de Ulloa derramaba satisfacción.

–¿Hay novedades? –preguntó Julián soltando el libro.

–¡Ya lo creo! Nos hemos tenido que volver del paseo a escape.

–¿Y han ido a Cebre por el médico?

–Va allá Primitivo.

Julián torció el gesto.

–No hay que asustarse... Detrás de él van a salir ahora mismo otros dos propios... Quería ir yo en persona; pero Nucha dice que no se queda ahora sin mí.

–Lo mejor sería ir yo también, por si acaso –exclamó Julián–. Aunque sea a pie y de noche.

Lanzó don Pedro una de sus terribles y mofadoras carcajadas.

–¡Usted! –clamó sin cesar de reír–. ¡Vaya una ocurrencia, don Julián!

El capellán bajó los ojos y frunció el rubio ceño. Sentía cierta vergüenza de su sotana, que le inutilizaba para prestar el menor servicio en tan apretado trance. Esto en cuanto a sacerdote. Como hombre, tampoco podía penetrar en la cámara donde se cumplía el misterio. Sólo tenían derecho a ello dos varones: el esposo y el otro, el que Primitivo iba a buscar, el representante de la ciencia humana. Acongojóse el espíritu de Julián pensando en que el recato de Nucha iba a ser profanado, y su cuerpo puro tratado quizás como se trata a los cadáveres en la mesa de anatomía: como materia inerte, donde no se cobija ya un alma. Comprendió que se apocaba y afligía.

–Llámeme usted si para algo me necesita, señor marqués –murmuró con desmayada voz.

–Mil gracias, hombre... Venía únicamente a darle a usted la buena noticia.

Don Pedro volvió a bajar la escalera rápidamente, silbando una *riveirana*, y el capellán, al pronto, se quedó inmóvil. Pasóse luego la mano por la frente, donde rezumaba un sudorcillo. Miró a la pared. Entre varias estampitas, pendientes y con marco de lentejuelas, escogió dos: una de San Ramón Nonnato y otra de Nuestra Señora de las Angustias, sosteniendo en el regazo a su Hijo muerto. Él la hubiese preferido de la Leche y Buen Parto, pero no la tenía, ni se había acordado mucho de tal advocación hasta aquel instante. Desembarazó la cómoda de los cachivaches que la obstruían, y puso encima, en pie, las estampas. Abrió después el cajón, donde guardaba algunas velas de cera destinadas a la capilla; tomó un par, las acomodó en candeleros de latón y armó su altarito. Así que la luz amarillenta de los cirios se reflejó en los adornos y cristal de los cuadros, el alma de Julián sintió consuelo inefable. Lleno de esperanza, el capellán se reprendió a sí mismo por haberse juzgado inútil en momentos semejantes. ¡Él inútil! Cabalmente le incumbía lo más importante y preciso, que es impetrar la protección del cielo. Y arrodillándose, henchido de fe, dio principio a sus oraciones.

El tiempo corría sin interrumpirlas. De abajo no llegaba noticia alguna. A eso de las diez reconoció Julián que sus rodillas hormigueaban con insufrible hormigueo, que se apoderaba de sus miembros dolorosa lasitud, que se le desvanecía la cabeza. Hizo un esfuerzo, y se incorporó tambaleándose. Una persona entró. Era Sabel, a quien el capellán miró con sorpresa, pues hacía bastante tiempo que no se presentaba allí.

–De parte del señorito, que baje a cenar.

–¿Ha venido su padre de usted? ¿Ha llegado el médico? –interrogó, ansiosamente, Julián, no atreviéndose a preguntar otra cosa.

–No, señor... De aquí a Cebre hay un bocadito.

En el comedor encontró Julián al marqués cenando con apetito formidable, como hombre a quien se le ha retrasado la pitanza dos horas más que de costumbre. Julián trató de imitar aquel sosiego, sentándose y extendiendo la servilleta.

–¿Y la señorita? –preguntó con afán.

–¡Pchs!... Ya puede usted suponer que no muy a gusto.

–¿Necesitará algo mientras usted está aquí?

–No. Tiene allá a su doncella, la Filomena. Sabel también ayuda para cuanto se precise.

Julián no contestó. Sus reflexiones valían más para calladas que para dichas. Era una monstruosidad que Sabel asistiese a la legítima esposa; pero si no se le ocurría al marido, ¿quién tenía valor para insinuárselo? Por otra parte, Sabel, en realidad, no carecía de experiencia doméstica, ni dejaría de ser útil. Notó Julián que el marqués, a diferencia de algunas horas antes, parecía malhumorado e impaciente. Recelaba el capellán interrogarle. Determinóse al fin.

–Y... ¿dará tiempo a que llegue el médico?

–¿Que si da tiempo? –respondió el señorito, embaulando y mascando con colérica avidez–. ¡Como no lo dé de más! Estas señoritas finas son muy delicadas y difíciles para todo... Y cuando no hay un gran físico... Si fuese por estilo de su hermana Rita...

Descargó un porrazo con el vaso en la mesa, y añadió, sentenciosamente:

–Son una calamidad las mujeres de los pueblos... Hechas de alfeñique... Le aseguro a usted que tiene una debilidad y una tendencia a las convulsiones y a los síncopes, que... ¡Melindres, diantre! ¡Melindres a que las acostumbran desde pequeñas!

Pegó otro trompis y se levantó, dejando solo en el comedor a Julián. No sabía éste qué hacer de su persona, y pensó que lo mejor era emprender de nuevo plática con los santos. Subió. Las velas seguían ardiendo, y el capellán volvió a arrodillarse. Las horas pasaban y pasaban, y no se oían más ruidos que el viento de la noche al gemir en los castaños, y el hondo sollozo del agua en la represa del cercano molino. Sentía Julián cosquilleo y agujetas en los muslos, frío en los huesos y pesadez en la cabeza. Dos o tres veces miró hacia cama, y otras tantas el recuerdo de la pobrecita, que sufría allá abajo, le detuvo. Dábale vergüenza ceder a la tentación. Mas sus ojos se cerraban; su cabeza, ebria de sueño, caía sobre el pecho. Se tendió vestido, prometiéndose despabilarse al punto. Despertó cuando ya era de día.

Al encontrarse vestido, se acordó, y tratándose mentalmente de marmota y leño, pensó si ya estaría en el mundo el nuevo Moscoso. Bajó apresurado, frotándose los párpados, medio aturdido aún.

En la antesala de la cocina se dio de manos a boca con Máximo Juncal, el médico de Cebre, con bufanda de lana gris arrollada al cuello, chaquetón de paño pardo, botas y espuelas.

–¿Llega usted ahora mismo? –preguntó, asombrado, el capellán.

–Sí, señor... Primitivo dice que estuvieron llamando anoche a mi puerta él y otros dos, pero que no les abrió nadie... Verdad que mi criada es algo sorda; mas con todo..., si llamasen como Dios manda... En fin, que hasta el amanecer no me llegó el aviso. De cualquier manera, parece que vengo muy a tiempo todavía... Primeriza al fin y al cabo... Estas batallas acostumbran durar bastante... Allá voy a ver qué ocurre...

Precedido de don Pedro, echó a andar, látigo en mano y resonándole las espuelas, de modo que la imagen bélica que acababa de emplear parecía exacta, y cualquiera le tomaría por el general que acude a decidir con su presencia y sus órdenes la victoria. Su continente resuelto infundía confianza. Reapareció a poco, pidiendo una taza de café bien caliente, pues con la prisa de venir se encontraba en ayunas. Al señorito le sirvieron chocolate. Emitió el médico su dictamen facultativo: armarse de paciencia, porque el negocio iba largo. Don Pedro, de humor algo fosco y con las facciones hinchadas por el insomnio, quiso a toda costa saber si había peligro.

–No, señor; no, señor –contestó Máximo, desliendo el azúcar con la cucharilla y echando ron en el café–. Si se presentan dificultades, estamos aquí... Tú, Sabel: una copita pequeña.

En la copita pequeña escanció también ron, que paladeó mientras el café se enfriaba. El marqués le tendió la petaca llena.

–Muchas gracias... –pronunció el médico, encendiendo un habano–. Por ahora estamos a ver venir. La señora es novicia, y no muy fuerte... A las mujeres se les da en las ciudades la educación más antihigiénica: corsé para volver angosto lo que debe ser vasto; encierro para producir la clorosis y la anemia; vida sedentaria para ingurgitarlas y criar linfa a expensas de la sangre... Mil veces mejor preparadas están las aldeanas para el gran combate de la gestación y alumbramiento, que al cabo es la verdadera función femenina.

Siguió explanando su teoría, queriendo manifestar que no ignoraba las más recientes y osadas hipótesis científicas, alardeando de materialismo higiénico, ponderando mucho la acción bienhechora de la madre naturaleza. Creíase que era mozo inteligente, de bastante lectura y determinado a lidiar con las enfermedades ajenas; mas la amarillez biliosa de su rostro, la lividez y secura de sus delgados labios, no prometían salud robusta. Aquel fanático de la higiene no predicaba con el ejemplo. Asegurábase que tenía la culpa el ron y una panadera de Cebre, con salud para vender y regalar a cuatro doctores higienistas.

Don Pedro chupaba también con ensañamiento su cigarro, y rumiaba las palabras del médico, que por extraño caso, atendida la diferencia entre un pensamiento relleno de ciencia novísima y otro virgen hasta de lectura, conformaban en todo con su sentir. También el hidalgo rancio pensaba que la mujer debe ser principalmente muy apta para la propagación de la especie. Lo contrario le parecía un crimen. Acordábase mucho, con extraños remordimientos casi incestuosos, del robusto tronco de su cuñada Rita. También recordó el nacimiento de Perucho, un día que Sabel estaba amasando. Por cierto que la borona que amasaba no hubiera tenido tiempo de cocerse cuando el chiquillo berreaba ya diciendo a su modo que él era de Dios como los demás y necesitaba sustento. Estas memorias le despertaron una idea muy importante.

–Diga, Máximo...: ¿le parece que mi mujer podrá criar?

Máximo se echó a reír, saboreando el ron.

–No pedir gollerías, señor don Pedro..., ¡criar! Esa función augusta exige complexión muy vigorosa y predominio del temperamento sanguíneo... No puede criar la señora.

–Ella es la que se empeña en eso –dijo, con despecho, el marqués–; yo bien me figuré que era un disparate... por más que no creí a mi mujer tan endeble... En fin, ahora tratemos de que no nazca el niño para rabiar de hambre. ¿Tendré tiempo de ir a Castrodorna? La hija de Felipe el casero, aquella mocetona, ¿no sabe usted?

–¿Pues no he de saber? ¡Gran vaca! Tiene usted ojo médico... Y está parida de dos meses. Lo que no sé es si los padres la dejarán venir. Creo que son gente honrada en su clase y no quieren divulgar lo de la hija.

–¡Música celestial! Si hace ascos, la traigo arrastrando por la trenza... A mí no me levanta la voz un casero mío. ¿Hay tiempo o no de ir allá?

–Tiempo, sí. ¡Ojalá acabásemos antes! Pero no lleva trazas.

Cuando el señorito salió, Máximo se sirvió otra copa de ron y dijo en confianza al capellán:

–Si yo estuviese en el pellejo del Felipe... ya le quiero un recado a don Pedro. ¿Cuándo se convencerán estos señoritos de que un casero no es un esclavo? Así andan las cosas de España: mucho de revolución, de libertad, de derechos individuales... ¡Y al fin, por todas partes la tiranía, el privilegio, el feudalismo! Porque, vamos a ver, ¿qué es esto sino reproducir los ominosos tiempos de la gleba y las iniquidades de la servidumbre? Que yo necesito tu hija, ¡zas!, pues contra tu voluntad te la cojo. Que me hace falta leche, una vaca humana, ¡zas!, si no quieres dar de mamar de grado a mi chiquillo, le darás por fuerza. Pero le estoy escandalizando a usted. Usted no piensa como yo, de seguro, en cuestiones sociales.

–No, señor; no me escandalizo –contestó, apaciblemente, Julián–. Al contrario... Me dan ganas de reír porque me hace gracia verle a usted tan sofocado. Mire usted que más querrá la hija de Felipe que servir de ama de cría en esta casa. Bien mantenida, bien regalada, sin trabajar... Figúrese.

–¿Y el albedrío? ¿Quiere usted coartar el albedrío, los derechos individuales? Supóngase que la muchacha se encuentre mejor avenida con su honrada pobreza que con todos esos beneficios y ventajas que usted dice... ¿No es un acto abusivo traerla aquí de la trenza, porque es hija de un casero? Naturalmente que a usted no se lo parece; claro está: vistiéndose por la cabeza, no se puede pensar de otro modo; usted tiene que estar por el feudalismo y la teocracia. ¿Acerté? No me diga usted que no.

–Yo no tengo ideas políticas –aseveró Julián, sosegadamente; y de pronto, como recordando añadió–: ¿Y no sería bien dar una vuelta a ver cómo lo pasa la señorita?

–¡Pchs...! No hago por ahora gran falta allá, pero voy a ver. Que no se lleven la botella del ron, ¿eh? Hasta dentro de un instante.

Volvió en breve, e instalándose ante la copa mostró querer reanudar la conversación política, a la cual profesaba desmedida afición, prefiriendo, en su interior, que le contradijesen, pues entonces se encendía y exaltaba, encontrando inesperados argumentos. Las violentas discusiones en que se llegaba a vociferar y a injuriarse le esparcían la estancada bilis y la función digestiva y respiratoria se le activaba, produciéndole gran bienestar. Disputaba por higiene: aquella gimnasia de la laringe y del cerebro le desinfartaba el hígado.

–¿Conque usted no tiene ideas políticas? A otro perro con ese hueso, padre Julián... Todos los pájaros de pluma negra vuelan hacia atrás, no andemos con cuentos. Y si no, a ver, hagamos la prueba: ¿qué piensa usted de la revolución? ¿Está usted conforme con la libertad de cultos?

Aquí te quiero, escopeta. ¿Está usted de acuerdo con Suñer?

–¡Vaya unas cosas que tiene el señor don Máximo! ¿Cómo he de estar de acuerdo con Suñer? ¿No es ése que dijo en el Congreso blasfemias horrorosas? ¡Dios le ilumine!

–Hable claro. ¿Usted piensa como el abad de San Clemente de Boán? Ése dice que a Suñer y a los revolucionarios no se los convence con razones, sino a trabucazo limpio y palo seco. Usted, ¿qué opina?

–Son dichos de acaloramiento... Un sacerdote es hombre como todos, y puede enfadarse en una disputa y echar venablos por la boca.

–Ya lo creo; y por lo mismo que es hombre como todos, puede tener intereses bastardos, puede querer vivir holgazanamente explotando la tontería del prójimo, puede darse buena vida con capones y cabritos de los feligreses... No negará usted esto.

–Todos somos pecadores, don Máximo.

–Y aún puede hacer cosas peores, que..., se sobrentienden..., ¿eh? No sofocarse.

–Sí, señor. Un sacerdote puede hacer todas las cosas malas del mundo. Si tuviésemos privilegio para no pecar, estábamos bien; nos habíamos salvado en el momento mismo de la ordenación, que no era floja ganga. Cabalmente la ordenación nos impone deberes más estrechos que a los demás cristianos, y es doblemente difícil que uno de nosotros sea bueno. Y para serlo del modo que requeriría el camino de perfección en que debemos entrar al ordenarnos sacerdotes, se necesita, aparte de nuestros esfuerzos, que la gracia de Dios nos ayude. Ahí es nada.

Díjolo en tono tan sincero y sencillo, que el médico amainó por algunos instantes.

–Si todos fuesen como usted, don Julián...

–Yo soy el último, el peor. No se fíe usted de apariencias.

–¡Quiá! Los demás son buenas piezas, buenas..., y ni con la revolución hemos conseguido minarles el terreno... Le parecerá a usted mentira lo que amañaron estos días para dar gusto a ese bandido de *Barbacana*...

No hallándose en antecedentes, Julián guardaba silencio.

–Figúrese usted –refirió el médico– que *Barbacana* tiene a sus órdenes otro facineroso, un paisano de Castrodorna, conocido por el *Tuerto,* que ya viene de Portugal, a salto de mata, porque una noche cosió a puñaladas a su mujer y al amante... Hace poco parece que le echó mano la Justicia, pero *Barbacana* se empeñó en librarle, y tanto *sudaron* él y los curas, que el hombre salió bajo fianza, y se pasea por ahí... De modo que, a pesar de los pesares, nos tiene usted como siempre, mandados por el infame *Barbacana.*

–Pero –objetó Julián– yo he oído que aquí, cuando no reina *Barbacana,* reina otro cacique peor, que le llaman *Trampeta,* por los enredos y diabluras que arma a los pobres paisanos chupándoles el tuétano... Conque por fas o nefas...

–Eso... Eso tiene algo de verdad...; pero, mire usted, al menos *Trampeta* no se propone levantar partidas... Con *Barbacana* es preciso concluir, pues corresponde con las Juntas carlistas de la provincia para llevar el país a fuego y sangre... ¿Es usted partidario del *Niño Terso?*

–Ya le dije que no tengo opiniones.

–Es que no le da la gana de disputar.

–Francamente, don Máximo, acierta usted. Estoy pendiente de esa pobre señorita..., pensando en lo que puede

sucederle. Y no entiendo de política...; no se ría usted...,
no entiendo. Sólo entiendo de decir misa; y el caso es que
no la he dicho hoy todavía, y mientras no la diga no me
desayuno, y el estómago se me va... Aplicaré la misa por
la necesidad presente. Yo no puedo –añadió con cierta
melancolía– prestarle a la señorita otro auxilio.

Marchóse, dejando al médico sorprendido de encontrar un cura que rehuía entrar en políticas discusiones,
que por aquellos días reemplazaban a las teológicas en todas las sobremesas patronales, y celebró su misa con gran
atención y minuciosidad en las ceremonias. El repique de
la campanilla del acólito resonaba claro y argentino en la
vetusta capilla vacía. Oíanse fuera gorjeos de pájaros en
los árboles del huerto, lejano chirrido de carros que salían al trabajo, rumores campestres gratos, calmantes,
bienhechores. Era la misa de San Ramón Nonnato, elegi-
da para la circunstancia, y cuando el celebrante pronunció: *Ejus nobis intercessione concede, ut a peccatorum vin-
culis absoluti...*, parecióle que las cadenas de dolor que
ligaban a la pobre virgencita –que aún entonces se la representaba como tal el capellán– se rompían de golpe,
dejándola libre, gozosa y radiante, con la más feliz maternidad.

Sin embargo, cuando regresó a la casa no había indicios de la susodicha ruptura de cadenas. En vez de las
apresuradas idas y venidas de criados que siempre indi-
can algún acontecimiento trascendental, notó una calma
de mal agüero. El señorito no volvía: verdad es que Castrodorna distaba bastante de los Pazos. Fue preciso sentarse a la mesa sin él. El médico no intentó disputar más
porque a su vez empezaba a hallarse preocupado con la
flema del heredero de los Moscosos. Hay que decir, en
abono del discutidor higienista, que tomaba su profesión

por lo serio, y la respetaba tanto como Julián la suya. Probábalo su misma manía de la higiene y su culto de la salud, culto infundido por librotes modernos que sustituyen al Dios del Sinaí con la diosa Higia. Para Máximo Juncal, inmoralidad era sinónimo de escrofulosis, y el deber se parecía bastante a una perfecta oxidación de los elementos asimilables. Disculpábase a sí propio ciertos extravíos por tener un tanto obstruidas las vías hepáticas.

En aquel momento, el peligro de la señora de Moscoso despertaba su instinto de lucha contra males positivos de la tierra: el dolor, la enfermedad, la muerte. Comió distraídamente, y sólo bebió dos copas de ron. Julián apenas pasó bocado; preguntaba de tiempo en tiempo:

–¿Qué ocurrirá por allí, don Máximo?

Cesó de preguntar cuando el médico le hubo dado, a media voz, algunos detalles, empleando términos técnicos. La noche caía. Máximo apenas salía del cuarto de la paciente. Sintióse Julián tan triste y solo, que ya se disponía a subir a encender su altar, para disfrutar al menos la compañía de las velas y los cuadritos; pero don Pedro entró impetuosamente, como una ráfaga de viento huracanado. Traía de la mano una muchachona de color de tierra, un castillo de carne: el tipo clásico de la vaca humana.

Capítulo 17

Que Máximo Juncal, ya que es su oficio, reconozca detenidamente la cuenca del río lácteo de la poderosa bestiaza, conducida por el marqués de Ulloa, no sin asombro de las gentes, en el borrén delantero de la silla de su yegua, por no haber en Castrodorna otros medios de transporte y no permitir la impaciencia de don Pedro que el ama viniese a pie. La yegua recordará toda la vida, con temblor general de su cuerpo, aquella jornada memorable, en que tuvo que sufrir a la vez el peso del actual representante de los Moscosos y el de la nodriza del Moscoso futuro.

Cayéronse a don Pedro las alas del corazón cuando vio que su heredero no había llegado todavía. En aquel momento le pareció que un suceso tan próximo no se verificaría jamás. Apuró a Sabel reclamando la cena, pues traía un hambre feroz. Sabel la sirvió en persona, por hallarse aquel día muy ocupada Filomena, la doncella, que acostumbraba atender al comedor. Estaba Sabel fresca y apetecible como nunca, y las floridas carnes de su arremangado brazo, el brillo cobrizo de las conchas de su pelo, la melosa ternura y sensualidad de sus ojos azules, parecían contrastar con la situación, con la mujer que sufría atroces tormentos, medio agonizando, a corta distancia de allí.

Hacía tiempo que el marqués no veía de cerca a Sabel. Más que mirarla, se puede decir que la examinó despacio durante algunos minutos. Reparó que la moza no llevaba pendientes y que tenía una oreja rota; entonces recordó habérsela partido él mismo, al aplastar con la culata de su escopeta el zarcillo de filigrana, en un arrebato de brutales celos. La herida se había curado; pero la oreja tenía ahora dos lóbulos en vez de uno.

–¿No duerme nada la señorita? –preguntaba Julián al médico.

–A ratos, entre dolor y dolor... Precisamente me gusta a mí bien poco ese sopor en que cae. Esto no adelanta ni se gradúa, y lo peor es que pierde fuerzas. Cada vez se me pone más débil. Puede decirse que lleva cuarenta y ocho horas sin probar alimento, pues me confesó que antes de avisar a su marido, mucho antes, ya se sintió mal y no pudo comer... Esto de los sueñecitos no me hace tilín. Para mí, más que modorra, son verdaderos síncopes.

Don Pedro apoyaba con desaliento la cabeza en el cerrado puño.

–Estoy convencido –dijo enfáticamente– de que semejantes cosas sólo les pasan a las señoritas educadas en el pueblo y con ciertas impertinencias y repulgos... Que les vengan a las mozas de por aquí con síncopes y desmayos... Se atizan al cuerpo media olla de vino y despachan esta faena cantando.

–No, señor; hay de todo... Las linfático-nerviosas se aplanan... Yo he tenido casos...

Explicó detenidamente varias lides, no muchas aún, porque empezaba a asistir, como quien dice. Él estaba por

la expectativa: el mejor comadrón es el que más sabe
aguardar. Sin embargo, se llega a un grado en que perder
un segundo es perderlo todo. Al aseverar esto, paladeaba
sorbos de ron.

—¡Sabel! –llamó de repente.

—¿Qué quiere, señorito Máximo? –contestó la moza
con solicitud.

—¿Dónde me ha puesto una caja que traje?

—En su cuarto, sobre la cama.

—¡Ah!, Bueno.

Don Pedro miró al médico, comprendiendo de qué se
trataba. No así Julián, que, asustado por el hondo silencio que siguió al diálogo de Máximo y Sabel, interrogó
indirectamente para saber qué encerraba la caja misteriosa.

—Instrumentos –declaró el médico secamente.

—Instrumentos…, ¿para qué? –preguntó el capellán, sintiendo un sudor que le rezumaba por la raíz del cabello.

—¡Para operarla, qué demonio! Si aquí se pudiese celebrar junta de médicos, yo dejaría quizás que la cosa marchase por sus pasos contados; pero recae sobre mí exclusivamente la responsabilidad de cuanto ocurra. No me he
de cruzar de brazos, ni dejarme sorprender como un bo-
lonio. Si al amanecer ha aumentado la postración y no
veo yo síntomas claros de que esto se desenrede…, hay
que determinarse. Ya puede usted ir rezando al bendito
San Ramón, señor capellán…

—¡Si por rezar fuese! –exclamó ingenuamente Julián–.
¡Apenas llevo rezado desde ayer!

De tan sencilla confesión tomó pie el médico para contar mil graciosas historietas, donde se mezclaban dono-
samente la devoción y la obstetricia y desempeñaba San
Ramón papel muy principal. Refirió de su profesor en la

clínica de Santiago que al entrar en el cuarto de las partu-
rientas y ver la estampa del santo con sus correspondien-
tes candelicas, solía gritar furioso: «Señores, o sobro yo o
sobra el Santo... Porque si me desgracio, me echarán la
culpa, y si salimos bien, dirán que fue milagro suyo...»
Contó también algo bastante grotesco sobre rosas de Je-
ricó, cintas de la Virgen de Tortosa y otros piadosos talis-
manes usados en ocasiones críticas. Al cabo cesó en su
cháchara, porque le rendía el sueño, ayudado por el ron.
Al fin de no aletargarse del todo en la comodidad del lecho, tendióse en el banco del comedor, poniendo por almohada una cesta. El señorito, cruzando sobre la mesa
ambos brazos, había dejado caer la frente sobre ellos, y
un silbido ahogado, preludio de ronquido, anunciaba que
también le salteaba la gana de dormir. El alto reloj de pe-
sas dio, con fatigado son, la medianoche.

Julián era el único despierto; sentía frío en la médula y
en los pómulos ardor de calentura. Subió a su cuarto, y
empapando la toalla en agua fresca, se la aplicó a las sienes. Las velas del altar estaban consumidas; las renovó y
colocó una almohada en el suelo para arrodillarse en ella,
pues lo más molesto siempre era el dichoso hormigueo.
Y empezó a subir con buen ánimo la cuesta arriba de la
oración. A veces desmayaba, y su cuerpo juvenil, envuelto en las nieblas grises del sueño, apetecía la limpia cama.
Entonces cruzaba las manos, clavándose las uñas de una
en el dorso de la otra para despabilarse. Quería rezar con
devoción, tener conciencia de lo que pedía a Dios; no hablar de memoria. Sin embargo, desfallecía. Acordóse de
la Oración del Huerto y de aquella diferencia tan acerta-
damente establecida entre la decisión del espíritu y la de
la carne. También recordó un pasaje bíblico: Moisés
orando con los brazos levantados, porque, de bajarlos,

sería vencido Israel. Entonces se le ocurrió realizar algo que le flotaba en la imaginación. Quitó la almohada, quedándose con las rótulas apoyadas en el santo suelo; alzó los ojos, buscando a Dios más allá de las estampas y de las vigas del techo, y, abriendo los brazos en cruz, comenzó a orar fervorosamente en tal postura.

El ambiente se volvió glacial; una tenue claridad, más lívida y opaca que la de la luna, asomó por detrás de la montaña. Dos o tres pájaros gorjearon en el huerto; el rumor de la presa del molino se hizo menos profundo y sollozante. La aurora, que sólo tenía apoyado uno de sus rosados dedos en aquel rincón del orbe, se atrevió a alargar toda la manecita, y un resplandor alegre, puro, bañó las rocas pizarrosas, haciéndolas rebrillar cual bruñida plancha de acero, y entró en el cuarto del capellán, comiéndose la luz amarilla de los cirios. Mas Julián no veía el alba, no veía cosa ninguna... Es decir, sí; veía esas luces que enciende en nuestro cerebro la alteración de la sangre, esas estrellitas violadas, verdosas, carmesíes, color de azufre, que vibran sin alumbrar; que percibimos confundidas con el zumbar de los oídos y el ruido de péndulo gigante de las arterias próximas a romperse... Sentíase desvanecer y morir; sus labios no pronunciaban ya frases, sino un murmullo que todavía conservaba tonillo de oración. En medio de su doloroso vértigo oyó una voz que le pareció resonante como toque de clarín... La voz decía algo. Julián entendió únicamente dos palabras: «Una niña».

Quiso incorporarse, exhalando un gran suspiro, y lo hizo, ayudado por la persona que había entrado, y no era otra sino Primitivo; pero apenas estuvo en pie, un atroz dolor en las articulaciones, una sensación de mazazo en el cráneo le echaron a tierra nuevamente. Desmayóse.

Abajo, Máximo Juncal se lavaba las manos en la palan-

gana de peltre sostenida por Sabel. En su cara lucía el júbilo del triunfo mezclado con el sudor de la lucha, que corría a gotas medio congeladas ya por el frío del amanecer.
El marqués se paseaba por la habitación, ceñudo, contraí-
do, hosco, con esa expresión torva y estúpida a la vez que
da la falta de sueño a las personas vigorosas, muy someti-
das a la ley de la materia.

–Ahora alegrarse, don Pedro –dijo el médico–. Lo peor
está pasado. Se ha conseguido lo que usted tanto deseaba... ¿No quería usted que la criatura saliese toda viva y
sin daño? Pues ahí la tenemos, sana y salva. Ha costado
trabajillo...; pero, al fin...

Encogióse despreciativamente de hombros el marqués, como amenguando el mérito del facultativo, y murmuró no sé qué entre dientes, prosiguiendo en su paseo
de arriba abajo y de abajo arriba, con las manos metidas
en los bolsillos, el pantalón tirante cual lo estaba el espíritu del dueño.

–Es un angelito, como dicen las viejas –añadió maliciosamente Juncal, que parecía gozarse en la cólera del hidalgo–; sólo que angelito hembra. A estas cosas hay que
resignarse; aún no se inventó el modo de escribir al Cielo
encargando y explicando bien el sexo que se desea...

Otro espumarajo de rabia y grosería brotó de los labios
de don Pedro. Juncal rompió a reír, secándose con la toalla.

–La mitad de la culpa, por lo menos, la tendrá usted,
señor marqués –exclamó–. ¿Quiere usted hacerme el favor de un cigarrillo?

Al ofrecer la petaca abierta, don Pedro hizo una pregunta. Máximo recobró la seriedad para contestarla.

–Yo no he dicho tanto como eso... Me parece que no.
Cierto que, cuando las batallas son muy porfiadas y reñidas, puede suceder que el combatiente quede inválido;

pero la Naturaleza, que es muy sabia, al someter a la mujer a tan rudas pruebas, le ofrece también las más impensadas reparaciones... Ahora no es ocasión de pensar en eso, sino en que la madre se restablezca y la chiquita se críe. Temo algún percance inmediato... Voy a ver... La señora se ha quedado tan abatida...

Entró Primitivo, y sin mostrar alteración ni susto, dijo que subiese don Máximo, que al capellán le había dado algo; que estaba como difunto.

–Vamos allá, hombre, vamos allá... Esto no estaba en el programa –murmuró Juncal–. ¡Qué trazas de mujercita tiene ese cura! ¡Qué poquito estuche! Lo que es éste no cogerá el trabuco aunque lleguen a levantarse las partidas con que anda soñando el jabalí del abad de Boán.

Capítulo 18

Largos días estuvo Nucha detenida ante esas lóbregas puertas que llaman de la muerte, con un pie en el umbral, como diciendo: «¿Entraré? ¿No entraré?» Empujábanla hacia dentro las horribles torturas físicas que habían sacudido sus nervios, la fiebre devoradora que trastornó su cerebro al invadir su pecho la ola de la leche inútil, el desconsuelo de no poder ofrecer a su niña aquel licor que la ahogaba, la extenuación de su ser, del cual la vida huía gota a gota sin que atajarla fuese posible. Pero la solicitaban hacia fuera la juventud, el ansia de existir que estimula a todo organismo, la ciencia del gran higienista, Juncal, y particularmente una manita pequeña, coloradilla, blanda; un puñito cerrado que asomaba entre los encajes de una chambra y los dobleces de un mantón.

El primer día que Julián pudo ver a la enferma, no hacía muchos que se levantaba, para tenderse, envuelta en mantas y abrigos, sobre vetusto y ancho canapé.

No le era lícito incorporarse aún, y su cabeza reposaba en almohadones doblados. Su rostro, enflaquecido y exangüe, amarilleaba como una faz de imagen de marfil, entre el marco del negro cabello reluciente. Bizcaba más, por habérsele debilitado mucho aquellos días el nervio óptico. Sonrió con dulzura al capellán y le señaló una silla. Julián clavaba en ella esa mirada donde rebosa la compasión, mirada delatora que en vano queremos sujetar y apagar cuando nos aproximamos a un enfermo grave.

–La encuentro a usted con muy buen semblante, señorita –dijo el capellán, mintiendo como un bellaco.

–Pues usted –respondió ella lánguidamente– está algo desmejorado.

Confesó que, en efecto, no andaba bueno desde que..., desde que se había acatarrado un poco. Le daba vergüenza referir lo de la noche en vela, el desmayo, la fuerte impresión moral y física sufrida con tal motivo. Nucha empezó a hablarle de algunas cosas indiferentes, y pasó, sin transición, a preguntarle:

–¿Ha visto usted a la pequeñita?

–Sí, señora... El día del bautizo. ¡Angelito! Lloró bien cuando le pusieron la sal y cuando sintió el agua fría...

–¡Ah! Desde entonces ha crecido una cuarta lo menos y se ha vuelto hermosísima –y, alzando la voz y esforzándose, añadió–: ¡Ama, ama! Traiga la niña.

Oyéronse pasos como de estatua colosal que anda, y entró la mocetona color de tierra, muy oronda con su vestido nuevo de merino azul ribeteado de negro terciopelo de tira, con el cual se asemejaba a la gigantona tradicional de la catedral de Santiago, llamada la «Coca». A manera de pajarito posado en grueso tronco, venía la inocente criatura recostada en el magno seno que la nutría. Estaba dormida y tenía la calma, el dulce e insensible respirar que hace sagrado el sueño de los niños. Julián no se cansaba de mirarla así.

–¡Santita de Dios! –murmuró, apoyando los labios muy quedamente en la gorra, por no atreverse a la frente.

–Cójala usted, Julián... Ya verá lo que pesa. Ama, déle la niña...

No pesaba más que un ramo de flores, pero el capellán juró y perjuró que parecía hecha de plomo. Aguardaba el ama en pie, y él se había sentado con la chiquilla en brazos.

–Déjemela un poquito... –suplicó–. Ahora, mientras duerme... No despertará, de seguro, en mucho tiempo.

–Ya la llamaré cuando haga falta. Ama, váyase.

La conversación giró sobre un tema muy socorrido y muy del gusto de Nucha: las gracias de la pequeña. Tenía muchísimas, sí señor, y el que lo dudase sería un gran majadero. Por ejemplo: abría los ojos con travesura incomparable; estornudaba con redomada picardía; apretaba con su manita el dedo de cualquiera, tan fuerte, que se requería el vigor de un Hércules para desasirse, y aún hacía otros donaires, mejores para callados que para archivados por la crónica. Al referirlos, el rostro exangüe de Nucha se animaba, sus ojos brillaban, y la risa dilató sus labios dos o tres veces. Mas de pronto se nubló su cara, hasta el punto de que entre las pestañas le bailaron lágrimas, a las cuales no dio salida.

–No me han dejado criarla, Julián... Manías del señor de Juncal, que aplica la higiene a todo, y vuelta con la higiene y dale con la higiene... Me parece a mí que no iba a morirme por intentarlo dos meses, dos meses nada más. Puede que me encontrase mejor de lo que estoy, y no tuviese que pasar un siglo clavada en este sofá, con el cuerpo sujeto y la imaginación loca y suelta por esos mundos de Dios... Porque así no gozo descanso; siempre se me figura que el ama me ahoga la niña, o me la deja caer. Ahora estoy contenta teniéndola aquí cerquita.

Sonrió a la chiquilla, dormida, y añadió:

–¿No le encuentra usted parecido?

–¿Con usted?

–¡Con su padre!... Es todito él en el corte de la frente...

No manifestó el capellán su opinión. Mudó de asunto y continuó aquel día y los siguientes cumpliendo la obra de caridad de visitar al enfermo. En la lenta convalecencia y total soledad de Nucha, falta le hacía que alguien se consagrase a tan piadoso oficio. Máximo Juncal venía un día sí y otro no; pero casi siempre de prisa, porque iba teniendo extensa clientela; le llamaban hasta de Vilamorta. El médico hablaba de política, exhalando un aliento de vaho de ron, tratando de pinchar y amoscar a Julián; y, en realidad, si Julián fuese capaz de amostazarse, habría de qué, con las noticias que traía Máximo. Todo eran iglesias derribadas, escándalos antirreligiosos, capillitas protestantes establecidas aquí y acullá; libertades de enseñanza, de cultos, de esto y de lo otro... Julián se limitaba a deplorar tamaños excesos y a desear que las cosas se arreglasen, lo cual no daba tela a Máximo para armar una de sus trifulcas favoritas, tan provechosas al esparcimiento de su bilis y tan fecundas en peripecias cuando tropezaba con curas ternes y carlistas, como el de Boán o el arcipreste.

Mientras el belicoso médico no venía, todo era paz y sosiego en la habitación de la enferma. Únicamente lo turbaba el llanto, prontamente acallado, de la niña. El capellán leía *El Año Cristiano* en alta voz, y poblábase el ambiente de historias con sabor novelesco y poético: «Cecilia, hermosísima joven e ilustre dama romana, consagró su cuerpo a Jesucristo; desposáronla sus padres con un caballero llamado Valeriano y se efectuó la boda con muchas fiestas, regocijos y bailes... Sólo el corazón de Cecilia estaba triste...» Seguía el relato de la mística noche nupcial, de la conversión de Valeriano, del ángel que velaba a Cecilia para guardar su pureza, con el desenlace glorioso y épico del martirio. Otras veces era un soldado, como San Menna; un obispo, como San Severo... La narración, detallada y dramática, refería el interrogatorio del juez, las respuestas briosas y libres de los mártires, los tormentos, la flagelación con nervios de buey, el ecúleo, las uñas de hierro, las hachas encendidas aplicadas al costado... «Y el caballero de Cristo estaba con un corazón esforzado y quieto, con semblante sereno, con una boca llena de risa (como si no fuera él, sino otro el que padecía), haciendo burla de sus tormentos y pidiendo que se los acrecentasen...» Tales lecturas eran de fantástico efecto, particularmente al caer de las adustas tardes invernales, cuando las hojas secas de los árboles se arremolinaban danzando, y las nubes densas y algodonáceas pasaban lentamente ante los cristales de la ventana profunda. Allá, a lo lejos, se oía el perpetuo sollozo de la represa, y chirriaban los carros, cargados de tallos de maíz o ramaje de pino. Nucha escuchaba con atención, apoyada la barba en la mano. De tiempo en tiempo, su seno se alzaba para suspirar.

No era la primera vez que observaba Julián, desde el parto, gran tristeza en la señorita. El capellán había recibido una carta de su madre, que encerraba quizá la clave de los disgustos de Nucha. Parece que la señorita Rita había engatusado de tal manera a la tía vieja de Orense, que ésta la dejaba por heredera universal, desheredando a su ahijada. Además, la señorita Carmen estaba cada vez más loca por su estudiante, y se creía en el pueblo que si don Manuel Pardo negaba el consentimiento, la chica saldría depositada. También pasaban cosas terribles con la señorita Manolita: don Víctor de la Formoseda la plantaba por una artesana, sobrina de un canónigo. En fin, Misia Rosario pedía a Dios paciencia para tantas tribulaciones (las de la casa de Pardo eran para Misia Rosario como propias). Si todo esto había llegado a oídos de Nucha por conducto de su marido o de su padre, no tenía nada de extraño que suspirase así. Por otra parte, ¡el decaimiento físico era tan visible! Ya no se parecía Nucha a otra Virgen, que a la demacrada imagen de la Soledad. Juncal la pulsaba atentamente, le ordenaba alimentos muy nutritivos, la miraba con alarmante insistencia.

Atendiendo a la niña, Nucha se reanimaba. Cuidábala con febril actividad. Todo se lo quería hacer ella, sin ceder al ama más que la parte material de la cría. El ama, decía ella, era un tonel lleno de leche, que estaba allí para aplicarle la espita cuando fuese necesario y soltar el chorro: ni más ni menos. La comparación del tonel es exactísima: el ama tenía hechura, color e inteligencia de tonel. Poseía también, como los toneles, un vientre magno. Daba gozo verla comer, mejor dicho, engullir, en la cocina. Sabel se entretenía en llenarle el plato o la taza a reverter, en ponerle delante medio pan, cebándola igual que a los pavos. Con semejante mostrenco, Sabel se la echaba de princesa, modelo de delicados gustos y selectas aficiones. Como todo es relativo en el mundo, para la gente de escalera abajo de la casa solariega el ama representaba un salvaje muy gracioso y ridículo, y se reían tanto más con sus patochadas cuanto más fácilmente podían incurrir ellos en otras mayores. Realmente, era el ama objeto curioso, no sólo para los payos, sino por distintas razones, para un etnógrafo investigador. Máximo Juncal refirió a Julián pormenores interesantes. En el valle donde se asienta la parroquia de que el ama procedía –valle situado en los últimos confines de Galicia, lindando con Portugal–, las

mujeres se distinguen por sus condiciones físicas y modo
de vivir: son una especie de amazonas, resto de las gue-
rras galaicas de que hablan los geógrafos latinos; que si
hoy no pueden hacer la guerra sino a sus maridos, des-
tripan terrones con la misma furia que antes combatían;
andan medio en cueros, luciendo sus fornidas y recias
carnazas; aran, cavan, siegan, cargan carros de rama y es-
quilmo, soportan en sus hombros de cariátide enormes
pesos y viven, ya que no sin obra, por lo menos sin auxilio
de varón, pues los del valle suelen emigrar a Lisboa, en
busca de colocaciones desde los catorce años, volviendo
sólo al país un par de meses, para casarse y propagar la
raza, y huyendo apenas cumplido su oficio de machos de
colmena. A veces, en Portugal, reciben nuevas de infideli-
dades conyugales, y, pasando la frontera, una noche acu-
chillan a los amantes dormidos; éste fue el crimen del
Tuerto, protegido por *Barbacana,* cuya historia había
contado también Juncal. No obstante, las hembras de
Castrodorna suelen ser tan honestas como selváticas.

El ama no desmentía su raza, por la anchura desmesu-
rada de las caderas y rechonchez de los rudos miembros.
Costó un triunfo a Nucha vestirla racionalmente, y hacerle trocar la corta saya de bayeta verde, que no le cubría la
desnuda pantorrilla, por otra más cumplida y decorosa,
consintiéndole únicamente el justillo, prenda clásica de
ama de cría, que deja rebosar las repletas ubres, y los ca-
racterísticos pendientes de enorme argolla, el torques ro-
mano, conservado desde tiempo inmemorial en el valle.
Fue una lid obligarla a usar los zapatos a diario, porque
todas sus congéneres los reservan para las fiestas repica-
das; fue una penitencia enseñarle el nombre y uso de cada
objeto, aun de los más sencillos y corrientes; fue pensar
en lo excusado convencerla de que la niña que criaba era

un ser delicado y frágil, que no se podía traer mal envuelto en retales de bayeta grana, dentro de una banasta mullida de helechos, y dejarse a la sombra de un roble, a merced del viento, del sol y de la lluvia, como los recién nacidos del valle de Castrodorna; y Maximo Juncal, que, aunque gran apologista de los artificios higiénicos, lo era también de las milagrosas virtudes de la Naturaleza, hallaba alguna dificultad en conciliar ambos extremos, y salía del paso apelando a su lectura más reciente, *El origen de las especies,* por Darwin, y aplicando ciertas leyes de adaptación al medio, herencia, etc., que le permitían afirmar que el método del ama, si no hacía reventar como un triquitraque a la criatura, la fortalecería admirablemente.

Por si acaso, Nucha no se atrevió a intentar la prueba, y dedicóse a cuidar en persona su tesoro, llevando la existencia atareada y cominera de las madres, en la cual es un acontecimiento que estén ahumadas las sopas y un fracaso que el agua no hierva. Ella lavaba a su hijita, la vestía, la fajaba, la velaba dormida y la entretenía despierta. La vida corría monótona, ocupadísima, sin embargo. El bueno de Julián, testigo de estas faenas, iba enterándose, poco a poco, de los para él misteriosos arcanos del aseo y tocado de una criatura, llegando a familiarizarse con los múltiples objetos que forman el complicado ajuar de los recientes: gorras, ombligueros, culeros, pañales, fajas, microscópicos zapatos de *crochet,* capillos y baberos. Tales prendas, blanquísimas, adornadas con bordados y encajes, sahumadas con espliego, templaditas al sano calor de la camilla –calor doméstico, si los hay–, las tenía el capellán muchas veces en el regazo, mientras la madre, con la niña tendida boca abajo, sobre su delantal de hule, pasaba y repasaba la esponja por las carnes de tafetán, escocidas y medio desolladas por la excesiva finura de su tierna epidermis; las rociaba con refrescantes polvos de almidón y, apretando las nalgas con los dedos, para que hiciesen hoyos, se las mostraba a Julián, exclamando con júbilo:

–¡Mire usted qué monada..., qué llenita se va poniendo!

En materia de desnudeces infantiles, Julián no era voto, pues sólo conocía las de los angelotes de los retablos; pero cavilaba para sus adentros que, a pesar de haber el pecado original corrompido toda la carne, aquella que le estaban enseñando era la cosa más pura y santa del mundo: un lirio, una azucena de candor. La cabezuela blanca, cubierta de lanúgine rubia y suave por cima de las costras de la leche, tenía el olor especial que se nota en los nidos de paloma donde hay pichones implumes todavía; y las manitas, cuyo pellejo rellenaba ya suave grasa, y cuyos dedos se redondeaban como los del Niño Dios cuando bendice; la faz esculpida en cera color rosa; la boca, desdentada y húmeda como coral pálido recién salido del mar; los piececillos encendidos por el talón a fuerza de agitarse en gracioso pataleo, eran otras tantas menudencias provocadoras de ese sentimiento mixto que despiertan los niños muy pequeños hasta en el alma más empedernida; sentimiento complejo y humorístico, en que entra la compasión, la abnegación, un poco de respeto y un mucho de dulce burla, sin hiel de sátira.

En Nucha, el espectáculo producía las hondas impresiones de la luna de miel maternal, exaltadas por un temperamento nervioso y una sensibilidad ya enfermiza. A aquel bollo blando, que aún parecía conservar la inconsistencia del gelatinoso protoplasma, que aún no tenía conciencia de sí propio ni vivía más que para la sensa-

ción, la madre le atribuía sentido y presciencia, le insufla-
ba en locos besos su alma propia, y, en su concepto, la chiquilla lo entendía todo y sabía y ejecutaba mil cosas opor-
tunísimas, y hasta se mofaba discretamente, a su manera,
de los dichos y hechos del ama. «Delirios impuestos por
la naturaleza con muy sabios fines», explicaba Juncal.
¡Qué fue el primer día en que una sonrisa borró la grave
y cómica seriedad de la diminuta cara y entreabrió con
celeste expresión el estrecho filete de los labios! No era
posible dejar de recordar el tan traído como llevado símil
de la luz de la aurora disipando las tinieblas. La madre
pensó chochear de alegría.

–¡Otra vez, otra vez! –exclamaba–. ¡Encanto, cielito,
cielito, monadita mía, ríete, ríete!

Por entonces, la sonrisa no se dignó presentarse más.
La zopenca del ama negaba el hecho, cosa que enfurecía a
la madre. Al otro día cupo a Julián la honra de encender
la efímera lucecilla de la inteligencia naciente en la criatura, paseándole no sé qué baratijas relucientes delante de
los ojos. Julián iba perdiendo el miedo a la nena, que al
principio creía fácil de deshacer entre los dedos como
merengue; y mientras la madre enrollaba la faja y calentaba el pañal, solía tenerla en el regazo.

–Más me fío en usted que en el ama –decíale Nucha,
confidencialmente, desahogando unos secretos celos maternales–. El ama es incapaz de sacramentos... Figúrese
usted que para hacerse la raya, al peinarse, apoya el peine
en la barbilla y lo va subiendo por la boca y la nariz, hasta
que acierta con la mitad de la frente; de otro modo no
sabe... Me he empeñado en que no coma con los dedos, y
¿qué conseguí? Ahora come la carne asada con cuchara...
Es un entremés, Julián. Cualquier día me estropea la chiquilla.

El capellán perfeccionaba sus nociones del arte de tener un chico en brazos sin que llore ni rabie. Consolidó su amistad con la pequeñuela un suceso que casi deberíamos pasar en silencio: cierto húmedo calorcillo que un día sintió Julián penetrar al través de los pantalones... ¡Qué acontecimiento! Nucha y él lo celebraron con algazara y risa, como si fuese lo más entretenido y chusco. Julián brincaba de contento y se cogía la cintura, que le dolía con tantas carcajadas. La madre le ofreció su delantal de hule, que él rehusó; ya tenía un pantalón viejo, destinado a perecer en la demanda, y por nada del mundo renunciaría a sentir aquella onda tibia... Su contacto derretía no sé qué nieve de austeridad, cuajada sobre un corazón afeminado y virgen allá desde los tiempos del seminario, desde que se había propuesto renunciar a toda familia y todo hogar en la tierra entrando en el sacerdocio; y al par encendía en él misterioso fuego, ternura humana, expansiva y dulce; y el presbítero empezaba a querer a la niña con ceguera, a figurarse que si la viese morir, se moriría él también, y otros muchos dislates por el estilo, que cohonestaba con la idea de que, al fin, la chiquilla era un ángel. No se cansaba de admirarla, de devorarla con los ojos, de considerar sus pupilas, líquidas y misteriosas, como anegadas en leche, en cuyo fondo parecía reposar la serenidad misma.

Una penosa idea le ocurría de cuando en cuando. Acordábase de que había soñado con instituir en aquella casa el matrimonio cristiano cortado por el patrón de la Sacra Familia. Pues bien: el santo grupo estaba disuelto; allí faltaba San José o lo sustituía un clérigo, que era peor. No se veía al marqués casi nunca; desde el nacimiento de la niña, en vez de mostrarse más casero y sociable, volvía a las andadas, a su vida de cacerías, de excursiones a casa de los abades e hidalgos que poseían buenos perros y gustaban del monte, a los cazadores lejanos. Pasábase a veces una semana fuera de los Pazos de Ulloa. Su hablar era más áspero; su genio más egoísta e impaciente; sus deseos y órdenes se expresaban en forma más dura.

Y aún notaba Julián otros alarmantes indicios. Le inquietaba ver que Sabel recibía otra vez su antigua corte de sultana favorita, y que la *Sabia* y su progenie, con todas las parleras comadres y astrosos mendigos de la parroquia, pululaban allí, huyendo a escape cuando él se acercaba, llevando en el seno o bajo el mandil bultos sospechosos. Perucho ya no se ocultaba, antes se le encontraba por todas partes enredado en los pies, y, en suma, las cosas iban tornando al ser y estado que tuvieron antes.

Trataba el bueno del capellán de comulgarse a sí propio con ruedas de molino, diciéndose que aquello no significaba *nada;* pero la maldita casualidad se empeñó en abrirle los ojos cuando no quisiera. Una mañana, que madrugó más de lo acostumbrado para decir su misa, resolvió advertir a Sabel que le tuviese dispuesto el chocolate dentro de media hora. Inútilmente llamó a su cuarto, situado cerca de la torre en que Julián dormía. Bajó con esperanzas de encontrarla en la cocina, y al pasar ante la puerta del gran despacho próximo al archivo, donde se había instalado don Pedro desde el nacimiento de su hija, vio salir de allí a la moza, con descuidado traje y soñolienta. Las reglas psicológicas aplicables a las conciencias culpadas exigían que Sabel se turbase; quien se turbó fue Julián. No sólo se turbó, pero subió de nuevo a su dormitorio, notando una sensación extraña, como si le hubiesen descargado un fuerte golpe en las piernas, quebrándoselas. Al entrar en su habitación, pensaba esto o algo análogo: «Vamos a ver: ¿quién es el guapo que dice misa hoy?»

Capítulo 19

N o, ese guapo no era él. ¡Buena misa sería la que dijese, con la cabeza hecha una olla de grillos! Hasta reprimir los amotinados pensamientos que le acuciaban, hasta adoptar una resolución firme y valedera, Julián no se atrevía ni a pensar en el santo sacrificio.

La cosa era bien clara. Situación, la misma del año penúltimo. Tenía que marcharse de aquella casa, echado por el feo vicio, por delito infame. No le era lícito permanecer allí ni un instante más. Salvo el debido respeto, se había llevado la trampa el matrimonio cristiano, en cierto modo obra suya, y ya no quedaba rastro de hogar, sino una sentina de corrupción y pecado. A otra parte, pues, con la música.

Salvo que... Vaya, hay cosas más fáciles de proyectar que de hacer en este mundo. Todo era una montaña: encontrar pretexto, despedirse, preparar el equipaje... La primera vez que pensó en irse de allí ya le costaba algún esfuerzo; hoy, la sola idea de marchar le producía el mismo efecto que si le echasen sobre el alma un paño mojado en agua fría. ¿Por qué le disgustaba tanto la perspectiva de salir de los Pazos? Bien mirado, él era un extraño en aquella casa.

Es decir, eso de extraño... Extraño, no; pues vivía unido espiritualmente a la familia por el respeto, por la adhesión, por la costumbre. Sobre todo, la niña, la niña. El acordarse de la niña le dejó como embobado. No podía explicarse a sí mismo el gran sacudimiento interior que le causaba pensar que no volvería a cogerla en brazos. ¡Mire usted que estaba encariñado con la tal muñeca! Se le llenaron de lágrimas los ojos.

«Bien decían en el Seminario –murmuró con despecho– que soy muy apocado y muy... así..., como las mujeres, que por todo se afectan. ¡Vaya un sacerdote ordenado de misa! Si tengo tal afición a chiquillos, no debí abrazar la carrera que abracé. No, no; esto que voy diciendo es un desatino mayor todavía... Si me gustan los chiquillos y tengo vocación de ayo o niñero, ¿quién me priva de cuidar a los que andan descalzos por las carreteras pidiendo limosna? Son hijos de Dios lo mismo que esta pobre pequeña de aquí... Hice mal, muy mal, en tomarle tanta afición... Pero es que sólo un perro..., ¡qué!, ni un perro...; sólo una fiera puede besar a un angelito y no quererlo bien.»

Resumiendo después sus cavilaciones añadió para sí: «Soy un majadero, un Juan Lanas. No sé a qué he venido aquí la vez segunda. No debí volver. Estaba visto que el señorito tenía que parar en esto. Mi poca energía tiene la culpa. Con riesgo de la vida debí barrer esa canalla, si no por buenas, a latigazos. Pero yo no tengo agallas, como dice muy bien el señorito, y ellos pueden y saben más que yo, a pesar de ser más brutos. Me han engañado, me han embaucado; no he puesto en la calle a esa moza desvergonzada, se han reído de mí y ha triunfado el infierno.»

Mientras sostenía este monólogo, iba sacando de un cajón de la cómoda prendas de ropa blanca, a fin de hacer

su equipaje, pues como todas las personas irresolutas, solía precipitarse en los primeros momentos y adoptar me-
didas que le ayudaban a engañarse a sí propio. Al paso
que rellenaba la maleta, razonaba para consigo: «Señor,
Señor, ¿por qué ha de haber tanta maldad y tanta estupi-
dez en la tierra? ¿Por qué el hombre ha de dejar que le pes-
que el diablo con tan tosco anzuelo y cebo tan ruin? –diciendo esto alineaba en el baúl calcetines–. Poseyendo la
perla de las mujeres, el verdadero trasunto de la mujer
fuerte, una esposa castísima –ese superlativo se le ocurrió
al doblar cuidadosamente la sotana nueva–, ir a caer precisamente con una vil mozuela, una sirviente, una frego-
na, una desvergonzada, ¡que se va a picos pardos con el
primer labriego que encuentra!»

Llegaba aquí del soliloquio, cuando trataba, sin éxito,
de acomodar el sombrero de canal de modo que la cubierta de la maleta no lo abollase.

El ruido que hizo la tapa al descender, el gemido armo-
nioso del cuero, parecióle una voz irónica que le respondía: «Por eso, por eso mismo».

«¡Será posible! –murmuró el bueno del capellán–.
¡Será posible que la abyección, que la indignidad, que la
inmundicia misma del pecado atraiga, estimule, sea un
aperitivo, como las guindillas rabiosas, para el paladar
estragado de los esclavos del vicio! Y que en esto caigan,
no personas de poco más o menos, sino señores de nacimiento, de alcurnia; señores que...»

Detúvose, y, reflexivo, contó un montículo de pañuelos
de narices que sobre la cómoda reposaba: «Cuatro, seis,
siete... Pues yo tenía una docena, todos marcados... Pierden aquí la ropa bastante...»

Volvió a contar: «Seis, siete... Y uno en el bolsillo,
ocho... Puede que haya otro en la lavandera...»

Dejólos caer de golpe. Acababa de recordar que uno de aquellos pañuelos se lo había atado a la niñita debajo de la barba, para impedir que la baba le rozase el cuello. Suspiró hondamente, y abriendo otra vez el maletín, notó que la seda del sombrero de canal se estropeaba con la tapa. «No cabe», pensó, y parecióle enorme dificultad para su viaje no poder acomodar la canaleja. Miró el reloj: señalaba las diez. A la diez o poco más comía la chiquita su sopa, y era la risa del mundo verla con el hocico embadurnado de puches, empeñada en coger la cuchara y sin acertar a lograrlo. ¡Estaría tan mona! Resolvió bajar; al día siguiente le sería fácil colocar mejor su sombrero y resolver la marcha. Por veinticuatro horas más o menos...

Este medicamento emoliente de la espera equivale, para la mayor parte de los caracteres, a infalible específico. No hay que vituperar su empleo, en atención a lo que consuela; en rigor la vida es serie de aplazamientos, y sólo hay un desenlace definitivo, el último. Así que Julián concibió la luminosa idea de aguardar un poco, sintióse tranquilo; aun más: contento. No era su carácter muy jovial, propendiendo a una especie de morosidad soñadora y mórbida, como la de las doncellas anémicas; pero en aquel punto respiraba con tal desahogo por haber encontrado una solución, que sus manos temblaban, deshaciendo con alegre presteza el embutido de calcetines y ropa blanca y dando amable libertad al canal y manteo. Después se lanzó por las escaleras, dirigiéndose a la habitación de Nucha.

Nada aconteció aquel día que lo diferenciase de los demás, pues allí la única variante solía ser el mayor o menor número de veces que mamaba la chiquitilla, o la cantidad de pañales puestos a secar. Sin embargo, en tan pacífico interior veía el capellán desarrollarse un drama mudo y terrible. Ya se explicaba perfectamente las melancolías, los suspiros ahogados de Nucha. Y mirándole a la cara y viéndola tan consumida, con el color macilento, los ojos mayores y más vagos, la hermosa boca contraída siempre, menos cuando sonreía a su hija, calculaba que la señorita, por fuerza, debía de saberlo todo, y una lástima profunda le inundaba el alma. Reprendióse a sí mismo por haber pensado siquiera en marcharse. Si la señorita necesitaba un amigo, un defensor, ¿en quién lo encontraría más que en él? Y lo necesitaría, de fijo.

La misma noche, antes de acostarse, presenció el capellán una escena extraña, que le sepultó en mayores confusiones. Como se le hubiese acabado el aceite a su velón de tres mecheros y no pudiese rezar ni leer, bajó a la cocina en demanda de combustible. Halló muy concurrido el sarao de Sabel. En los bancos que rodeaban el fuego no cabía más gente: mozas que hilaban, otras que mondaban patatas, oyendo las chuscadas y chocarrerías del tío Pepe de Naya, vejete que era un puro costal de malicias, y que, viniendo a moler un saco de trigo al molino de Ulloa, donde pensaba pasar la noche, no encontraba malo refocilarse en los Pazos con el cuenco de caldo de unto y tajadas de cerdo que la hospitalaria Sabel le ofrecía. Mientras él pagaba el escote contando chascarrillos en la gran mesa de la cocina, que desde el casamiento de don Pedro no usaban los amos, se veían, no lejos de la turbia luz de aceite, relieves de un festín más suculento; restos de carne en platos engrasados, una botella de vino descorchada, una media tetilla, todo amontonado en un rincón, como barrido despreciativamente por el hartazgo; y en el espacio libre de la mesa, tendidos en hilera, hasta media docena de naipes, que si no recortados en forma ovalada por exceso de uso como aquellos de que se sirvieron Rin-

conete y Cortadillo, no les cedían en lo sucios y pringo-
sos. En pie delante de ellos, la señora María la *Sabia,* extendiendo el dedo negro y nudoso cual seca rama de árbol, los consultaba con ademán reflexivo. Encorvada la
horrenda sibila, alumbrada por el vivo fuego del hogar y
la luz de la lámpara, ponía miedo su estoposa pelambre-
ra, su catadura de bruja en aquelarre, más monstruosa
por el bocio enorme ya que le desfiguraba el cuello y remedaba un segundo rostro, rostro de visión infernal, sin
ojos ni labios, liso y reluciente a modo de manzana coci-
da. Julián se detuvo en lo alto de la escalera, contemplando las prácticas supersticiosas, que se interrumpirían de
seguro si sus zapatillas hiciesen ruido y delatasen su presencia.

Si él conociese a fondo la tenebrosísima y aún no desa-
creditada ciencia de la cartomancia, ¡cuánto más intere-
sante le parecería el espectáculo! Entonces podría ver
reunidos allí, como en el reparto de un drama, los personajes todos que jugaban en su vida y ocupaban su imaginación. Aquel rey de bastos, con hopalanda azul ribetea-
da de colorado, los pies simétricamente dispuestos, la
gran maza verde al hombro, se le figuraría bastante temible si supiese que representaba un hombre moreno casado (don Pedro). La sota del mismo palo se le antojaría
menos fea si comprendiese que era símbolo de una señorita morena también (Nucha). A la de copas le daría un
puntapié por insolente y borracha, atendido que personi-
ficaba a Sabel, una moza rubia y soltera. Lo más grave sería verse a sí mismo –un joven rubio– significado por el
caballo de copas, azul por más señas, aunque ya todos estos colorines los había borrado la mugre.

¡Pues qué sucedería si después, cuando la vieja barajó
los naipes y repartiéndolos en cuatro montones, empezó

a interpretar su sentido fatídico, pudiese él oír distinta-
mente todas las palabras que salían del antro espantable
de su boca! Había allí concordancias de la sota de bastos
con el ocho de copas, que anunciaban nada menos que
amores secretos de mucha duración; apariciones del
ocho de bastos que vaticinaban riñas entre cónyuges;
reuniones de la sota de espadas con la de copas patas arriba, que encerraban tétricos augurios de viudez por muerte de la esposa. A bien que el cinco del mismo palo profe-
tizaba después unión feliz. Todo esto, dicho por la sibila
en voz baja y cavernosa, lo escuchaba solamente la bella
fregatriz Sabel, que con los brazos cruzados tras la espal-
da, el color arrebatado, se inclinaba sobre el oráculo, que
más parecía provocarla a curiosidad que a regocijo. La jarana con que en el hogar se celebraban los chistes del señor Pepe impedía que nadie atendiese al silabeo de la vieja. Merced a la situación de la escalera, dominaba Julián
la mesa, trípode y ara del temeroso rito, y sin ser visto podía ver y entreoír algo. Escuchaba, tratando de entender
mejor lo que sólo confusamente percibía, y como al hacerlo cargase sobre el barandal de la escalera, éste crujió
levemente, y la bruja alzó su horrible carátula. En un san-
tiamén recogió los naipes, y el capellán bajó, algo confuso
de su espionaje involuntario, pero tan preocupado con lo
que creía haber sorprendido, que ni se le ocurrió censurar el ejercicio de la hechicería. La bruja, empleando el
tono humilde y servil de siempre, se apresuró a explicarle
que aquello era mero pasatiempo por se *adivirtir* un
poco.

Volvió Julián a su cuarto, agitadísimo. Ni él mismo sabía lo que le correteaba por el magín. Bien presumía antes a cuántos riesgos se exponían Nucha y su hija viviendo en los Pazos; ahora…, ahora los divisaba inminentes,

clarísimos. ¡Tremenda situación! El capellán le daba vueltas en su cerebro excitado: a la niña la robarían para matarla de hambre; a Nucha la envenenarían tal vez. Intentaba serenarse. ¡Bah! No abundan tanto los crímenes por esos mundos, a Dios gracias. Hay jueces, hay magistrados, hay verdugos. Aquel hato de bribones se contentaría con explotar al señorito y a la casa, con hacer rancho de ella, con mandar anulando en su dignidad y poderío doméstico a la señorita. Pero... ¿si no se contentaba?

Dio cuerda a su velón, y apoyando los codos sobre la mesa intentó leer en las obras de Balmes, que le había prestado el cura de Naya, y en cuya lectura encontraba grato solaz su espíritu, prefiriendo el trato con tan simpática y persuasiva inteligencia a las honduras escolásticas de Prisco y San Severino. Mas a la sazón no podía entender una sola línea del filósofo, y sólo oía los tristes ruidos exteriores, el quejido constante de la presa, el gemir del viento en los árboles. Su acalorada fantasía le fingió entre aquellos rumores quejumbrosos otro más lamentable aún, porque era personal: un grito humano. ¡Qué disparatada idea! No hizo caso y siguió leyendo. Pero creyó escuchar de nuevo el «¡ay!» tristísimo. ¿Serían los perros? Asomóse a la ventana: la luna bogaba en un cielo nebuloso, y allá a lo lejos se oía el aullar de un perro, ese aullar lúgubre que los aldeanos llaman «ventear la muerte» y juzgan anuncio seguro del próximo fallecimiento de una persona. Julián cerró la ventana estremeciéndose. No despuntaba por valentón, y sus temores instintivos se aumentaban en la casa solariega, que le producía nuevamente la dolorosa impresión de los primeros días. Su temperamento linfático no poseía el secreto de ciertas saludables reacciones, con las cuales se desecha todo vano miedo, todo fantasma de la imaginación. Era capaz, y de-

mostrado lo tenía, de arrostrar cualquier riesgo grave, si
creía que se lo ordenaba su deber; pero no de hacerlo con
ánimo sereno, con el hermoso desdén del peligro, con el
buen humor heroico que sólo cabe en personas de rica y
roja sangre y músculos firmes. El valor propio de Julián
era valor temblón, por decirlo así; el breve arranque nervioso de las mujeres.

Volvía a su conferencia con Balmes cuando... ¡Jesús nos
valga! ¡Ahora sí, ahora sí que no cabía duda! Un chillido
sobreagudo de terror había subido por el oscuro caracol
y entrado por la puerta entornada. ¡Qué chillido! El velón
le bailaba en las manos a Julián... Bajaba, sin embargo,
muy aprisa, sin sentir sus propios movimientos, como en
las espantosas caídas que damos soñando. Y volaba por
los salones recorriendo la larga crujía para llegar hacia la
parte del archivo, donde había sonado el grito horrible...
El velón, oscilando más y más en su diestra trémula, proyectaba en las paredes caleadas extravagantes manchones
de sombra... Iba a dar la vuelta al pasillo que dividía el archivo del cuarto de don Pedro, cuando vio... ¡Dios santo!
Sí, era la escena misma, tal cual se la había figurado él...
Nucha en pie, pero arrimada a la pared, con el rostro de-
sencajado de espanto, los ojos no ya vagos sino llenos de
extravío mortal; enfrente su marido, blandiendo un arma
enorme... Julián se arrojó entre los dos... Nucha volvió a
chillar:

–¡Ay, ay! ¡Qué hace usted! ¡Que se escapa!... ¡Que se escapa!

Comprendió entonces el alucinado capellán lo que
ocurría, con no poca vergüenza y confusión suya... Por la
pared trepaba aceleradamente, deseando huir de la luz,
una araña de desmesurado grandor, un monstruoso
vientre columpiado en ocho velludos zancos. Su carrera

era tan rápida, que inútilmente trataba el señorito de al-
canzarla con la bota; de repente Nucha se adelantó, y con
voz entre grave y medrosa repitió ingenuamente lo que
había dicho mil veces en su niñez:

–¡San Jorge..., para la araña!

El feo insecto se detuvo a la entrada de la zona de sombra; la bota cayó sobre él. Julián, por reacción natural del
miedo disipado, que se trueca en inexplicable gozo, iba a
reírse del suceso; pero notó que Nucha, cerrando los ojos
y apoyándose en la pared, se cubría la cara con el pañuelo.

–No es nada, no es nada... –murmuraba.

–Un poco de llanto nervioso... Ya pasará... Estoy aún
algo débil...

–¡Valiente cosa para tanto alboroto! –exclamó el marido, encogiéndose de hombros–. ¡Os crían con más mimo!
En mi vida he visto tal. Don Julián, ¿usted creería que la
casa se venía abajo? ¡Ea, a recogerse! Buenas noches.

Tardó bastante el capellán en dormirse. Recapacitaba
en sus terrores y conocía su ridiculez; prometíase vencer
aquella pusilanimidad suya; pero duraba aún el desaso-
siego: la impulsión estaba comunicada y almacenada en
sinuosidades cerebrales muy hondas. Apenas le otorgó
sus favores el sueño, vino con él una legión de pesadillas a
cual más negra y opresora. Empezó a soñar con los Pazos,
con el gran caserón; mas extraña anomalía, propia del
sueño, cuyo fundamento son siempre nociones de lo real,
pero barajadas, desquiciadas y revueltas merced al anár-
quico influjo de la imaginación, no veía la huronera tal
cual la había visto siempre, con su vasta mole cuadrilon-
ga, sus espaciosos salones, su ancho portalón inofensivo,
su aspecto amazacotado, conventual, de construcción del
siglo xviii; sino que sin dejar de ser la misma, había mu-
dado de forma; el huerto con bojes y estanque era ahora

ancho y profundo foso; las macizas murallas se poblaban
de saeteras, se coronaban de almenas; el portalón se volvía puente levadizo, con cadenas rechinantes; en suma:
era un castillote feudal, hecho y derecho, sin que le faltase
ni el romántico aditamento del pendón de los Moscosos
flotando en la torre del homenaje; indudablemente Julián
había visto alguna pintura o leído alguna medrosa descripción de esos espantajos del pasado, que nuestro siglo
restaura con tanto cariño. Lo único que en el castillo recordaba los Pazos actuales era el majestuoso escudo de
armas; pero aun en este mismo existía diferencia notable,
pues Julián distinguía claramente que se habían animado
los emblemas de piedra, y el pino era un árbol verde en
cuya copa gemía el viento, y los dos lobos rampantes mo-
vían las cabezas exhalando aullidos lúgubres. Miraba Julián fascinado hacia lo alto de la torre, cuando vio en ella
alarmante figurón: un caballero con visera calada, todo
cubierto de hierro; y aunque ni un dedo de la mano se le
descubría, con el don adivinatorio que se adquiere soñando, Julián percibía, al través de la celada, la cara de
don Pedro. Furioso, amenazador, enarbolaba don Pedro
un arma extraña, una bota de acero, que se disponía a dejar caer sobre la cabeza del capellán. Éste no hacía movimiento alguno para desviarse, y la bota tampoco acababa
de caer; era una angustia intolerable, una agonía sin tér-
mino; de repente sintió que se le posaba en el hombro una
lechuza feísima, con greñas blancas. Quiso gritar; en sueños el grito se queda helado en la garganta siempre. La lechuza reía silenciosamente. Para huir de ella saltaba el
foso, mas éste ya no era foso, sino la represa del molino; el
castillo feudal también mudaba de hechura sin saberse
cómo: ahora se parecía a la clásica torre que tienen en las
manos las imágenes de Santa Bárbara; una construcción

de cartón pintado, hecha de sillares muy cuadraditos, y a cuya ventana asomaba un rostro de mujer pálido, descompuesto... Aquella mujer sacó un pie, luego otro..., fue descolgándose por la ventana abajo... ¡Qué asombro! ¡Era la sota de bastos, la mismísima sota de bastos, muy sucia, muy pringosa! Al pie del muro la esperaba el caballo de espadas, una rara alimaña azul, con la cola rayada de negro. Mas a poco, Julián reconoció su error: ¡qué caballo de espadas! No era sino San Jorge en persona, el valeroso caballero andante de las celestiales milicias, con su dragón debajo, un dragón que parecía araña, en cuya tenazuda boca hundía la lanza con denuedo... Brillante y aguda, la lanza descendía, se hincaba, se hincaba... Lo sorprendente es que el lanzazo lo sentía Julián en su propio costado... Lloraba muy bajito, queriendo hablar y pedir misericordia; nadie acudía en su auxilio, y la lanza le tenía ya atravesado de parte a parte... Despertó repentinamente, resintiéndose de una punzada dolorosa en la mano derecha, sobre la cual había gravitado el peso del cuerpo todo al acostarse del lado izquierdo, posición favorable a las pesadillas.

Capítulo 20

Los sueños de las noches de terror suelen parecer risibles apenas despunta la claridad del nuevo día; pero Julián, al saltar de la cama, no consiguió vencer la impresión del suyo. Proseguía el hervor de la imaginación sobrexcitada: miró por la ventana, y el paisaje le pareció tétrico y siniestro; verdad es que entoldaban la bóveda celeste nubarrones de plomo con reflejos lívidos, y que el viento, sordo unas veces y sibilante otras, doblaba los árboles con ráfagas repentinas. El capellán bajó la escalera de caracol con ánimo de decir misa, que, a causa del mal estado de la capilla señorial, acostumbraba celebrar en la parroquia. Al regresar y acercarse a la entrada de los Pazos, un remolino de hojas secas le envolvió los pies, una atmósfera fría le sobrecogió, y la gran huronera de piedra se le presentó imponente, ceñuda y terrible, con aspecto de prisión, como el castillo que había visto soñando. El edificio, bajo su toldo de negras nubes, con el ruido temeroso del cierzo, que lo fustigaba, era amenazador y siniestro. Julián penetró en él con el alma en un puño. Cruzó rápidamente el helado zaguán, la cavernosa cocina, y, atravesando los salones solitarios, se apresuró a refugiarse en la habitación de Nucha, donde acostumbraban servirle el chocolate por orden de la señorita.

Encontró a ésta más desemblantada que de costumbre.
Al abatimiento que de ordinario se revelaba en su afilado
rostro, se agregaba una contracción, un azaramiento, indicio de gran tirantez nerviosa.

Tenía a la niña en brazos, y al ver llegar a Julián le hizo
rápidamente seña de que no chistase ni se menease, que el
angelito andaba en tratos de aletargarse al calor del seno
maternal. Inclinada sobre la criatura, Nucha le echaba el
aliento para mejor adormecerla, y arreglaba con febriles
movimientos el pañolón calcetado que envolvía, como el
capullo a la oruga, aquella vida naciente. Pestañeó la niña
dos o tres veces, y luego cerró los ojitos, mientras su madre
no cesaba de arrullarla con una nana aprendida del ama,
una especie de gemido cuya base era triste: ¡*lai*..., *lai!*, la
queja lenta y larga de todas las canciones populares en Galicia. El canto fue descendiendo, hasta concluir en la pronunciación melancólica y cariñosa de una sola letra, la «e» prolongada; y levantándose en puntas de pie, Nucha depositó
a su hija en la cuna muy delicada y cuidadosamente, pues la
chiquilla era tan lista –en opinión de su madre–, que distinguía al punto la cuna del brazo, y era capaz de despertar del
sopor más profundo si se enteraba de la sustitución.

Por lo mismo, Julián y Nucha se hablaron muy quedo,
mientras la señorita manejaba la aguja de *crochet,* confeccionando unos zapatitos que parecían bolsas. Julián empezó por preguntar si se le había quitado el susto de la noche anterior.

–Sí; pero todavía estoy no sé cómo.

–Yo tampoco les tengo afición a esos bichos asquerosos... No los había visto tan gordos hasta que vine a la aldea. En el pueblo apenas los hay.

–Pues yo –contestó Nucha– era antes muy valiente; pero desde... que nació la pequeña, no sé qué me pasa; parece que me he vuelto medio tonta, que tengo miedo a todo...

Interrumpió su labor y alzó la cara; sus grandes ojos estaban dilatados; sus labios, ligeramente trémulos.

–Es una enfermedad, es una manía; yo lo conozco, pero no lo puedo remediar; no pienso sino en cosas de susto, en espantos... ¿Ve usted qué chillidos di ayer por la dichosa araña? Pues de noche, cuando me quedo sola con la niña (porque el ama durmiendo es lo mismo que si estuviese muerta: aunque le disparen al oído un cañón de a ocho, no se mueve), haría a cada paso escenas por el estilo si no me dominase. No se lo digo a Juncal por vergüenza; pero veo cosas muy raras. La ropa que cuelga me representa siempre hombres ahorcados, o difuntos que salen del ataúd con la mortaja puesta; no importa que, mientras está el quinqué encendido, antes de acostarme, la arregle así o asá; al fin toma esas hechuras extravagantes aun no bien apago la luz y enciendo la lamparilla. Hay veces que distingo personas sin cabeza; otras, al contrario, les veo la cara con todas sus facciones, la boca muy abierta y haciendo muecas... Esos mamarrachos que hay pintados en el biombo se mueven, y cuando crujen las ventanas con el viento, como esta noche, me pongo a cavilar si son almas del otro mundo que se quejan...

–¡Señorita! –exclamó, dolorosamente, Julián–. ¡Eso es contra la fe! No debemos creer en aparecidos ni en brujerías.

–¡Si yo no creo! –repuso la señorita, riendo nerviosamente–. ¿Usted se figura que soy como el ama, que dice que ha visto en realidad la *Compaña*, con su procesión de luces, allá a las altas horas? En mi vida he dado crédito a paparruchas semejantes; por eso digo que debo de estar enferma, cuando me persiguen visiones y vestiglos... El tema constante del señor de Juncal: «Fortalecerse, criar sangre...». Lástima que la sangre no se compre en la tienda... ¿No le parece a usted?

–O que... los sanos no se la podamos regalar a... los que... la necesitan...

Dijo esto el presbítero titubeando, poniéndose encendido hasta la nuca, porque su impulso primero había sido exclamar: «Señorita Marcelina, aquí está mi sangre, a la disposición de usted».

El silencio producido por arranque tan vivo duró algunos segundos, durante los cuales ambos interlocutores miraron fijamente, distraídos y ensimismados, el paisaje que se alcanzaba desde la ancha y honda ventana fronteriza. Al pronto no le vieron; luego, su aspecto sombrío le fue entrando, mal de su grado, por los ojos hasta el alma. Eran las montañas negras, duras, macizas en apariencia, bajo la oscurísima techumbre del cielo tormentoso; era el valle alumbrado por las claridades pálidas de un angustiado sol; era el grupo de castaños, inmóvil unas veces, otras visiblemente sacudido por la racha del ventarrón furioso y desencadenado... A un mismo tiempo exclamaron los dos, capellán y señorita:

–¡Qué día tan triste!

Julián reflexionaba en la rara coincidencia de los terrores de Nucha y los suyos propios; y, pensando alto, prorrumpía:

–Señorita, también esta casa... Vamos, no es por decir mal de ella, pero... es un poco miedosa. ¿No le parece?

Los ojos de Nucha se animaron, como si el capellán le hubiese adivinado un sentimiento que no se atrevía a manifestar.

–Desde que ha venido el invierno –murmuró, hablando consigo misma–, no sé qué tiene ni qué trazas saca... que no me parece la misma... Hasta las murallas se han vuelto más gordas y la piedra más oscura... Será una tontería, ¡ya sé que lo será!, pero no me atrevo a salir de mi habitación, yo que antes revolvía todos los rincones y andaba por todas partes... Y no tengo remedio sino dar una vuelta por ella... Necesito ver si hay abajo, en el sótano, arcones para la ropa blanca... Hágame el favor de venir, Julián, ahora que la niña duerme... Quiero quitarme de la cabeza estas aprensiones y estas tontunas.

Intentó el capellán disuadirla; temía que se cansase, que se enfriase al atravesar los salones, al bajar al claustro... Marcelina no dio más respuesta que dejar la labor, envolverse en su mantón y echar a andar. Cruzaron a buen paso la fila de habitaciones extensas, desamuebladas, casi vacías, donde las pisadas retumbaban sordamente. De tiempo en tiempo, Nucha volvía la cabeza atrás, a ver si la seguía su acompañante, y el ademán de volverla revelaba alteración y zozobra. En la diestra columpiaba un manojo de llaves.

Salieron al claustro superior, y por una escalerilla muy pendiente descendieron al inferior, cuyas arcadas eran de piedra.

Llegados al patín que cerraba el grave claustro, Nucha señaló a un pilar que tenía incrustada una argolla de hierro, de la cual colgaba aún un eslabón comido de orín.

–¿Sabe usted qué era esto? –murmuró con apagada voz.

–No sé –respondió Julián.

–Dice Pedro –explicó la señorita– que estuvo aquí la cadena con que tenían sujeto sus abuelos a un negro esclavo... ¿No parece mentira que se hiciesen semejantes crueldades? ¡Qué tiempos tan malos, Julián!

–Señorita..., a don Máximo Juncal, que no piensa más que en política, todo se le vuelve hablar de eso; pero, mire usted, en cada tiempo hay su legua de mal camino... Bastantes barbaridades hacen hoy en día, y la religión anda perdida desde estas grescas.

–Pero como aquí –observó Nucha, formulando sencillamente una observación histórico-filosófica de bastante alcance– no ve uno sino las atrocidades de los señores de otro tiempo..., parece que son las únicas que le dan en qué pensar... ¿Por qué serán tan malos cristianos los hombres? –añadió, entreabriendo los labios con cándido asombro.

El cielo se oscureció más en el momento de expresarse así Nucha; un relámpago alumbró súbitamente las profundidades de las arcadas del claustro y el rostro de la señorita, que adquirió a la luz verdosa el aspecto trágico de una faz de imagen.

–¡Santa Bárbara bendita! –articuló, piadosamente, el capellán, estremeciéndose–. Volvámonos arriba, señorita... Está tronando. Como este año no tuvimos «cordonazo de San Francisco»..., ya se ve, el equinoccio no quiere pasar sin esto... ¿Subimos?

–No –protestó Nucha, empeñada en combatir sus propios terrores–. Ésta es la puerta del sótano... ¿Cuál será la llave?

La buscó algún tiempo en el manojo. Al introducirla en la cerradura y empujar la puerta, otro relámpago bañó de claridad fantasmagórica el sitio en que iba a penetrar; rodó el carro del trueno, pausado al principio, después ronco y formidable, como una voz hinchada por la cólera, y Nucha retrocedió con espanto.

–¿Qué sucede, señorita querida? ¿Qué sucede? –gritó el capellán.

–¡Nada!... ¡Nada! –tartamudeó la señora de Ulloa–. Se me figuró, al abrir, que estaba ahí dentro un perro muy grande, sentado, y que se levantaba y se me echaba para morderme... ¿Si no los tendré cabales? Pues mire usted que juraría haberlo visto.

–¡El Dulce Nombre! No, señorita, es que hace frío aquí, es que truena, es que es una locura andar ahora revolviendo en los sótanos... Retírese usted; yo buscaré lo que haga falta.

–No –replicó Nucha con energía–. Ya me carga de veras ser tan boba... Quiero entrar antes para que vea usted si comprendo perfectamente que todas son necedades... ¿Trae usted la cerilla? –gritó ya desde dentro.

El capellán la encendió, y a su luz, mortecina y dudosa, vieron el sótano, mejor dicho entrevieron las paredes destilando humedad; el confuso montón de objetos retirados allí por inservibles y pudriéndose en los rincones; el conjunto de cosas informes y, por lo mismo, temerosas y vagas. En la penumbra de aquel lugar casi subterráneo, en el hacinamiento de vejestorios retirados por inservibles y entregados a las ratas, la pata de una mesa parecía un brazo momificado, la esfera de un reloj era la faz blanquecina de un muerto, y unas botas de montar, carcomidas, asomando por entre papeles y trapos, despertaban en la fantasía la idea de un hombre asesinado y oculto allí. No obstante, Nucha, con paso resuelto, fue derecha al caos húmedo y medroso, y con la voz ahogada y conmovida de los que acaban de obtener un gran triunfo sobre sí mismos, gritó:

–Aquí está el arcón...; que me lo suban despúes...

Salió muy animada, satisfecha de su resolución, vencedora en la lucha cuerpo a cuerpo con el caserón que la asustaba. Al subir otra vez por la escalerilla volvió a sobrecogerla el fragor de un trueno, más hondo, poderoso y cercano que los anteriores. ¡Era preciso encender la vela del Santísimo y rezar el Trisagio!

Así lo hicieron al punto. La vela fue colocada sobre la cómoda de Nucha: un cirio bastante largo aún, de cera de color naranja, con muchas lágrimas y un pábilo que chisporroteaba y no acababa de arder. Antes de arrodillarse cerraron las maderas de la ventana, para evitar que la ojeada fulgurante del relámpago los deslumbrase a cada minuto. Rugía con creciente ira el viento, y la tronada se había situado sobre los Pazos, oyéndose su estruendo lo mismo que si corriese por el tejado un escuadrón de caballos a galope o si un gigante se entretuviese en arrastrar un peñasco y llevarlo a tumbos por encima de las tejas. ¡Con cuánto fervor empezó el capellán a guiar el Trisagio misterioso! Anonadándose ante la cólera divina, cuya violencia sacudía y hacía retemblar los Pazos como si fuesen una choza, pronunciaba:

> De la subitánea muerte
> del rayo y de la centella
> libra este Trisagio, y sella
> a quien lo reza: y advierte...

Nucha, de repente, se incorporaba, lanzando un chillido, y corría al sofá, donde se reclinaba, lanzando interrumpidas carcajadas histéricas que sonaban a llanto. Sus manos crispadas arrancaban los corchetes de su traje, o comprimían sus sienes, o se clavaban en los almohadones del sofá, arañándolos con furor... Aunque tan inexperto, Julián comprendió lo que ocurría: el espasmo inevitable, la explosión del terror reprimido, el pago del alarde de valentía de la pobre Nucha...

–¡Filomena, Filomena! Aquí, mujer, aquí... Agua, vinagre..., el frasquito aquél... ¿Dónde está el frasco que vino
de la botica de Cebre? Aflójele el vestido... Ya me vuelvo
de espaldas, mujer; no necesitaba avisármelo... Unos pa-
ñitos fríos en las sienes... ¡Si truena, que truene! Deje tro-
nar... Acuda a la señorita... Déle aire con este papel, aunque sea... ¿Ya está cubierta y floja? Se lo daré yo poquito a
poco... Que respire bien el vinagre...

Capítulo 21

N otóse días después alguna mejoría en el estado general de la señora de Ulloa, con lo cual el capellán revivió y se le animó también el marchito semblante. El marqués andaba en extremo distraído, organizando una cacería a los lejanos montes de Castrodorna, más allá del río; el tiempo se aseguraba; las noches eran de helada, claras y glaciales; acercábase el plenilunio, y todo prometía feliz éxito. La víspera de la salida al cazadero vinieron a dormir a los Pazos el notario de Cebre, el señorito de Limioso, el cura de Boán, el de Naya y un cazador furtivo, escopeta negra infalible, conocido en el país por el alias de *Bico de Rato* (Hocico de Ratón), mote apropiadísimo a la color tiznada de su cara, donde giraban dos ojuelos vivarachos. Llenóse la casa de ruido, de tilinteo de cascabeles, de cadencia de uñas de perros sobre los pisos de madera, de voces sonoras y de órdenes para tener en punto al amanecer todos los arreos de caza. La cena fue regocijada y ruidosa; se bromeó, se contaron de antemano las perdices que habían de sucumbir, se saborearon por adelantado las provisiones que se llevaban al monte y se remojó previamente el gaznate con jarros de un tinto añejo que daba gloria. A la hora de los postres y del café, habiéndose retirado Nucha, que por el ansia de su niña se recogía temprano, subieron de la cocina Primitivo y el *Ratón,* y los futuros compañeros de glorias y fatigas comenzaron a fraternizar, fumando y trincando a competencia. Era el momento más sabroso, el verdadero instante de felicidad espiritual para un cazador de raza; era el minuto de las anécdotas cinegéticas y, sobre todo, de los embustes.

Para éstos se establecía turno pacífico, pues nadie renunciaba a soltar su correspondiente bola, y crecían en magnitud conforme se enredaba la plática. Formaban círculo los cazadores, y a sus pies dormían, enroscados, los perros, con un ojo cerrado y otro entreabierto y de párpado convulso; a veces, cuando se aplacaban las risotadas y las frases chistosas, se oía a los canes tocar la guitarra, espulgarse a toda costa, ladrar por sueños, sacudir las orejas y suspirar con resignación. Nadie les hacía caso.

El *Hocico de Ratón* tiene la palabra:

–¡Pueda que no me lo crean, y es tan cierto como que habemos de morir y la tierra nos ha de comer! Para más verdad, fue un día de San Silvestre...

–Andarían las brujas sueltas –interrumpió el cura de Boán.

–Si eran *meigas* o era el *trasno,* yo no lo sé: pero lo mismo que habemos de dar cuenta a Dios nuestro Señor de nuestras acciones, me pasó lo que les voy a contar. Andaba yo tras de una perdiz agachadito, agachadito –y el *Ratón* se agachaba, en efecto, siguiendo su inveterada costumbre de representar cuanto hablaba–, porque no llevaba perro ni *diaño* que lo valiese, y estaba, con perdón de las barbas que me escuchan, para montar a caballo de un vallado, cuando oigo ¡tras, tris, tras, tras!, ¡tipirí, tipirá!, el andar de una liebre; ¡más lista venía... que las *zante-llas!* Pues, señor... viro la cabeza mismo así..., ¡con perdón de las barbas!, con mi escopeta más agarrada que la Bula..., y de repente, ¡pan!, me pasa una cosa del otro mundo por encima de la cabeza, y me caigo del vallado abajo...

Explosión de preguntas, de risas, de protestas.

–¿Una cosa del otro mundo?

–¿Un ánima del Purgatorio?

–Pero ¿él era persona o animal, o qué mil rayos era?

–Abrir la puerta, que esta mentira no cabe en la habitación.

–¡Así Dios me salve y me dé la gloria como es verdad! –clamó el *Hocico de Ratón,* poniendo el semblante más compungido del mundo–. ¡Era, con perdón, la descarada de la liebre, que brincó por *riba* de mí y me tiró patas arriba!

La aclaración produjo verdadero delirio. Don Eugenio, el abad de Naya, literalmente, se descalzaba de risa, apretándose las caderas con ambas manos, quejándose y derramando lágrimas; el marqués de Ulloa lanzaba carcajadas poderosas; hasta Primitivo modulaba una risa opaca y turbia. El bueno del *Ratón* no podía ya entreabrir los labios para hablar sin que la hilaridad se desatase.

En toda reunión de cazadores –gente amiga de bromas pesadas–, hay un bufón, un juglar, un gracioso obligado, y este papel correspondía de derecho a la escopeta negra, que se prestaba a desempeñarlo de bonísima gana. Acostumbrado a pasarse los días y las noches al sereno, en espera de la liebre, del conejo o de la perdiz; hecho a apretarse la cintura con una cuerda, a la manera de los salvajes, en las muchas ocasiones en que le faltaba un mendrugo de pan que roer, el mísero *Ra-*

toncillo era dichoso cuando le tocaba cazar con gente de pro, de la que se lleva al cazadero botas henchidas de lo añejo, lacones cocidos y cigarros; ufanábase cuando le celebraban sus patrañas; las narraba cada día con mayor seriedad, convicción y tono ingenuo, y a todas las chanzas respondía invocando a Dios y a los santos de la corte celestial en apoyo de sus aseveraciones estrambóticas.

En pie, con las manos en los bolsillos del pantalón, mapamundi de remiendos, y moviendo con risible rapidez nariz y boca, que tenía de color de unto rancio, aguardaba a que le pidiesen algún nuevo episodio tan verosímil como el de la liebre; pero ahora el turno le correspondía a don Eugenio.

–¿Saben –decía, medio llorando y salivando aún de risa– un caso que pasó entre el canónigo Castrelo y un señor muy chistoso, Ramírez de Orense?

–¡El canónigo Castrelo! –exclamaron el cura de Boán y el marqués–. ¡Qué apunte! ¡De órdago! Ése las suelta... como la torre de la catedral.

–Pues verán, verán cómo se encontró con la horma de su zapato donde menos se lo pensaba. Era una noche, en el Casino, y estaban jugando al tresillo. Castrelo se puso, como de costumbre, a espetar cuentos de caza... ¡Mentira todos! Después que se hartó, quiso encajar la más gorda, y dijo, serio: «Sabrán ustedes que una mañana salí yo al monte, y entre unas matas oí... así... un ruido sospechoso. Me acerco muy despacito...; el ruido seguía, dale que tienes. Me acerco más..., y ya no me cabe duda de que hay allí escondida una pieza. Armo, apunto, disparo..., ¡pum, pum! ¿Y qué creerán ustedes que maté, señores?» Todo el mundo a nombrar animales diferentes: que lobo, que zorro, que jabalí, y hasta hubo uno que nombró un oso...

Castrelo a decir que no con la cabeza..., hasta que, por último, saltó: «Pues ni zorro, ni lobo, ni jabalí... Lo que maté era... ¡un tigre de Bengala!»

–¡Hombre, don Eugenio!... ¡No fastidiar! –gritaron, unánimemente, los cazadores–. ¿Había de atreverse Castrelo...? ¿Cómo no le deshicieron el morro de una bofetada allí mismo?

Don Eugenio, no consiguiendo que le oyesen, hacía con la mano señas de que faltaba lo mejor del cuento.

–¡Paciencia! –exclamó por fin–. Tengan paciencia, que no se acabó. Pues, señor, ya ustedes comprenderán que en el Casino se armó una gresca. Empezaron a insultar a Castrelo y a tratarle de mentiroso en su cara. Sólo el señor de Ramírez estaba muy formal, y apaciguaba a los alborotadores. "No hay que asombrarse; yo les contaré a ustedes una cosa que me pasó a mí cazando, que es más rara todavía que la del señor Castrelo". «El canónigo empieza a escamarse y la gente a atender.» –Sabrán ustedes que una mañana salí yo al monte, y entre unas matas oí... así... un ruido sospechoso. Me acerco muy despacito... el ruido seguía, dale que tienes. Me acerco más... ya no me cabe duda de que hay allí escondida una pieza. Armo..., apunto..., disparo... ¡Pum, pum! ¿Y qué creerá usted que maté, señor canónigo?

»–¿Cómo demonios lo he de saber? Sería... un león.

»–¡Ca!

»–Pues sería... un elefante.

»–¡Caaa!

»–Sería... lo que usted guste, caramba.

»–¡Una sota de bastos, señor Castrelo! ¡Era una sota de bastos!

Minutos de no entenderse. El *Ratón* reíase con una especie de hipo agudo; el señorito de Limioso, ronca y gravemente; el cura de Boán, no sabiendo cómo desahogar el regocijo, pateaba en el suelo y abofeteaba a la mesa.

–¡Ey! –gritó don Eugenio–. *Bico de Rato*, ¿no te has tropezado tú nunca con ningún tigre? Echa un vasito, y cuéntanos si te encontraste alguno por ahí, *hom*.

Atizóse el *Ratón* su medio cuartillo; brilláronle los ojuelos, limpió el labio con la bocamanga de la mugrienta chaqueta y declaró con acento sincero y candoroso:

–Lo que es *trigues*..., por estos montes no debe de *los haber*, que si no, ya los tendría matados; pero les diré lo que me pasó un día de la Virgen de agosto...

–¿A las tres y diez minutos de la tarde? –preguntó don Eugenio.

–No...; habían de ser las once de la mañana, y puede que aún no las fuesen. Pero ¡créanme, como esa luz que nos está alumbrando! Venía yo de tirar a las tórtolas en un sembrado, y me encontré a la chiquilla del tío Pepe, de Naya, que traía la vaca mismo cogida así –y hacía ademán de arrollarse una cuerda a la muñeca–. «Buenos días.» «Santos y buenos.» «¿Me da las *rulas*?» «¿Y qué me das por ellas, rapaza?» «No tengo un *ichavo* triste.» «Pues déjame mamar de la vaquiña, que rabio de sed.» «Mame luego, pero no lo chupe todo.» Me arrodillo así –el *Ratón* medio se hincó de hinojos ante el abad de Naya–, y ordeñando en la palma de la mano, con perdón, zampo la leche. ¡Qué fresca! «Vaya, rapaza... ¡San Antón te guarde la vaca!» Ando, ando, ando, ando, y al cuarto de legua de allí me entra un sueño por todo el cuerpo..., como que me voy quedando tonto. «¡A *escotar!*» Me meto por el monte arriba, y llegando a donde hay unos tojos más altos que un cristiano, me tumbo así, con perdón, y saco el sombrero, y lo dejo de esta manera, reparen bien, sobre la hierba. Sueño fue, que hasta de allí a hora y media no vol-

ví en mi acuerdo. Voy a apañar mi sombrero para largar...
Lo mismo que todos nos habemos de morir y resucitar
en la gloria del día del Juicio, me veo debajo una serpiente
más gorda que mi brazo *directo*..., ¡con perdón!

–Pero ¿no que el izquierdo? –interrumpió don Eugenio
picarescamente.

–¡Muchísimo más gorda! –continuó el *Ratón,* imper-
turbable–, y toda rollada, rollada, rollada, que cabía ahí
debajo..., y durmiendo como una santa de Dios.

–Pero roncar ¿no roncaba?

–¡La condenada acudía al olor de la leche..., y valió que
le dio idea de esconderse en el chapeo..., que las intenciones bien se las conocí... Eran de metérseme por la boca,
con perdón de las barbas honradas!

Aunque se armó la gran algazara, la moderó algún tanto el cura de Boán recordando las diversas ocasiones en
que se oían contar casos análogos: sierpes que se encon-
traban en los establos mamando del pezón de las vacas;
otras que se deslizaban en la cuna de los niños para be-
berles la leche en el estómago...

Asistía Julián a la velada, entretenido y contento, porque la alegría y el humor de los cazadores le disipaba las
ideas congojosas de algunos días atrás; el miedo a la *Sabia,* a Primitivo, a los Pazos; los lúgubres presentimien-
tos, acrecentados por la comunicación de los terrores
nerviosos de Nucha. Don Eugenio, viéndole animado, le
porfiaba para que fuese a hacerles una visita al cazadero;
negábase Julián, pretextando la necesidad de decir misa,
de rezar las horas canónicas; en realidad era que no quería dejar enteramente sola a la señorita.

Al cabo, tanto insistió don Eugenio, que hubo de prometer, aplazando para el último día.

–No ha de haber nada de eso –exclamó el bullicioso

párroco–. Mañana, por la mañanita, nos le llevamos con nosotros... Se vuelve de allá pasado mañana temprano.

Toda resistencia hubiera sido inútil, y más en tal momento, cuando la jarana crecía y el vino menguaba en los jarros. Julián sabía que aquella gente, maleante y retozona, era capaz de llevarle por fuerza, si se negaba a ir de grado.

Capítulo 22

T uvo, pues, que salir al romper el alba, dando diente con diente, caballero en la mansa pollinita, y siendo blanco de las bromas de los cazadores, porque iba vestido de modo asaz impropio para la ocasión, sin zamarra, ni polainas de cuero, ni sombrerazo, ni armas ofensivas o defensivas de ninguna especie.

El día asomaba despejado y magnífico; en las hierbas resplandecían las cristalizaciones de la escarcha; la tierra se estremecía de frío y humeaba levemente a la primera caricia del sol; el paso animado y gimnástico de los cazadores resonaba militarmente sobre el terreno endurecido por la helada.

Desde el cazadero, adonde llegaron a cosa de las nueve, desparramáronse por el monte. Julián, no sabiendo qué hacer de su persona, quedóse pegado a don Eugenio, y le vio realizar dos proezas cinegéticas, y meter en el morral dos pollitos de perdiz, tibios aún de la recién arrancada vida. Es de advertir que don Eugenio no gozaba fama de diestro tirador, por lo cual, al reunirse los cazadores a mediodía para comer en un repuesto encinar, el párroco de Naya invocó el testimonio de Julián para que asegurase que se las había visto tirar al vuelo.

–¿Y qué es tirar al vuelo, don Julián? –le preguntaron todos.

Como el capellán se quedase parado al hacerle tan insidiosa pregunta, ocurrióseles a los cazadores que sería cosa muy divertida darle a Julián una escopeta y un perro y que intentase cazar algo. Quieras no quieras, fue preciso conformarse. Se le destinó el *Chonito*, perdiguero infatigable, recastado, de hocico partido, el más ardiente y seguro de cuantos canes iban allí.

–En cuanto vea que el perro se para –explicábale don Eugenio al novel cazador, que apenas sabía por dónde coger el arma mortífera–, se prepara usted y le anima para que entre..., y al salir las perdices, las apunta y hace fuego cuando se tienden... Si es la cosa más fácil del mundo...

Chonito caminaba con la nariz pegada al suelo, sus ijares se estremecían de impaciencia; de cuando en cuando se volvía para cerciorarse de que le acompañaba el cazador. De pronto tomó el trote hacia un matorral de urces, y repentinamente se quedó parado, en actitud escultural, tenso e inmóvil, como si lo hubiesen fundido en bronce para colocar en un zócalo.

–¡Ahora! –exclamó el de Naya–. ¡Eh, Julián, mándele que entre!...

–Entra, *Chonito*, entra –murmuró, lánguidamente, el capellán.

El perro, sorprendido por el tono suave de la orden, vaciló; por fin se lanzó entre los urces, y al punto mismo se oyó un revoloteo, y el bando salió en todas direcciones.

–¡Ahora, condenado, ahora! ¡Ese tiro! –gritó don Eugenio.

Julián apretó el gatillo... Las aves volaron raudamente y se perdieron de vista en un segundo. *Chonito*, confuso, miraba al que había disparado, a la escopeta y al suelo; el hidalgo animal parecía preguntar con los ojos dónde se encontraba la perdiz herida, para portarla.

Media hora después se repitió la escena, y el desengaño de *Chonito*. Ni fue el último, porque más adelante, en un sembrado, aún levantó el can un bando tan numeroso, tan próximo, y que salía tan a tiro, que era casi imposible no tumbar dos o tres perdices disparando a bulto. Otra vez hizo fuego Julián. El perdiguero ladraba de entusiasmo y de gozo... Mas ninguna perdiz cayó. Entonces *Chonito*, clavando en el capellán una mirada casi humana, llena de desprecio, volvió grupas y se alejó, corriendo a todo correr, sin dignarse oír las imperativas voces con que lo llamaban...

No hay cómo encarecer lo que se celebró este rasgo de inteligencia a la hora de la cena. Se hizo chacota de Julián, y en penitencia de su torpeza, se le condenó a asistir inmediatamente, cansado y todo, a la espera de las liebres.

La luna de aquella noche de diciembre semejaba disco de plata bruñida colgado de una cúpula de cristal oscuro; el cielo se ensanchaba y se elevaba por virtud de la serenidad y transparencia casi boreales de la atmósfera.

Caía helada, y en el aire parecía que se cruzaban millares de finísimas agujas, que apretaban las carnes y reconcentraban el calor vital en el corazón. Pero para la liebre, vestida con su abrigado manto de suave y tupido pelo, era noche de festín, noche de pacer los tiernos retoños de los pinos, la fresca hierba impregnada de rocío, las aromáticas plantas de la selva; y noche también de amor, noche de seguir a la tímida doncella de luengas orejas y breve rabo, sorprenderla, conmoverla y arrastrarla a las sombrías profundidades del pinar...

Tras de los pinos y matorrales se emboscaban en noches así los cazadores. Tendidos boca abajo, cubierto con un papel el cañón de la carabina, a fin de que el olor de la pólvora no llegue a los finos órganos olfativos de la liebre, aplican el oído al suelo, y así se pasan a veces horas enteras. Sobre el piso, endurecido por el hielo, resuena claramente el trotecillo irregular de la caza; entonces el cazador se estremece, se endereza, afianza en tierra la rodilla, apoya la escopeta en el hombro derecho, inclina el rostro y palpa nerviosamente el gatillo antes de apretarlo. A la claridad lunar divisa, por fin, un monstruo de fantástico aspecto, pegando brincos prodigiosos, apareciendo y desapareciendo como una visión: la alternativa de la oscuridad de los árboles y de los rayos espectrales y oblicuos de la luna hace parecer enorme a la indefensa liebre, agiganta sus orejas, presta a sus saltos algo de funambulesco y temeroso, a sus rápidos movimientos una velocidad que deslumbra. Pero el cazador, con el dedo ya en el gatillo, se contiene y no dispara. Sabe que el fantasma que acaba de cruzar al alcance de sus perdigones, es la hembra, la Dulcinea perseguida y recuestada por innumerables galanes en la época del celo, a quien el pudor obliga a ocultarse de día en su gazapera, que sale de noche, hambrienta y cansada, a descabezar cogollos de pino, y tras de la cual, desalados y hechos almíbar, corren por lo menos tres o cuatro machos, deseosos de románticas aventuras. Y si se deja pasar delante a la dama, ninguno de los nocturnos rondadores se detendrá en su carrera loca, aunque oiga el tiro que corta la vida de su rival, aunque tropiece en el camino su ensangrentado cadáver, aunque el tufo de la pólvora le diga: «¡Al final de tu idilio está la muerte!».

No, no se pararán. Acaso el instinto de cobardía propio de su raza les moverá a agazaparse breves minutos detrás de un arbusto o de una peña; pero al primer imperceptible efluvio amoroso que les traiga la constante brisa; al primer hálito de la hembra que se destaque del olor de la resina exhalado por los pinares, los fogosos perseguidores se lanzarán de nuevo y con más brío, ciegos de amor, convulsos de deseo, y el cazador que los acecha los irá tendiendo uno por uno a sus pies, sobre la hierba en que soñaron tener el lecho nupcial.

Capítulo 23

En el corazón de la tierna heredera de los Ulloas tenía el capellán, desde hacía algún tiempo, un rival completamente feliz y victorioso: Perucho.

Le bastó presentarse para triunfar. Entró un día en la punta de los pies, y sin ser sentido fue arrimándose a la cuna. Nucha le ofrecía de cuando en cuando golosinas y calderilla, y el rapaz, como suele suceder a las fieras domesticadas, contrajo excesiva familiaridad y apego, y costaba trabajo echarle de allí, encontrándosele por todas partes, donde menos se pensaba, a manera de gatito pequeño viciado en el mimo y la compañía.

Muchísimo le llamó la atención la chiquitina al pronto. Ni los pollos nuevos cuando rompían el cascarón, ni los cachorros de la *Linda,* ni los recentales de la vaca, consiguieron nunca fijar así las miradas atónitas de Perucho. No podía él darse cuenta de cómo ni por dónde había venido tan gran novedad; sobre este tema se perdía en reflexiones. Rondaba la cuna incesantemente, poniéndose en riesgo notorio de recibir algún pescozón del ama, y, como no le expulsasen, se estaba buena pieza con el dedito en la boca, absorto y embelesado, más parecido que nunca a los amorcillos de los jardines que dicen con su actitud: «Silencio». Jamás se había visto quieto tantas horas seguidas. Así que la niña empezó a tener asomos de conciencia de la vida exterior, dio claras muestras de que si ella le interesaba a Perucho, no le importaba menos Perucho a ella. Ambos personajes reconocieron en seguida su mutua importancia, y a este reconocimiento siguieron evidentes señales de concordia y regocijo. Apenas veía la chiquilla a Perucho, brillaban sus ojuelos, y de su boca entreabierta salía, unido a la cristalina y caliente baba de la dentición, un amorosísimo gorjeo. Tendía ansiosamente las manos, y Perucho, comprendiendo la orden, acercaba la cabeza cerrando los párpados; entonces la pequeña saciaba su anhelo, tirando a su sabor del pelo ensortijado, metiendo los dedos de punta por boca, orejas y nariz, todo acompañado del mismo gorjeo y entreverado con chillidos de alegría, cuando, por ejemplo, acertaba con el agujero de la oreja.

Pasados los dos o tres primeros meses de lactancia, el genio de los niños se agría, y sus llantos y rabietas son frecuentes, porque empiezan los fenómenos precursores de la dentición a molestarles. Cuando tal sucedía a su niña, Nucha solía emplear con buen resultado el talismán de la presencia de Perucho. Un día que el berrenchín no cesaba, fue preciso acudir a expedientes más heroicos: sentar a Perucho en una silleta baja y ponerle en brazos a la chiquitina. Él se estaba quieto, inmóvil, con los ojos muy abiertos y fijos, sin osar respirar, tan hermoso que daban ganas de comérselo. La chiquilla, sin transición, había pasado de la furia a la bonanza, y reía abriendo un palmo de desdentada boca; reía con los labios, con el mirar, con los pies bailarines, que descargaban pataditas menudas en el muslo de Perucho. No se atrevía el rapaz ni a volver la cabeza, de puro encantado.

A medida que la chiquilla atendía más, Perucho se ingeniaba en traerle juguetes inventados por él, que la divertían infinito. No se sabe lo que aquel galopín discurría para encontrar a cada paso cosas nuevas, ya fuesen flores, ya pajaritos vivos, ya ballestas de caña, y todo género de porquerías, que era lo que más entusiasmaba a la pequeña. Presentábase a lo mejor con una rana atada por una pata, perneando en grotescas contorsiones, o ufanadísimo con un ratón acabadito de nacer, tan chico y asustado, que daba lástima. Tenía aquel cachidiablo la especialidad de los juguetes animados. En su *pucho*, roto y agujereado, almacenaba lagartijas, mariposas y *mariquitas de Dios*; en sus bolsillos y seno, nidos, frutos y gusanos. La señorita le tiraba bondadosamente de las orejas.

–Como vuelvas a traer aquí tales ascos..., verás, verás. Te he de colgar de la chimenea como a los chorizos, para que te ahúmes.

Julián transigía con estas intimidades, mientras no sorprendió el secreto de otras harto menos inocentes. Desde que madrugando había visto a Sabel salir del cuarto de don Pedro, dábale un vuelco la sangre cada vez que tropezaba al chiquillo y notaba el afecto con que le trataba Nucha a veces.

Cierto día entró el capellán en la habitación de la señorita y encontró un inesperado espectáculo. En el centro de la cámara humeaba un colosal barreñón de loza, lleno de agua templada; y estrechamente abrazados y en cueros, el chiquillo sosteniendo en brazos a la niña, estaban Perucho y la heredera de Ulloa en el baño. Nucha, en cuclillas, vigilaba el grupo.

–No hubo otro medio de reducirla a bañarse –exclamó

al advertir la admiración de Julián–; y como don Máximo
dice que el baño le conviene...

–No me pasmo yo de ella –respondió el capellán–, sino
de él, que le teme más al agua que al fuego.

–A trueque de estar con la nena –replicó Nucha–, se
deja él bañar aunque sea en pez hirviendo. Ahí los tiene
usted en sus glorias: ¿no parecen un par de hermanitos?

Al pronunciar sin intención la frase, Nucha, desde el
suelo, alzaba la mirada hacia Julián. La descomposición
de la de éste fue tan instantánea, tan reveladora, tan elocuente, tan profunda, que la señora de Moscoso, apoyándose en una mano, se irguió de pronto, quedándose en
pie frente a él. En aquel rostro consumido por la larga enfermedad, y bajo cuya piel fina se traslucía la ramifica-
ción venosa; en aquellos ojos vagos, de ancha pupila y
córnea húmeda, cercados de azulada ojera, vio Julián encenderse y fulgurar tras las negras pestañas una luz horrible, donde ardían la certeza, el asombro y el espanto.
Calló. No tuvo ánimos para pronunciar una sola frase, ni
disimulo para componer sus facciones alteradas.

La niña, en el tibio bienestar del baño, sonreía, y Perucho, sosteniéndola por los sobacos, hablándola con tierna algarabía de diminutivos cariñosos, la columpiaba en
el líquido transparente, le abría los muslos para que recibiese en todas partes la frescura del agua, imitando con
religioso esmero lo que había visto practicar a Nucha.
Ocurría la escena en un salón de los más chicos de la
casa, dividido en dos por descomunal y maltratadísimo
biombo del siglo pasado, pintado harto fantásticamente
con paisajes inverosímiles: árboles picudos en fila que
parecían lechugas, montañas semejantes a quesos de
San Simón, nubarrones de hechura de panecillos, y casas con techo colorado, dos ventanas y una puerta,

siempre de frente al espectador. Ocultaba el biombo la cama de Nucha, de copete dorado y columnas salomónicas, y la cunita de la niña. Inmóvil por el espacio de algunos segundos, la señorita recobró de improviso la acción. Se inclinó hacia el barreño y arrancó de golpe a su hija de brazos de Perucho.

La criatura, sorprendida y asustada por el brusco movimiento, interrumpida en su diversión, rompió en llanto desconsolado y repentino, y su madre, sin hacerle caso, entró corriendo tras el biombo, la echó en la cuna, y medio la arropó, volviendo a salir inmediatamente. Aún permanecía Perucho en el agua, asaz asombrado; la señorita le asió de los hombros, del pelo, de todas partes, y empujándole cruelmente, desnudo como estaba, le persiguió por el salón hasta expulsarle a empellones.

–Largo de aquí –decía más pálida que nunca y con los ojos llameantes–. ¡Que no te vea yo entrar!... Como vuelvas, te azoto; ¿entiendes?, ¡te azoto!

Pasó tras el biombo otra vez, y Julián la siguió aturdido, sin saber lo que le sucedía. Con la cabeza baja, los labios temblones, la señora de Moscoso arreglaba, sin disimular el desatiento de las manos, los pañales de su hija, cuyo llorar tenía ya las inflexiones propias de la pena en las personas mayores.

–Llame usted al ama –ordenó, secamente, Nucha.

Corrió Julián a obedecer. A la puerta del salón le cerraba el paso una cosa tendida en el suelo; alzó el pie; era Perucho, en cueros, acurrucado. No se le oía el llanto; veíase únicamente el brillo de los gruesos lagrimones y el vaivén del acongojado pecho. Compadecido, el capellán levantó a la criatura. Sus carnes, mojadas aún, estaban amoratadas y yertas.

–Ven por tu ropa –le dijo–. Llévala a tu madre para que te vista. Calla.

Insensible como un espartano al mal físico, Perucho sólo pensaba en la injusticia cometida con él.

–No hacía mal... –balbució, ahogándose–. No hacía mal... ningu... no...

Volvió Julián con el ama; pero la criatura tardó bastante en consolarse al pecho. Ponía la boquita en el pezón, y de repente torcía la cara, hacía pucheros, iniciaba un llanto quejumbroso. Nucha, con andar automático, salió del retiro formado por el biombo y se acercó a la ventana, haciendo seña a Julián de que la siguiese. Y, demudados ambos, se contemplaron algunos minutos silenciosamente: ella, preguntando con imperiosa ojeada; él, resuelto ya a engañar, a mentir. Hay problemas que sólo lo son planteados a sangre fría; en momentos de apuro los resuelve el instinto con seguridad maravillosa. Julián estaba determinado a faltar a la verdad sin escrúpulos.

Al cabo, Nucha pronunció con sordo acento:

–No crea que es la primera vez que se me ocurre que ese... chiquillo es... hijo de mi marido. Lo he pensado ya; sólo que fue como un relámpago, de esas cosas que desecha uno apenas las concibe. Ahora ya..., ya estamos en otro caso. Sólo con ver su cara de usted...

–¡Jesús! ¡Señorita Marcelina!... ¿Qué tiene que ver mi cara...? ¡No se acalore, le ruego que no se acalore...! ¡Por fuerza esto es cosa del demonio! ¡Jesús mil veces!

–No, no me acaloro –exclamó ella, respirando fuerte y pasándose por la frente la palma extendida.

–¡Válgame Dios! Señorita, a usted le va mal. Se le ha vuelto un color... Estoy viendo que le da el ataque. ¿Quiere la cucharadita?

–No, no y no; esto no es nada: un poco de ahogo en la

garganta. Esto lo... noto muchas veces; es como una bola que se me forma allí... Al mismo tiempo parece que me barrenan la sien... Al caso, al caso. Decláreme usted lo que sabe. No calle nada.

–Señorita... –Julián resolvió entonces, en su interior, apelar a eso que llaman subterfugio jesuítico y no es sino natural recurso de cuantos, detestando la mentira, se ven compelidos a temer la verdad–. Señorita... Reniego de mi cara. ¡Lo que se le ha ido a ocurrir! Yo no pensaba en semejante cosa. No, señora, no.

La esposa hincó más sus ojos en los del capellán e hizo dos o tres interrogaciones concretas, terminantes. Aquí del jesuitismo; mejor dicho, de la verdad cogida por donde no pincha ni corta.

–Me puede usted creer..., ya ve que no había de tener gusto en decir una cosa por otra..., no sé de quién es el chiquillo. Nadie lo sabe de cierto. Parece natural que sea del querido de la muchacha.

–¿Usted está seguro de que tiene... querido?

–Como de que ahora es de día.

–¿Y de que el querido es un mozo aldeano?

–Sí, señora; un rapaz, guapo por cierto; el que toca la gaita en las fiestas de Naya y en todas partes. Le he visto venir aquí mil veces, el año pasado, y... andaban juntos. Es más: me consta que trataban de sacar los papeles para casarse. Sí, señora: me consta. Ya ve usted que...

Nucha respiró de nuevo, llevándose la diestra a la garganta, que sin duda le oprimía el consabido ahogo. Sus facciones se serenaron un tanto, sin recobrar su habitual compostura y apacibilidad encantadora: persistía la arruga en el entrecejo, el extravío en el mirar.

–¡Mi niña... –articuló en voz baja–, mi niña abrazada por él! Aunque diga y jure y perjure... Julián, esto hay que remediarlo. ¿Cómo voy a vivir de esa manera? ¡Ya me debía usted avisar antes! Si el chiquillo y la mujer no salen de aquí, yo me volveré loca. Estoy enferma; estas cosas me hacen daño..., daño.

Sonrió con amargura, y añadió:

–Tengo poca suerte... No he hecho mal a nadie, me he casado a gusto de papá, y... mire usted cómo se arreglan las cosas

–Señorita...

–No me engañe usted también –recalcó el «también»–. Usted se ha criado en mi casa, Julián. Para mí es usted como de la familia. Aquí no cuento con otro amigo. Aconséjeme.

–Señorita –exclamó el capellán con fuego–, quisiera librarla de todos los disgustos que pueda tener en el mundo, aunque me costase sangre de las venas.

–O esa mujer se casa y se va –pronunció Nucha–, o...

Interrumpió aquí la frase. Hay momentos críticos en que la mente acaricia dos o tres soluciones violentísimas, extremas, y la lengua, más cobarde, no se atreve a formularlas.

–Pero, señorita Marcelina, no se mate así –insistió Julián–. Son figuraciones, señorita; figuraciones.

Ella le tomó las manos entre las suyas, que ardían.

–Dígale usted a mi marido que la eche, Julián. ¡Por amor de Dios y su Madre santísima!

El contacto de aquellas manos febriles, la súplica, turbaron al capellán de un modo inexplicable, y, sin reflexionar, exclamó:

–¡Tantas veces se lo he dicho!

–¡Ve usted! –repuso ella, sacudiendo la cabeza y cruzando las manos.

Enmudecieron. En la campiña se oía el ronco graznido

de los cuervos; tras el biombo, la niña lloriqueaba, incon-
solable. Nucha se estremeció dos o tres veces. Por último,
articuló, dando con los nudillos en los vidrios de la ventana:

–Entonces seré yo...

El capellán murmuró como si rezase:

–Señorita... Por Dios... No se revuelva la cabeza... Déjese de eso...

La señora de Moscoso cerró los ojos y apoyó la faz en
los vidrios de la ventana. Procuraba contenerse: la energía y serenidad de su carácter querían salir a flote en tan
deshecha tempestad. Pero agitaba sus hombros un temblor, que delataba la tiranía del sistema nervioso sobre su
debilitado organismo. El temblor, por fin, fue disminu-
yendo y cesando... Nucha se volvió, con los ojos secos y
los nervios domados ya.

Capítulo 24

Poco después sufrió una metamorfosis el vivir entumecido y soñoliento de los Pazos. Entró allí cierta hechicera más poderosa que la señora María *la Sabia:* la política, si tal nombre merece el enredijo de intrigas y miserias que en las aldeas lo recibe. Por todas partes cubre el manto de la política intereses egoístas y bastardos, apostasías y vilezas; pero, al menos, en las capitales populosas, la superficie, el aspecto, y a veces los empeños de la lid, presentan carácter de grandiosidad. Ennoblece la lucha la magnitud del palenque; asciende a ambición la codicia, y el fin material se sacrifica, en ocasiones, al fin ideal de la victoria por la victoria. En el campo, ni aun por hipocresía o histrionismo se aparenta el menor propósito elevado y general. Las ideas no entran en juego, sino solamente las personas y en el terreno más mezquino: rencores, odios, rencillas, lucro miserable, vanidad microbiológica. Un combate naval en una charca.

Forzoso es reconocer, no obstante, que en la época de la revolución la exaltación política, la fe en las teorías llevada al fanatismo, lograba infiltrarse doquiera, saneando con ráfagas de huracán el mefítico ambiente de las intrigas cotidianas en las aldeas. Vivía entonces España pendiente de una discusión de Cortes, de un grito que se daba aquí o acullá, en los talleres de un arsenal o en los vericuetos de una montaña; y cada quince días o cada mes se agitaban, se debatían, se querían resolver definitivamente cuestiones hondas, problemas que el legislador, el estadista y el sociólogo necesitan madurar lentamente, meditar quizás años enteros antes de descifrarlos, y que una multitud en revolución decide en pocas horas, mediante una acalorada discusión parlamentaria o una manifestación clamorosa y callejera. Entre el almuerzo y la comida se reformaba, se innovaba una sociedad; fumando un cigarro se descubrían nuevos principios, y en el fondo de la vorágine batallaban las dos grandes soluciones de raza, ambas fuertes porque se apoyaban en algo secular, lentamente sazonado al calor de la historia: la monarquía absoluta y la constitucional, por entonces disfrazada de monarquía democrática.

La conmoción del choque llegaba a todas partes, sin exceptuar las fieras montañas que cercaban a los Pazos de Ulloa. También allí se politiqueaba. En las tabernas de Cebre, el día de la feria, se oía hablar de libertad de cultos, de derechos individuales, de abolición de quintas, de federación, de plebiscito –pronuncido como Dios quería, por supuesto–. Los curas, al terminar las funciones, entierros y misas solemnes, se demoraban en el atrio, discutiendo con calor algunos síntomas recientes y elocuentísimos, la primera salida de aquellos famosos cuatro sacristanes y otras menudencias. El señorito de Limioso, tradicionalista inveterado como su padre y abuelo, había hecho dos o tres misteriosas excursiones hacia la parte del Miño, cruzando la frontera de Portugal, y susurrábase que celebraba entrevistas en Tuy con ciertos pájaros; afirmábase también que las señoritas de Molende estaban ocupadísimas construyendo cartucheras y no sé qué más arreos bélicos, y a cada paso recibían secretos avisos de que se iba a practicar un registro en su casa.

Sin embargo, los entendidos y prácticos en la materia comprendían que cualquier intentona a mano armada en territorio gallego se quedaría en agua de cerrajas, y que por más rumores que corriesen acerca de armamentos y organización en Portugal, venidas de tropa, nombramientos de oficialidad, etc., la verdadera batalla que allí se librase no sería en los campos, sino en las urnas; no por eso más incruenta. Gobernaban a la sazón el país los dos formidables caciques, abogado el uno y secretario el otro del Ayuntamiento de Cebre; esta villita y su región comarcana temblaban bajo el poder de entrambos. Antagonistas perpetuos, su lucha, como la de los dictadores romanos, no debía terminarse sino con la pérdida y muerte del uno. Escribir la crónica de sus hazañas, de sus venganzas, de sus trapisondas, fuera cuento de nunca acabar. Para que nadie piense que sus proezas eran cosa de risa, importa advertir que alguna de las cruces que encontraba el viajante por los senderos, algún techo carbonizado, algún hombre sepultado en presidio para toda su vida, podían dar razón de tan encarnizado antagonismo.

Conviene saber que ninguno de los dos adversarios tenía ideas políticas, dándoseles un bledo de cuanto entonces se debatía en España; mas por necesidad estratégica, representaba y encarnaba cada cual una tendencia y un partido: *Barbacana*, moderado antes de la revolución, se declaraba ahora carlista; *Trampeta*, unionista bajo O'Donnell, avanzaba hacia el último confín del liberalismo vencedor.

Barbacana era más grave, más autoritario, más obstinado e implacable en la venganza personal, más certero

en asestar el golpe, más ávido e hipócrita, encubriendo
mejor sus alevosas trazas para desmantecar al desventu-
rado colono; era además hombre que prefería servirse de
medios legales y manejar el Código, diciendo que no hay
medio tan seguro de acabar con un enemigo como empa-
pelarle; si no guarnecían tantas cruces los caminos por
culpa de *Barbacana,* las cárceles hediondas del distrito
antaño, y hogaño las murallas de Ceuta y Melilla, podían
revelar hasta dónde se extendía su influencia. En cambio,
Trampeta, si justificando su apodo no desdeñaba los enredos jurídicos, solía proceder con más precipitación y
violencia que *Barbacana,* asegurando la retirada menos
hábilmente; así es que su adversario le tuvo varias veces
cogido entre puertas, y por punto no le aniquiló. *Trampeta* poseía, en desquite, gran fertilidad de ingenio, suma
audacia, expedientes impensados con que salir de los más
graves compromisos. *Barbacana* servía mejor para preparar desde su habitación una emboscada, hurtando el
cuerpo después; *Trampeta,* para ejecutarla en persona y
con fortuna. La comarca aborrecía a entrambos; pero
Barbacana inspiraba más terror por su genio sombrío. En
aquella ocasión, *Trampeta,* encargado de representar las
ideas dominantes y oficiales, se creía seguro de la impu-
nidad, aunque quemase a medio Cebre, y apalease, en-
causase y embargase al otro medio. *Barbacana,* con la superioridad de su inteligencia y aun de su instrucción,
comprendía dos cosas: primera, que se había arrimado a
pared más sólida, a gente que no desamparaba a sus amigos; segunda, que cuando se le antojase pasarse con armas y bagajes al campo opuesto, conseguiría siempre
hundir a *Trampeta.* Ya había tirado sus líneas para el caso
próximo de la elección de diputados.

Trampeta, con actividad vertiginosa, hacía la cama al

candidato del Gobierno. Muy a menudo iba a la capital de provincia a conferenciar con el gobernador. En tales ocasiones, el secretario, calculando que hombre prevenido vale por dos, ni olvidaba las pistolas ni omitía hacerse escoltar por sus seides más resueltos, pues no ignoraba que *Barbacana* tenía a sus órdenes mozos de pelo en pecho; verbigracia: el temible *Tuerto de Castrodorna*. Cada viaje era una viña para el bueno del secretario, y muy beneficioso para los suyos; poco a poco, las hechuras de *Barbacana* iban cayendo, y estancos, alguacilatos, guardianía de la cárcel, peones camineros, toda la plantilla oficial de Cebre, quedando a gusto de *Trampeta*. Sólo no pudo meterle el diente al juez, protegido en altas regiones por un pariente de la señora jueza, persona de viso. Obtuvo también que se hiciese la vista gorda en muchas cosas, que se cerrasen los ojos en otras y que respecto a algunas sobreviniese ceguera total; y con esto, y con las facultades latas de que se hallaba investido, declaró, puesta la mano en el pecho, que respondía de la elección de Cebre.

Durante este período, *Barbacana* se hacía el muerto, limitándose a apoyar débilmente, como por compromiso, al candidato propuesto por la Junta carlista orensana, y recomendado por el arcipreste de Loiro y los curas más activos, como el de Boán, el de Naya, el de Ulloa. Bien se dejaba comprender que *Barbacana* no tenía fe en el éxito. El candidato era una excelente persona de Orense, instruido, consecuentísimo tradicionalista, pero sin arraigo en el país y con fama de poca malicia política. Sus mismos correligionarios no estaban a bien con él, por conceptuarle más hombre de bufete que de acción o intriga.

Así las cosas, empezó a notarse que Primitivo, el montero mayor de los Pazos, venía a Cebre muy a menudo, y como allí se repara en todo, se observó también que, además de las acostumbradas estaciones en las tabernas, Primitivo se pasaba largas horas en casa de *Barbacana*. Éste vivía casi bloqueado en su domicilio, porque *Trampeta,* envalentonado con la embriaguez del poder, profería amenazas, asegurando que *Barbacana* recibiría su pago en una *corredoira* (camino hondo). No obstante, el abogado se arriesgó a salir en compañía de Primitivo, y viéronse ir y venir curas influyentes y caciques subalternos, muchos de los cuales fueron también a los Pazos: unos a comer, otros por la tarde. Y como no hay secreto bien guardado entre tres, y menos entre tres docenas, el país y el gobierno supieron pronto la gran noticia; el candidato de la Junta se retiraba de buen grado, y, en su lugar, *Barbacana* apoyaba, con el nombre de independiente, a don Pedro Moscoso, conocido por el marqués de Ulloa.

Desde que se enteró del complot, *Trampeta* pareció atacado del baile de San Vito. Menudeó viajes a la capital; eran de oír sus explicaciones y comentarios en el despacho del gobernador.

—Todo lo arma —decía él— ese cerdo cebado del arcipreste, unido al faccioso del cura de Boán e instigando al usurero del mayordomo de los Pazos, el cual, a su vez, mete en danza al malcriado del señorito, que está enredado con su hija. ¡Vaya un candidato —exclamó frenético—, vaya un candidato que los neos escogen! ¡Siquiera el otro era persona honrada! —Y alzaba mucho la voz al llegar a esto de la honradez.

Viendo el gobernador que el cacique perdía absolutamente la sangre fría, comprendió que el negocio andaba mal parado, y le preguntó severamente:

—¿No ha respondido usted de la elección, con cualquier candidato que se presentase?

—Sí, señor; sí, señor... —repuso, apresuradamente,

Trampeta–. Sino que considérese: ¿quién contaba con semejante cosa del otro mundo?

Atropellándose al hablar, de pura rabia y despecho, insistió en que nadie imaginaría que el marqués de Ulloa, un señorito que sólo pensaba en cazar, se echase a político, que, a pesar de la gran influencia de la casa y de ejercer su nombre bastante prestigio entre los labriegos, la aristocracia montañesa y los curas, la tentativa importaría un comino si no la hubiese tomado de su cuenta *Barbacana* y no le ayudase un poderoso cacique subalterno, que antes fluctuaba entre el partido de *Barbacana* y el de *Trampeta;* pero en esta ocasión se había decidido, y era el mismo mayordomo de los Pazos, hombre resuelto y sutil como un zorro, que disponía de numerosos votos seguros, pues muchísima gente le debía cuartos; que tenía esquilmada la casa de Ulloa, a cuyas expensas se enriquecía con disimulo, y que este solemne bribón, al arrimo del gran encausador *Barbacana,* se alzaría con el distrito si no se llevaba el asunto a rajatabla y sin contemplaciones.

Quien conozca poco o mucho el mecanismo electoral no dudará que el gobernador hizo jugar el telégrafo para que sin pérdida de tiempo, y por más influencias que se atravesasen, fuere removido el juez de Cebre y las pocas hechuras de *Barbacana* que en el distrito resaltaban ya. Deseaba el gobernador triunfar en Cebre sin apelar a recursos extraordinarios y arbitrariedades de monta, pues sabía que, si no era probable que jamás se levantasen allí partidas, en cambio la sangre humana manchaba a menudo mesas y urnas electorales; pero la nueva combinación le obligaba a no reparar en medios y conferir al insigne *Trampeta* poderes ilimitados.

Mientras el secretario se prevenía, el abogado no se

dormía en las pajas. La aceptación del señorito, al pronto le había vuelto loco de contento. No tenía don Pedro ideas políticas, aun cuando se inclinaba al absolutismo, creyendo inocentemente que con él vendría el restablecimiento de cosas que lisonjeaban su orgullo de raza, como por ejemplo, los vínculos y mayorazgos; fuera de esto, compartía el escepticismo indiferente de los labriegos, y era capaz de soñar, como el caballeresco hidalgo de Limioso, en la quijotada de entrar por la frontera del Miño a la cabeza de doscientos hombres. Mas a falta de pasión política, le impulsó a aceptar la diputación su vanidad. Él era la primer persona del país, la más importante, la de origen más ilustre: su familia, desde tiempo inmemorial, figuraba al frente de la nobleza comarcana; en esto hizo hincapié el arcipreste de Loiro para convencerle de que le correspondía la representación del distrito. Primitivo no desarrolló mucha elocuencia para apoyar la demostración del arcipreste; limitóse a decir, empleando un expresivo plural y cerrando el puño:

–Tenemos al país así.

Desde que corrió la noticia, comenzó el señorito a sentirse halagado por la especie de pleito homenaje que se presentaron a rendirle infinidad de personas: todo el señorío de los contornos, el clero casi unánime y los muchos adictos y partidarios de *Barbacana,* capitaneados por este mismo. A don Pedro se le ensanchaba el pulmón. Bien entendía que Primitivo estaba entre bastidores; pero, al fin y al cabo, el incensado era él. Mostró aquellos días gran cordialidad y humor excelente y campechano. Hizo caricias a su hija y ordenó se le pusiese un traje nuevo, con bordados, para que la viesen así las señoritas de Molende, que se proponían no contribuir con menos de cien votos al triunfo del representante de la aristocracia montañesa. Él también –porque los candidatos noveles tienen su época de cortejos, en que rondan a la diputación como se ronda a las muchachas, y se afeitan con esmero y tratan de lucir sus prendas físicas– cuidó algo más de su persona, lamentablemente desatendida desde el regreso a los Pazos; y como estaba entonces en el apogeo de su belleza, más bien masculina que varonil, las muñidoras electorales se ufanaban de enviar tan guapo mozo al Congreso. Por entonces la pasión política sacaba partido de la estatura, del color del pelo, de la edad.

Desde que empezó a hervir la olla, hubo en los Pazos mesa franca: corrían Filomena y Sabel por los salones adelante, llevando y trayendo bandejas con tostado, jerez y bizcochos; oíase el retintín de las cucharillas en las tazas de café y el choque de los vasos. Abajo, en la cocina, Primitivo obsequiaba a sus gentes con vino del Borde y tarterones de bacalao, grandes fuentes de berzas y cerdo. A menudo se juntaban ambas mesas, la de abajo y la de arriba, y se discutía, y se reía, y se contaban cuentos subidos de color, y se despellejaba a azadonazos –porque no cabe nombrar el escalpelo– a *Trampeta* y a los de su bando, removiendo, entre risotadas, cigarros e interjecciones, el inmenso detrito de trampas mayores y menores en que descansaba la fortuna del secretario de Cebre.

–De esta vez –decía el cura de Boán, viejo terne y firme que echaba fuego por los ojos y gozaba fama del mejor cazador del distrito, después de Primitivo–, de esta vez los fastidiamos, ¡*quoniam*!

Nucha no asistía a las sesiones del comité. Se presentaba únicamente cuando las visitas eran tales que lo requerían; atendía a suministrar las cosas indispensables para el perenne festín, pero huía de él. Tampoco Julián bajaba sino rara vez a las asambleas, y en ellas apenas descosía

los labios, mereciendo por esto que el cura de Ulloa se ra-
tificase en su opinión de que los capellanes atildados no
sirven para nada de provecho. No obstante, apenas averiguó el comité que Julián tenía bonita letra cursiva y ortografía asaz correcta, se echó mano de él para misivas de
compromiso. Además, le cayó otra ocupación.

Sucedió que el arcipreste de Loiro, que había conocido
y tratado mucho a la señora doña Micaela, madre de don
Pedro, quiso ver otra vez toda la casa y también la capilla,
donde algunas veces había dicho misa en vida de la di-
funta «que esté en gloria». Don Pedro se la mostró de
mala gana, y el arcipreste se escandalizó al entrar. Estaba
la capilla casi a tejavana; la lluvia corría por el retablo abajo; las vestiduras de las imágenes parecían harapos; todo
respiraba el mayor abandono, el frío y la tristeza especial
de las iglesias descuidadas. Julián ya se encontraba cansado de soltar indirectas al marqués sobre el estado lasti-
moso de la capilla, sin obtener resultado alguno; mas el
asombro y las lamentaciones del arcipreste arañaron en la
vanidad del señor de Ulloa, y consideró que sería de buen
efecto, en momentos tales, lavarle la cara, repararla un
poco. Se retejó con bastante celeridad, y con la misma un
pintor, pedido a Orense, pintó y doró el retablo y los altares laterales, de suerte que la capilla parecía otra, y don
Pedro la enseñaba con orgullo a los curas, a los señoritos,
a la caciquería barbacanesca. Sólo faltaba ya trajear decentemente a los santos y recoser ornamentos y manteli-
llos. De esta faena se encargó Nucha, bajo la dirección de
Julián. Con tal motivo, refugiados en la capilla solitaria,
no llegaba hasta ellos el barullo del club electoral. Entre el
capellán y la señorita desnudaban a San Pedro, peinaban
los rizos de la Purísima, ribeteaban el sayal de San Antonio, fregoteaban la aureola del Niño Jesús. Hasta la boe-

ta de las ánimas del Purgatorio fue cuidadosamente lavada y barnizada de nuevo, y las ánimas, en pelota, larguiruchas, acongojadas, rodeadas de llamas de almazarrón,
salieron a luz en toda su edificante fealdad. Era semejante
ocupación dulcísima para Julián; corrían las horas sin sentir en el callado recinto, que olía a pintura fresca y a espadaña, traída por Nucha para adornar los altares; mientras
armaba en un tallo de alambre una hoja de papel plateado
o pasaba un paño húmedo por el vidrio de una urna, no
necesitaba hablar; satisfacción interior y apacible le llenaba el alma. A veces, Nucha no hacía más que mandar la
maniobra, sentada en una silleta baja, con su niña en brazos –no quería apartarla de sí un instante–. Julián trabaja-
ba por dos: tenía una escala y se encaramaba a lo más alto
del retablo. No se atrevía a preguntar nada acerca de asuntos íntimos, ni a inquirir si la señorita había tenido con su
esposo conversación decisiva respecto a Sabel; pero notaba el aire abatido, las denegridas ojeras, el frecuente suspirar de la esposa, y sacaba de estos indicios la natural conse-
cuencia. Otros síntomas percibió que le acaloraron la
fantasía, dándole no poco en qué cavilar. Nucha mostraba
vehemente exaltación del cariño maternal de algún tiempo
a esta parte. Apenas se separaba de la chiquita cuando, de-
sasosegada e inquieta, salía a buscarla a ver qué le sucedía.
En una ocasión, no encontrándola donde pensaba, comenzó a exhalar gritos desgarradores, exclamando:

–¡Me la roban… me la roban!

Por fortuna, el ama se acercaba ya, trayendo a la pequeña en brazos. A veces la besaba con tal frenesí, que la
criatura rompía en llanto. Otras se quedaba embelesada,
mirándola con dulce e inefable sonrisa, y entonces Julián
recordaba siempre las imágenes de la Virgen Madre, ató-
nita de su milagrosa maternidad. Mas los instantes de

amor tranquilo eran breves, y continuos los de sobresalto
y dolorosa ternura. No consentía a Perucho acercarse por
allí. Su fisonomía se alteraba al divisar al niño; y éste,
arrastrándose por el suelo, olvidando sus travesuras dia-
bólicas, sus latrocinios, su afición al establo, se embosca-
ba a la entrada de la capilla para ver salir a la nena y hacerle mil garatusas, que ella pagaba con risas de querubín,
con júbilo desatinado, con el impulso de todo su cuerpe-
cillo proyectado hacia adelante, impaciente por lanzarse
de brazos del ama a los de Perucho.

Un día notó Julián en Nucha algo más serio aún: no ya
expresión de melancolía, sino hondo decaimiento físico y
moral. Sus ojos se hallaban encendidos y abultados,
como de haber llorado mucho tiempo seguido; su voz era
desmayada y fatigosa; sus labios estaban resecos, tosta-
dos por la calentura y el insomnio. Allí no se veía ya la espina del dolor, que lentamente va hincándose, pero sí el
puñal clavado de golpe hasta el pomo. Semejante espectáculo dio al traste con la prudencia del capellán.

–Usted está mala, señorita. A usted le pasa algo hoy.

Nucha meneó la cabeza, intentando sonreír.

–No tengo nada.

Lo doliente y debilitado del acento la desmentía.

–¡Por Dios, señorita, no me responda que no!... ¡Si lo
estoy viendo! Señorita Marcelina... ¡Válgame mi patrono
San Julián! ¡Que no he de poder yo servirle de algo, prestarle ayuda o consuelo! Soy una persona humilde, inútil;
pero con la intención, señorita, soy grande como una
montaña. ¡Quisiera, se lo digo con el corazón, que me
mandase, que me mandase!

Hacía estas protestas esgrimiendo un paño untado de
tiza contra las sacras, cuyo cerco de metal limpiaba con
denuedo, sin mirarlo.

Alzó Nucha los ojos, y en ellos lució un rayo instantáneo, un impulso de gritar, de quejarse, de pedir auxilio... Al punto se apagó la llamarada, y, encogiéndose de hombros levemente, la señorita repitió:

–No tengo nada, Julián.

En el suelo había una cesta llena de hortensias y rama verde, destinada al adorno de los floreros; Nucha empezó a colocarla con la destreza y la delicadeza graciosa que demostraba en el desempeño de todos sus domésticos quehaceres. Julián, entre embelesado y afligido, seguía con la vista el arreglo de las azules flores en los tarros de loza, el movimiento de las manos enflaquecidas al través de las hojas verdes. Notó que caía sobre ellas una gota de agua, gruesa, límpida, no procedente de la humedad del rocío que aún bañaba las hortensias. Y casi al tiempo mismo advirtió una cosa que le cuajó la sangre de horror: en las muñecas de la señora de Moscoso se percibía una señal circular, amoratada, oscura... Con lucidez repentina, el capellán retrocedió dos años, escuchó de nuevo los quejidos de una mujer maltratada a culatazos; recordó la cocina, el hombre furioso... Completamente fuera de sí dejó caer las sacras y tomó las manos de Nucha para convencerse de que, en efecto, existía la siniestra señal...

Entraban a la sazón por la puerta de la capilla muchas personas: las señoritas de Molende, el juez de Cebre, el cura de Ulloa, conducidos por don Pedro, que los traía allí con objeto de que admirasen los trabajos de restauración. Nucha se volvió precipitadamente; Julián, trastornado, contestó balbuciendo al saludo de las señoritas. Primitivo, que venía a retaguardia, clavaba en él su mirada directa y escrutadora.

Capítulo 25

Si unas elecciones durasen mucho acabarían con quien las maneja, a puro cansancio, molimiento y tensión del cuerpo y del espíritu, pues los odios enconados, la perpetua sospecha de traición, las ardientes promesas, las amenazas, las murmuraciones, las correrías y cartas incesantes, los mensajes, las intrigas, la falta de sueño, las comidas sin orden, componen una existencia vertiginosa e inaguantable. Acerca de los inconvenientes prácticos del sistema parlamentario estaban muy de acuerdo la yegua y la borrica, que con un caballo, recio y joven, nuevamente adquirido por el mayordomo para su uso privado, completaban las caballerizas de los Pazos de Ulloa. ¡Buenas cosas pensaban ellos de las elecciones allá en su mente asnal y rocinesca, mientras jadeaban exánimes de tanto trotar y husmeaban todo su pobre cuerpo bañado en sudor!

¡Pues qué diré de la mulita en que *Trampeta* solía hacer sus excursiones a la capital! Ya las costillas le agujereaban la piel, de tan flaca como se había puesto. Día y noche estaba el insigne cacique atravesado en la carretera, y a cada viaje la elección de Cebre se presentaba más dudosa, más peliaguda, y *Trampeta*, desesperado, vociferaba en el despacho del gobernador que importaba desplegar fuerza, destituir, colocar, asustar, prometer, y sobre todo, que el candidato cunero del Gobierno aflojase la bolsa, pues de otro modo el distrito se largaba, se largaba, se largaba de entre las manos.

–¿Pues no decía usted –gritó un día el gobernador con vehementes impulsos de mandar al infierno al gran secretario– que la elección no sería muy costosa; que los adversarios no podían gastar nada; que la Junta carlista de Orense no soltaba un céntimo; que la casa de los Pazos no soltaba un céntimo tampoco, porque, a pesar de sus buenas rentas, está siempre a la quinta pregunta?

–Ahí verá usted, señor –contestó *Trampeta*–. Todo eso es mucha verdad; pero hay momentos en que el hombre..., pues..., cambia sus acciones, como usted me enseña –*Trampeta* tenía esta muletilla–. El marqués de Ulloa...

–¡Qué marqués ni qué calabazas! –interrumpió con impaciencia el gobernador.

–Bueno; es una costumbre que hay de llamarle así... Y mire usted que llevo un mes de proclamar en todos lados que no hay semejante marqués, que el Gobierno le ha sacado el título para dárselo a otro más liberal, y que ese título de marqués quien se lo ha ofrecido es Carlos Siete, para cuando venga la Inquisición y el diezmo, como usted me enseña...

–Adelante, adelante –exclamó el gobernador, que aquel día debía de estar nervioso–. Decía usted que el marqués, o lo que sea..., en vista de las circunstancias...

–No reparará en un par de miles de duros más o menos, señor.

–Si no los tenía, ¿los habrá pedido?

–¡Catá! Los ha pedido a su suegro de Santiago; y como

el suegro de Santiago no tiene tampoco una peseta disponible, como usted me enseña..., héteme aquí que se los ha dado el suegro de los Pazos.

–¿Se le cuentan dos suegros a ese candidato carlista? –preguntó el gobernador, que, a su pesar, se divertía con los chismes del secretario.

–No será el primero, como usted me enseña –dijo *Trampeta*, riéndose de la chuscada–. Ya entiende por quién hablo..., ¿eh?

–¡Ah! Sí; la muchacha esa que vivía en la casa antes de que Moscoso se casase, y de la cual tiene un hijo... Ya ve usted cómo me acuerdo.

–El hijo..., el hijo será de quien Dios disponga, señor gobernador... Su madre lo sabrá, si es que lo sabe.

–Bien; eso para la elección importa un rábano... Al grano: los recursos de que Moscoso dispone...

–Pues se los ha facilitado el mayordomo, el Primitivo, el suegro de ocultis... Y usted me preguntará: ¿cómo un infeliz mayordomo tiene miles de duros? Y yo respondo: prestando a réditos del ocho por ciento al mes, y más los años de hambre, y metiendo miedo a todo el mundo para que le paguen bien y no le nieguen una miserable deuda de un duro... Y usted dirá: ¿de dónde saca ese Primitivo, o ese ladrón, el dinero para prestar? Y yo replico: del bolsillo de su mismo amo, robándole en la venta del fruto, dándolo a un precio y abonándoselo a otro, engañándole en la administración y en los arriendos, pegándosela, como usted me enseña, por activa y por pasiva... Y usted dirá...

Este modo dialogado era un recurso de la oratoria trampetil, del cual echaba mano cuando quería persuadir al auditorio. El gobernador le interrumpió:

–Con permiso de usted, lo diré yo mismo. ¿Qué cuenta

le tiene a ese galopín prestarle a su amo los miles de duros
que tan trabajosamente le ha cogido?

–¡Me caso!... –votó el secretario–. Los miles de duros,
como usted me enseña, no se prestan sin hipoteca, sin
garantías de una clase o de otra, y el Primitivo no ha nacido en el año de los tontos. Así queda seguro el capital y
el amo sujeto.

–Comprendo, comprendo –articuló con viveza el gobernador, y, queriendo dar una muestra de su penetra-
ción, añadió–: Y le conviene sacar diputado al señorito,
para disponer de más influencia en el país y poder hacer
todo cuanto le acomode...

Trampeta miró al funcionario con la mezcla de asombro y de gozosa ironía que las personas de educación inferior muestran cuando oyen a las más elevadas decir una
simpleza gorda.

–Como usted me enseña, señor gobernador –pronunció–, no hay nada de eso... Don Pedro, diputado de oposi-
ción o independiente, o conforme les dé la gana de llamarle, servirá de tanto a los suyos como la carabina de
Ambrosio... Primitivo, arrimándose a un servidor de usted o al judío, con perdón, de *Barbacana,* conseguiría lo
que quisiese, ¿eh?, sin necesidad de sacar diputado al
amo... Y Primitivo, hasta que le dio la ventolera, siempre
fue de los míos... Zorro como él no lo hay en toda la provincia... Ése ha de acabar por envolvernos a *Barbacana* y
a mí.

–Y entonces, *Barbacana,* ¿por qué se ha declarado a favor del señorito?

–Porque *Barbacana* va con los curas a donde lo lleven.
Ya sabe lo que hace... Usted, un suponer, está ahí hoy y se
larga mañana; pero los curas están siempre, y lo mismo el
señorito..., los Limiosos, los Méndez...

Y dando suelta al torrente de su rencor, el cacique añadió, apretando los puños:

–¡Me caso con Dios! Mientras no hundamos a *Barbacana*, no se hará nada en Cebre.

–¡Corriente! Pues facilítenos usted la manera de hundirle. Ganas no faltan.

Trampeta se quedó un rato pensativo, y con la cuadrada uña del pulgar, quemada del cigarro, se rascó la perilla.

–Lo que yo cavilo, es: ¿qué rayo de cuenta le tendrá al raposo de Primitivo esta diputación del amo?... Ahora se aprovecha de dos cosas: lo que le pilla como hipoteca y lo que le mama corriendo con los gastos electorales y presentándole luego, como usted me enseña, las cuentas del Gran Capitán... Pero si vencen y me hacen diputado a mi señor don Pedro, y éste vuela para Madrid, y allí pide cuartos por otro lado, que sí pedirá, y abre el ojo para ver las picardías de su mayordomo, y no se vuelve a acordar de la moza ni del chiquillo..., entonces...

Tornó a rascarse la perilla, suspenso y meditabundo, como el que persigue la solución de un problema muy intrincado. Sus agudísimas facultades intelectuales estaban todas en ejercicio. Pero no daba con el cabo de la madeja.

–Al caso –insistió el gobernador–. De lo que se trata es de que no nos derroten vergonzosamente. El candidato es primo del ministro; hemos respondido de la elección.

–Contra el candidato de la Junta de Orense.

–¿Piensa usted que allá admiten esas distinciones? Estamos a triunfar contra cualquiera. No andemos con circunloquios: ¿cree usted que vamos a salir con el rabo entre las piernas, sí o no?

Trampeta permanecía indeciso. Al cabo levantó la faz con el orgullo de un gran estratégico, seguro siempre de inventar algún ardid para burlar al enemigo.

–Mire usted –dijo–: hasta la fecha *Barbacana* no ha podido acabar con este cura, aunque me ha jugado dos o tres buenas... Pero a jugarlas no me gana él ni ninguno... Sólo que a mí no se me ocurren las mejores tretas hasta que tocan a romper el fuego... Entonces, ni el diablo discurre lo que yo discurro. Tengo aquí –y se dio una puñada en la negruzca frente– una cosa que rebulle, pero que aún no sale por más que hago... Saldrá, como usted me enseña, cuando llegue el mismísimo punto refinado de la ocasión.

Y blandiendo el brazo derecho repetidas veces de arriba abajo, como un sable, añadió en voz hueca:

–Fuera miedo. ¡Se gana!

Mientras el secretario cabildeaba con la primera autoridad civil de la provincia, *Barbacana* daba audiencia al arcipreste de Loiro, que había querido ir en persona a tomar noticias de cómo andaban los negocios en Cebre, y se arrellanaba en el despacho del abogado, sorbiendo por fusique de plata polvos de un rapé Macuba, que acaso nadie gastaba ya sino él en toda Galicia, y que le traían de contrabando, con gran misterio y cobrándole un dineral.

El arcipreste, a quien en Santiago conocían por el apodo de *Sobres de Envelopes*, a causa de una candorosa pregunta en mal hora formulada en una tienda, había sido en otro tiempo, cuando se le conocía por el abad de Anles, el mejor instrumento electoral conocido. Dijéronle una vez que iba perdida la elección que él manejaba; gritó furioso: «¿Perder el cura de Anles una elección?», y, al gritar, dio el más soberano puntapié a la urna, que era un puchero, haciéndola volar en miles de pedazos, desparramando las cédulas y logrando, con tan sencillo expediente, que su candidato triunfase. La hazaña le valió la gran cruz de Isabel la Católica. En el día, obesidad, años y sordera le impedían tomar parte activa; pero quedábanle la afición y el compás, no habiendo para él cosa tan gustosa como un electoral cotarro.

Siempre que el arcipreste venía a Cebre pasaba un ratito en el estanco y cartería, donde se charlaba de política por los codos, se leían papeles de Madrid y se enmendaba la plana a todos los gobernantes y estadistas habidos y por haber, oyéndose a menudo frases del corte siguiente: «Yo, presidente del Consejo de ministros, arreglo eso de una plumada», «Yo que Prim, no me arredro por tan poco». Y aun solía levantarse la voz de algún tonsurado exclamando: «Pónganme a mí donde está el Papa y verán cómo lo resuelvo mucho mejor en un periquete».

Al salir de casa de *Barbacana,* encontró el arcipreste en la cartería al juez y al escribano, y a la puerta a don Eugenio, desatando su yegua de una argolla y dispuesto a montar.

–Aguárdate un poco, Naya –le dijo familiarmente, dándole, según costumbre en los curas, el nombre de su parroquia–. Voy a ver los partes de los periódicos, y después nos largamos juntos.

–Yo tomo hacia los Pazos.

–Yo también. Di allá en la posada que me traigan aquí la mula.

Cumplió don Eugenio el encargo diligentemente, y a poco ambos eclesiásticos, envueltos en cumplidos montecristos, atados los sombreros por debajo de la barba con un pañuelo para que no se los llevase el viento fuerte que corría, bajaban el repecho de la carretera al sosegado paso de sus monturas. Naturalmente, hablaban de la batalla próxima, del candidato y de otras particularidades referentes a la elección. El arcipreste lo veía todo de color de rosa, y estaba tan cierto de vencer, que ya pensaba en llevar la música de Cebre a los Pazos para dar serenata al diputado electo. Don Eugenio, aunque animado, no se las prometía tan felices. El Gobierno dispone de mucha fuerza, ¡qué diantre!, y cuando ve la cosa malparada recurre a la coacción, haciendo las elecciones por medio de la Guardia Civil. Todo eso de Cortes era, según dicho del abad de Boán, una solemnísima farsa.

–Pues por esta vez –contestaba el arcipreste, manoteando y bufando para desenredarse de la esclavina del montecristo, que el viento le envolvía alrededor de la cara–, por esta vez, les hemos de hacer tragar saliva. Al menos, el distrito de Cebre enviará al Congreso una persona decente, hijo del país, jefe de una casa respetable y antigua, que nos conoce mejor que esos pillastres venidos de fuera.

–Eso es muy cierto –respondió don Eugenio, que rara vez contradecía de frente a sus interlocutores–; a mí me gusta, como al que más, que la casa de los Pazos de Ulloa represente a Cebre; y si no fuese por cosas que todos sabemos...

El arcipreste, muy grave, sorbió el fusique o cañuto. Amaba entrañablemente a don Pedro, a quien, como suele decirse, había visto nacer, y además profesaba el principio de respetar la alcurnia.

–Bien, hombre, bien –gruñó–; dejémonos de murmuraciones... Cada uno tiene sus defectos y sus pecados, y a Dios dará cuenta de ellos. No hay que meterse en vidas ajenas.

Don Eugenio, como si no entendiese, insistió, repitiendo cuanto acababa de oír en la cartería de Cebre, donde se bordaban con escandalosos comentarios las noticias dadas por *Trampeta* al gobernador de la provincia. Todo lo refería gritando bastante, a fin de que el punto de sordera del arcipreste, agravado por el viento, no le impidiese percibir lo más sustancial del discurso. El travieso y maleante clérigo gozaba lo indecible viendo al arcipreste sofocado, abotargado, con la mano en la oreja a guisa de embudo, o introduciendo rabiosamente el fusique en las narices. Cebre, según don Eugenio, hervía de indignación contra don Pedro Moscoso; los aldeanos le querían bien; pero en la villa, dominada por gentes que protegía *Trampeta*, se contaban horrores de los Pazos. De algunos días acá, justamente desde la candidatura del marqués, se había despertado en la población de Cebre un santo odio al pecado, una reprobación del concubinato y la bastardía, un sentimiento tan exquisito de rectitud y moralidad, que asombraba; siendo de advertir que este acceso de virtud se notaba únicamente en los satélites del secretario, gente en su mayoría de la cáscara amarga, nada edificante en su conducta. Al enterarse de tales cosas, el arcipreste se amorataba de furor.

–¡Fariseos, escribas! –refutaba–. ¡Y luego nos llamarán a nosotros hipócritas! ¡Miren ustedes qué recato, qué decoro y qué vergüenza les ha entrado a los incircuncisos de Cebre! –en boca del Arcipreste, «incircunciso» era tremenda injuria–, como si el que más y el que menos de ese atajo de tunantes no tuviese hechos méritos para ir a presidio..., y al palo, sí señoría; al palo!

Don Eugenio no podía contener la risa.

–Hace siete años, la friolera de siete años –tartamudeó el arcipreste, calmándose un poco, pero respirando trabajosamente a causa del mucho viento–; siete añitos que en los Pazos sucede... eso que tanto les asusta ahora..., y maldito si se han acordado de decir esta boca es mía. Pero con las elecciones... ¡Qué condenado de aire! Vamos a volar, muchacho.

–Pues aún murmuran cosas peores –gritó el de Naya.

–¿Eh? Si no se oye nada con este vendaval.

–Que aún dicen cosas más serias –voceó don Eugenio, pegando su inquieta yegüecilla a la reverenda mula del arcipreste.

–Dirán que nos van a fusilar a todos... Lo que es a mí, ya me amenazó el secretario con formarme siete causas y meterme en chirona.

–¿Qué causas ni qué...? Baje usted la cabeza... Así... Aunque estamos solos; no quiero gritar mucho...

Agarrado don Eugenio al montecristo de su compañero, le explicó desde cerca algo que las alas del nordeste se llevaron aprisa, con estridente y burlón silbido.

–¡Caramelos! –rugió el arcipreste, sin que se le ocurriese una sola palabra más.

Tardó aún cosa de dos minutos en recobrar la expedición de la lengua y en poder escupir al ventarrón, cada vez más desencadenado y furioso, una retahíla de injurias contra los infames calumniadores del partido de *Trampeta*. El granuja de don Eugenio le dejó desahogar, y luego añadió:

–Aún hay más, más.

–¿Y qué más puede haber? ¿Dicen también que el señorito don Pedro sale a robar a los caminos? ¡Canalla de incircuncisos ésos, sin más Dios ni más ley que su panza!

–Aseguran que la noticia viene por persona de la misma casa.

–¿Eeeh? Cargue el diablo con el viento...

–Que la noticia viene por persona de la misma casa de los Pazos... ¿Ya me entiende usted? –y don Eugenio guiñó el ojo.

–Ya entiendo, ya... ¡Corazones de perro, lenguas de escorpión! ¡Una señorita que es la honradez en persona, de una familia tan buena, no despreciando a nadie..., y calumniarla, y para más con un ordenado de misa! ¡Libera-luchos indecentes, de éstos de por aquí, que se venden tres al cuarto! Pero ¡cómo está el mundo, Naya, cómo está el mundo!

—Pues también añaden...

—¡Caramelos! ¿Acabarás hoy? ¡Qué tormenta se prepara, María Santísima! ¡Qué viento..., qué viento!

—Atiéndame, que esto no lo dicen ellos, sino *Barbacana*. Que esa persona de la casa, Primitivo, vamos..., nos va a hacer una perrería gorda en la elección.

—¿Eeeh? ¿Tú, *seque* chocheas? Para, mula, a ver si oigo mejor. ¿Que Primitivo...?

—No es seguro, no es seguro, no es seguro —vociferó el abad de Naya, que se divertía más que en un sainete.

—¡Por vida de lo que malgasto, que esto ya pasa de raya! Hazme el favor de no volverme loco, ¿eh?, que para eso tengo bastante con el viento maldito. ¡No quiero oír, no quiero oír más! —declaró esto en ocasión en que su montecristo se alzaba rápidamente a impulsos de una ráfaga mayor y se volvía todo hacia arriba, dejando al arcipreste como suelen pintar a Venus en la concha. Así que logró remediar el percance, hizo trotar a su mula, y no se oyó en el camino más voz que la del nordeste, que allá a lo lejos, sacudiendo castañares y robledales, entonaba majestuosa sinfonía.

Capítulo 26

Amortiguada la primera impresión, no se atrevía Julián a interrogar a Nucha sobre lo que había visto. Hasta recelaba ir al cuarto de la señorita. Algún fundamento tenía este recelo. Aunque de suyo confiado, creía notar el capellán que le espiaban. ¿Quién? Todo el mundo: Primitivo, Sabel, la vieja bruja, los criados. Como sentimos de noche, sin verla, la niebla húmeda que nos penetra y envuelve, así sentía Julián la desconfianza, la malevolencia, la sospecha, la odiosidad, que iba espesándose en torno suyo. Era cosa indefinible, pero patente. En dos o tres funciones a que asistió, figurósele que los curas le hablaban con acento hostil, que el arcipreste le examinaba frunciendo el entrecejo, y que únicamente don Eugenio le manifestaba la acostumbrada cordialidad. Pero acaso fuesen éstas vanas cavilaciones, y quizá también el imaginarse que, a la mesa, don Pedro seguía continuamente la dirección de sus ojos y acechaba sus movimientos. Esto le fatigaba, tanto más cuanto que un irresistible anhelo le obligaba a mirar a Nucha a menudo, reparando a hurtadillas si estaba más delgada, si comía con buen apetito, si notaba algo nuevo en sus muñecas.

La señal, oscura el primer día, fue verdeando y desapareciendo.

La necesidad de ver a la niña acabó por poder más que las cavilaciones de Julián.

Arreglada ya la capilla, sólo podía verla en la habitación de su madre, y allí fue, no bastándole el beso robado en el pasillo, cuando el ama lo cruzaba con la nena en brazos. Iba la criatura saliendo de esa edad en que los niños parecen un lío de trapos, y sin perder la gracia y atractivo del ser indefenso y débil, tenía el encanto de la personalidad, de la soltura, cada vez mayor, de sus movimientos y conciencia de sus actos. Ya adoptaba posturas de ángel de Murillo; ya cogía un objeto y acertaba a llevarlo a la cálida boca, en la impaciencia de la dentición retrasada; ya ejecutaba con indecible monería ese movimiento, cautivador entre todos los de los niños pequeños, de tender no sólo los brazos, sino el cuerpo entero, con abandono absoluto, hacia la persona que les es simpática; actitud que las nodrizas llaman «irse con la gente». Hacía tiempo que la pequeña redoblaba la risa, y su carcajada, melodiosa, repentina y breve, era sólo comparable al gorjeo de pájaro. Ningún sonido articulado salía aún de su boca; pero sabía expresar divinamente, con las onomatopeyas, que según ciertos filólogos fueron base del lenguaje primitivo, todos sus afectos y antojos; en su cráneo, que empezaba a solidificarse, por más que en el centro latiese aún la abierta mollera, se espesaba el pelo, de día en día más oscuro, suave aún como piel de topo; sus piececitos se desencorvaban, y los dedos, antes retorcidos, el pulgar vuelto hacia arriba, los otros botoncillos de rosa hacia abajo, se habituaban a la estación horizontal que exige el andar humano. Cada uno de estos grandes progresos en el camino de la vida era sospecha y placer inefable para Julián, confirmando su dedicación paternal al ser que le dispensaba el favor insigne de tirarle de la cadena del reloj, manosearle los botones del chaleco, ponerle como nuevo de baba y leche. ¡Qué no haría él por servir de algo a la nenita idolatrada! A veces, el cariño le inspiraba ideas feroces, como agarrar un palo y moler las costillas a Primitivo; coger un látigo y dar el mismo trato a Sabel. Pero, ¡ay! Nadie puede usurpar el puesto del amo de la casa, del jefe de la familia; y el jefe... Al capellán le pesaba en el alma la fundación de aquel hogar cristiano. Recta había sido la intención y amargo el fruto. ¡Sangre del corazón daría él por ver a Nucha en un convento!

¿Qué arbitrio adoptar ya? Julián presentía los inmensos inconvenientes de su intervención directa. Seguro de la teoría, firme en el terreno del derecho, capaz de resistir pasivamente hasta morir, faltábale la vigorosa palanca de los actos humanos: la iniciativa. En aquella casa es indudable que andaban muchas cosas desquiciadas, otras torcidas y fuera de camino; el capellán asistía al drama, temía un desenlace trágico, sobre todo desde la famosa señal en las muñecas, que no le salía de la acalorada imaginación; mostrábase taciturno; su color sonrosado se trocaba en amarillez de cera; rezaba más aún que de costumbre; ayunaba; decía misa con el alma elevada, como la diría en tiempos de martirio; deseaba ofrecer la existencia por el bienestar de la señorita; pero, a no ser en uno de esos momentos de arrechucho puramente nervioso, no podía, no acertaba a dar un paso, a adoptar una medida –aunque ésta fuese tan fácil y hacedera como escribir cuatro renglones a don Manuel Pardo de la Lage, informándole de lo que ocurría a su hija–. Siempre encontraba pretextos para aplazar toda acción, tan socorridos como éste, verbigracia: «Dejemos que pasen las elecciones».

Las elecciones le infundían esperanzas de que si el señorito, elegido diputado, salía de la huronera, de entre la
gente inicua que le prendía en sus redes, era posible que
Dios le tocase en el corazón y mudase de conducta.

Una cosa preocupaba mucho al buen capellán: ¿el señorito se iría solo a Madrid, o llevaría a su mujer y la pequeña? Julián ponía a Dios por testigo de que deseaba
esto último, si bien, al pensar que podía suceder, le entraba una hipocondría mortal. La idea de no ver más a
«nené» durante meses o años, de no tenerla en las rodillas
montada a caballito, de quedarse allí, frente a frente con
Sabel, como en oscuro pozo habitado por una sabandija,
le era intolerable. Duro le parecía que se marchase la señorita, pero lo de la niña..., lo de la niña...

«Si me dejasen –pensaba–, la cuidaría yo perfectamente.»

Acercábase la batalla decisiva. Los Pazos eran un jubi-
leo, un ir y venir de adictos y correveidiles, un entrar y salir de mensajes, de órdenes y contraórdenes, que le daban
semejanza con un cuartel general. Siempre había en las
cuadras caballos o mulas forasteras, masticando abundante pienso, y en los anchos salones se oía crujir ince-
sante de botas altas, pisadas de fuertes zapatos, cuando
no pateo de zuecos. Julián se tropezaba con curas sofoca-
dos, respirando bélico ardor, que le hablaban de los trabajos, pasmándose de ver que no tomaba parte en nada...
¡En tan solemne y crítica ocasión, el capellán de los Pazos
no tenía derecho a dormir ni a comer!

Seguía reparando que algunos abades se mostraban
con él así como airados o resentidos, en especial el arcipreste, el más encariñado con la casa de Ulloa; pues
mientras el cura de Boán, y aun el de Naya, atendían sobre todo al triunfo político, el arcipreste miraba princi-

palmente al esplendor del hidalgo solar, al buen nombre de los Moscosos.

Todo anunciaba que el señor de los Pazos se llevaría el gato al agua, a pesar del enorme aparato de fuerza desplegado por el Gobierno. Se contaban los votos, se hacía un censo, se sabía que la superioridad numérica era tal, que las mayores diabluras de *Trampeta* no la echarían abajo. No disponía el Gobierno en el distrito sino de lo que, pomposamente hablando, puede llamarse el elemento oficial. Si es verdad que éste influye mucho en Galicia, merced al carácter sumiso de los labriegos, allí, en Cebre, no podía contrapesar la acción de curas y señoritos reunidos en torno del formidable cacique *Barbacana*. El arcipreste resoplaba de gozo. ¡Cosa rara! *Barbacana* mismo era el único que no se las contaba felices. Preocupado y de peor humor a cada instante, torcía el gesto cuando algún cura entraba en su despacho, frotándose las manos de gusto, a noticiarle adhesiones, caza de votos.

¡Qué elecciones aquéllas, Dios eterno! ¡Qué lid reñidísima, qué disputar el terreno pulgada a pulgada, empleando todo género de zancadillas y ardides! *Trampeta* parecía haberse convertido en media docena de hombres para trampetear a la vez en media docena de sitios. Trueques de papeletas, retrasos y adelantos de hora, falsificaciones, amenazas, palos, no fueron arbitrios peculiares de esta elección, por haberse ensayado en otras muchas; pero uniéronse a las estratagemas usuales algunos rasgos de ingenio sutil, enteramente inéditos. En un colegio, las capas de los electores del marqués se rociaron de aguarrás y se les prendió fuego disimuladamente por medio de un fósforo, con que los infelices salieron dando alaridos y no aparecieron más. En otro se colocó la mesa electoral en un descanso de la escalera; los votantes no podían subir sino de uno en uno, y doce paniaguados de *Trampeta*, haciendo fila, tuvieron interceptado el sitio durante toda la mañana, moliendo muy a su sabor a puñadas y coces a quien intentaba el asalto. Picardía discreta y mañosa fue la practicada en Cebre mismo.

Acudían allí los curas, acompañando y animando al rebaño de electores, a fin de que no se dejasen dominar por el pánico en el momento de depositar el voto. Para evitar que se la jugasen, don Eugenio, valiéndose del derecho de intervención, sentó en la mesa a un labriego de los más adictos suyos, con orden terminante de no separar la vista un minuto de la urna. «¿Tú entendiste, Roque? No me apartes los ojos de ella, así se hunda el mundo.» Instalóse el payo, apoyando los codos en la mesa y las manos en los carrillos, contemplando de hito en hito la misteriosa olla, tan fijamente como si intentase alguna experiencia de hipnotismo. Apenas alentaba, ni se movía más que si fuese hecho de piedra. *Trampeta* en persona, que daba sus vueltas por allí, llegó a impacientarse viendo al inmóvil testigo, pues ya otra olla rellena de papeletas, cubiertas a gusto del alcalde y del secretario de la mesa, se escondía debajo de ésta, guardando ocasión propicia de sustituir la verdadera urna. Destacó, pues, un seide encargado de seducir al vigilante, convidándole a comer, a echar un trago, recurriendo a todo género de insinuaciones halagüeñas. Tiempo perdido; el centinela ni siquiera miraba de reojo para ver a su interlocutor; su cabeza, redonda, peluda; sus salientes mandíbulas; sus ojos, que no pestañeaban, parecían imagen de la misma obstinación. «Y era preciso sacarle de allí, porque se acercaba la hora sacramental, las cuatro, y había que ejecutar el escamoteo de la olla.» *Trampeta* se agitó, hizo a sus *afláteres* preguntas referentes a la biografía del vigilante, y averiguó que tenía un pleito de tercería en la Audiencia, por lo cual le habían embargado los bueyes y los frutos. Acercóse a la mesa disimuladamente, púsole una mano en el hombro, y gritó: «¡Fulano..., ganaste el pleito!» Saltó el labriego, electrizado: «¡Qué me dices, hombre!» «Se falló en la Audiencia ayer.» «Tú loqueas.» «Lo que oyes.» En este intervalo el secretario de la mesa verificaba el trueque de pucheros, ni visto ni oído. El alcalde se levantó con solemnidad: «¡Señores..., se va a proceder al *discutinio!*». Entra la gente en tropel: comienza la lectura de papeletas; míranse los curas atónitos, al ver que el nombre de su candidato no aparece «¿Tú te moviste de ahí?», pregunta el abad de Naya al centinela. «No, señor», responde éste, con tal acento de sinceridad, que ninguna sospecha cabe. «Aquí alguien nos vende», articula el abad de Ulloa en voz bronca, mirando desconfiadamente a don Eugenio. *Trampeta,* con las manos en los bolsillos, ríe a socapa.

Tales amaños mermaron de un modo notable la votación del marqués de Ulloa, dejando cincunscrita la lucha, en el último momento, a disputarse un corto número de votos, del cual dependía la victoria. Y llegado el instante crítico, cuando los ulloístas se juzgaban ya dueños del campo, inclinaron la balanza del lado del Gobierno defecciones completamente impensadas, por no decir abominables traiciones, de personas con quienes se contaba en absoluto, habiendo respondido de ellas la misma casa de los Pazos por boca de su mayordomo. Golpe tan repentino y alevoso no pudo prevenirse ni evitarse. Primitivo, desmintiendo su acostumbrada impasibilidad, manifestó una cólera furiosa, desatándose en amenazas absurdas contra los tránsfugas.

Quien se mostró estoico fue *Barbacana.* La tarde que se supo la pérdida definitiva de la elección, el abogado estaba en su despacho, rodeado de tres o cuatro personas. Ahogándose como ballena encallada en una playa y a quien el mar dejó en seco, entró el arcipreste, morado de despecho y furor. Desplomóse en un sillón de cuero; echó ambas manos a la garganta; arrancó el alzacuello, los botones de camisa y almilla, y trémulo, con los espejucos torcidos y el fusique oprimido en el crispado puño izquierdo, se enjugó el sudor con un pañuelo de hierbas. La serenidad del cacique le sacó de tino.

–¡Me pasmo, caramelos! ¡Me pasmo de verle con esa flema! ¿O no sabe lo que pasa?

–Yo no me apuro por cosas que están previstas. En materia de elecciones, no se me coge a mí de susto.

–¿Usted se esperaba lo que ocurre?

–Como si lo viera. Aquí está el abad de Naya, que puede responder de que se lo profeticé. No atestiguo con muertos.

–Verdad es –corroboró don Eugenio, harto compungido.

–Y entonces, santo Dios, ¿a qué tenernos embromados?

–No le íbamos a dejar el distrito por suyo, sin disputárselo siquiera. ¿Les gustaría a ustedes? Legalmente, el triunfo es nuestro.

–Legalmente... ¡Toma, caramelos! ¡Legalmente, sí; pero vénganos con legalidades! ¡Y esos Judas condenados, que nos faltaron cuando precisamente pendía de ellos la cosa! ¡El herrero de Gondás, los Ponlles, el albéitar!...

–Ésos no son Judas, no sea inocente, señor arcipreste; ésa es gente mandada, que acata una consigna. El Judas es otro.

–¿Eeeh? Ya entiendo, ya... ¡Hombre, si es cierta esa maldad, que no puedo convencerme, que se me atraganta, aún sería poco para el traidor el castigo de Judas! Pero usted, santo, ¿por qué no le atajó? ¿Por qué no avisó? ¿Por qué no le arrancó la careta a ese pillo? Si el señor marqués de Ulloa supiese que tenía en casa al traidor, con atarlo al pie de la cama y cruzarlo a latigazos... ¡Su propio mayordomo! No sé cómo pudo usted estarse así, con esa flema.

–Se dice luego; pero mire usted: cuando la elección estriba en una persona y no cabe cerciorarse de si está de buena o mala fe, de poco sirve revelar sospechas... Hay que aguardar el golpe atado de pies y manos...; son cosas que se ven a la prueba, y si salen mal, se debe callar y... guardarlas...

Al pronunciar la palabra «guardarlas», el cacique se daba una puñada en el pecho, cuya concavidad retumbó sordamente, lo mismo que debía de retumbar la de San Jerónimo cuando el santo la hería con el famoso pedrusco.

Y algo se asemejaba *Barbacana* al tipo de los San Jerónimos de escuela española, amojamados y huesudos, caracterizados por la luenga y enmarañada barba y el sombrío fuego de las pupilas negras.

–De aquí no salen –añadió con torvo acento–, y aquí no pierden el tiempo, que todavía nadie se la hizo a *Barbacana* sin que algún día se la pagase. Y respecto del Judas, ¿cómo quería usted que lo pudiésemos desenmascarar, si ahora, lo mismo que en tiempo de la Pasión de nuestro Señor Jesucristo, tenía la bolsa en la mano? A ver, señor arcipreste: ¿quién nos ha facilitado las municiones para esta batalla?

–¿Que quién las ha facilitado? En realidad de verdad, la casa de Ulloa.

–¿Las tenía disponibles? ¿Sí o no? Ahí está el toque. Como esas casas no son más que vanidad y vanidad, por no confesar que le faltaban los cuartos y no pedirlos a una persona de conocida honradez..., pongo por ejemplo, un servidor..., va y los recibe de un pillastre, de una sanguijuela que le está chupando cuanto posee.

–Buenas cosas van a decir de nosotros los badulaques de la Junta de Orense. Que somos unos estafermos y que no servimos para nada. ¡Perder una elección! Es la primera vez de mi vida.

–No. Que escogimos un candidato muy simple. Hablando en plata, eso es lo que dirá la Junta de Orense.

–Poco a poco –exclamó el arcipreste dispuesto a romper lanzas por su caro señorito–. No estamos conformes...

Aquí llegaban de su plática, y el auditorio, que se componía, además del abad de Naya, del de Boán y del señorito de Limioso, guardaba el silencio de la humillación y la derrota. De repente, un espantoso estruendo, formado por los más discordantes y fieros ruidos que pueden desgarrar el tímpano humano, asordó la estancia. Sartenes rascadas con tenedores y cucharas de hierro; tiestos de cocina tocados como címbalos; cacerolas, dentro de las cuales se agitaba en vertiginoso remolino un molinillo de batir chocolate; peroles de cobre, en que tañían broncas campanadas; fuertes manos de almirez; latas atadas a un cordel y arrastradas por el suelo; trébedes repicados con varillas de hierro, y, por cima de todo, la lúgubre y ronca voz del cuerno, y la horrenda vociferación de muchas gargantas humanas, con esa cavernosidad que comunica a la laringe el exceso de vino en el estómago. Realmente, acababan los bienaventurados músicos de agotar una redonda corambre, que en la Casa Consistorial les había brindado la munificencia del secretario. Por entonces aún ignoraban los electores campesinos ciertos refinamientos, y no sabían pedir del «vino que hierve y hace espuma», como algunos años después, contentándose con buen tinto empecinado del Borde. Al través de las vidrieras de *Barbacana* penetraba, junto con el sonido de los hórridos instrumentos y descompasada gritería, vaho vinoso, el olor tabernario de aquella patulea, ebria de algo más que del triunfo. El arcipreste se enderezaba los espejuelos; su rostro congestionado revelaba inquietud. El cura de Boán fruncía el cano entrecejo. El señorito de Limioso, resuelto y tranquilo, se aproximó a la ventana, alzó un visillo y miró.

La cencerrada proseguía, implacable, frenética, azotando y arañando el aire como una multitud de gatos en celo el tejado donde pelean; súbitamente, de entre el alboroto grotesco se desató un clamor que en España siempre tiene mucho de trágico: un «muera».

–¡Muera *el Terso!*

Un enjambre de «mueras» y «vivas» salió tras el primero.

–¡Mueran los curas!
–¡Muera la tiranía!
–¡Viva Cebre y nuestro diputado!
–¡Viva la soberanía nacional!
–¡Muera el marqués de Ulloa!

Más enérgico, más intencionado, más claro que los restantes, brotó este grito:

–¡Muera el ladrón faucioso *Barbacana!*

Y el vocerío, unánime, repitió:

–¡Mueraaa!

Instantáneamente apareció junto a la mesa del abogado un hombre de siniestra catadura, hasta entonces oculto en un rincón. No vestía como los labriegos, sino como persona de baja condición en la ciudad: chaqueta de paño

negro, faja roja y hongo gris; patillas cortas, de boca de
hacha, redoblaban la dureza de su fisonomía, abultada
de pómulos y ancha de sienes. Uno de sus hundidos ojuelos
verdes relucía felinamente; el otro, inmóvil y cubierto con
gruesa nube blanca, asemejaba hecho de cristal cuajado.

Abriendo *Barbacana* el cajón de su pupitre, sacaba de
él dos enormes pistolas de arzón, prehistóricas sin duda,
y las reconocía para cerciorarse de que estaban cargadas.
Mirando al aparecido fijamente, pareció ofrecérselas con
leve enarcamiento de cejas. Por otra respuesta, el *Tuerto
de Castrodorna* hizo asomar al borde de su faja el extremo
de una navaja de cachas amarillas, que volvió a ocultar al
punto. El arcipreste, que había perdido los bríos con la
obesidad y los años, sobresaltóse mucho.

–Déjese de calaveradas, mi amigo. Por si acaso, me parece oportuno salir por la puerta de atrás. ¿Eh? No es cosa
de aguardar a que esos incircuncisos vengan aquí a darle
a uno tósigo.

Mas ya el cura de Boán y el señorito de Limioso, uni-
dos al *Tuerto,* formaban un grupo lleno de decisión. El señorito de Limioso, no desmintiendo su vieja sangre hi-
dalga, aguardaba sosegadamente, sin fanfarronería
alguna, pero con impávido corazón; el abad de Boán, nacido con más vocación de guerrillero que de misacantano, apretaba con júbilo la pistola, olfateaba el peligro, y, a
ser caballo, hubiera relinchado de gozo; el *Tuerto,* encogi-
do y crispado como un tigre, se situaba detrás de la puerta, a fin de destripar a mansalva al primero que entrase.

–No tenga miedo, señor arcipreste... –murmuró gravemente *Barbacana*–. Perro que ladra, no muerde. Ni a
romperme un vidrio se atreverán esos bocalanes. Pero
conviene estar dispuesto, por si acaso, a enseñarles los
dientes.

Resonaban nutridos y feroces los «mueras»; mas, en efecto, ni una piedra sola venía a herir los cristales. El señorito de Limioso se acercó otra vez, levantó el visillo y llamó a don Eugenio.

–Mire, Naya; mire por aquí... Buena gana tienen de subir ni de tirar piedras... Están bailando.

Don Eugenio se llegó a la vidriera y soltó la carcajada. Entre la patulea de beodos, dos seides de *Trampeta,* carcelero el uno, el otro alguacil, trataban de calentar a algunos de los que chillaban más fuerte para que atacasen la morada del abogado; señalaban a la puerta, indicaban, con ademanes elocuentes, lo fácil que sería echarla abajo y entrar. Pero los borrachos, que no por estarlo perdían la cautelosa prudencia, el saludable temor que inspira el cacique al labriego, se hacían los desentendidos, limitándose a berrear, a herir cazos y sartenes con mayor furia. Y en el centro del corro, al compás de los almireces y cacerolas, brincaban como locos los más tomados de la bebida, los verdaderos pellejos.

–Señores –dijo en grave y enronquecida voz Ramón Limioso–: Es siquiera una mala vergüenza que esos pillos nos tengan aquí sitiados... Me dan ganas de salir y pegarles una corrida, que no paren hasta el Ayuntamiento.

–Hombre –gruñó el abad de Boán–, usted poco habla, pero bueno. Vamos a meterles miedo, *quoniam!* Estornudando solamente, espanto yo media docena de esos pellejones.

No pronunció el *Tuerto* palabra; únicamente su ojo verdoso se encendió con fosfórica luz, y miró a *Barbacana,* como pidiéndole permiso de tomar parte en la empresa. *Barbacana* hizo con la cabeza señal afirmativa, pero le indicó al mismo tiempo que guardase la navaja.

–Tiene razón –exclamó el hidalgo de Limioso, enderezando la cabeza y dilatando las ventanillas de la nariz con altanera expresión, muy desusada en su lánguida y triste faz–. A esa gente, a palos y latigazos se les sacude el polvo. No ensuciar un arma que uno usa para el monte, para las perdices y las liebres, que valen más que ellos, fuera el alma.

Y al decir «fuera el alma», persignóse el señorito.

–Tengan miramiento, hombres, tengan miramiento –murmuraba el arcipreste difícilmente, extendiendo las manos como para calmar los ánimos irritados.

¡Cuán lejos estaban los tiempos belicosos en que aseguraba una elección a puntapiés!

Barbacana no se opuso a la hazaña; al contrario, pasó a otra estancia y volvió con un haz de junquillos, palos y bastones. El cura de Boán no quiso más garrote que el suyo, que era formidable; Ramón Limioso, fiel a su desdén de la grey villana, asió el latigo más delgado, un latiguillo de montar. El *Tuerto* empuñó una especie de tralla, que, manejada por diestra vigorosa, surtiría terrible efecto.

Bajaron cautelosamente la escalera, cuidando de no zapatear, previsión que el endiablado estrépito de la cencerrada hacía de todo punto ociosa. Tenía la puerta su tranca y los cerrojos corridos, medida de precaución adoptada por la cocinera del abogado así que oyó estruendo de motín. El abad de Boán los descorrió impetuosamente, el *Tuerto* sacó la tranca, giró la llave en la cerradura, y clérigos y seglares se lanzaron contra la canalla, sin avisar ni dar voces, con los dientes apretados, chispeantes los ojos, blandiendo látigos y esgrimiendo garrotes.

No habrían transcurrido cinco minutos cuando *Barbacana*, que por detrás de los visillos registraba el teatro del combate, sonrió silenciosamente, o más bien regañó los labios, descubriendo la amarilla dentadura, y apretó con nerviosa violencia la barandilla de la ventana. En todas direcciones huían los despavoridos borrachos, chillando como si los cargase un regimiento de Caballería al galope: algunos tropezaban y caían de bruces, y la tralla del *Tuerto* se les enroscaba alrededor de los lomos, arrancándoles alaridos de dolor. Fustigaba el hidalgo de Limioso con menos crueldad, pero con soberano desprecio, como fustigaría a una piara de marranos. El cura de Boán sacudía estacazo limpio, con regularidad y energía infatigables. El de Naya, incapaz de mantenerse dentro de los límites de su papel justiciero, insultaba, reía y vapuleaba a un mismo tiempo a los beodos.

–¡Anda, tinaja, cuba, mosquito! ¡Toma, toma, para que vuelvas otra vez, pellejo, odre! ¡Ve a dormir la mona, cuero! ¡A la taberna con tus huesos, *larpán,* tonel de mosto! ¡A la cárcel, borrachos, a vomitar lo que tenéis en esas tripas!

Limpia estaba la calle; más limpia ya que una patena; silencio profundo había sustituido al vocerío, a los «mueras» y a la cencerrada feroz. Por el suelo quedaban esparcidos despojos de la batalla: cazos, almireces, cuernos de buey. En la escalera se oía el bullicio de los vencedores, que subían celebrando su fácil triunfo. Delante de todos entró don Eugenio, que se echó en una butaca, partiéndose a carcajadas y palmoteando. El cura de Boán le seguía, limpiándose el sudor. Ramón Limioso, serio y aún melancólico, se limitó a entregar a *Barbacana* el latiguillo, sin despegar los labios.

–¡Van... buenos! –tartamudeó el abad de Naya, reventando de risa.

–Yo mallé en ellos... como quien malla en centeno –exclamó, respirando con placer, el de Boán.

–Pues yo –explicó el hidalgo–, si supiese que habían de ser tan cobardes y echar a correr, sin volvérsenos siquiera, a fe que no me tomo el trabajo de salir.

–No se fíen –observó el arcipreste–. Ahora en el Ayuntamiento, los avergüenza *Trampeta*, y capaz es de venir acá en persona, con los incircuncisos, a darle un susto al señor Licenciado –así llaman a *Barbacana* familiarmente sus amigos–. Por si acaso, es prudente que estos señores pasen aquí la noche. Yo tengo que misar mañana en Loiro, y mi hermana estará muerta de miedo..., que si no...

–Nada de eso –replicó perentoriamente *Barbacana*–. Estos señores se vuelven cada uno a su casa. No hay cuidado ninguno. A mí... me basta con este mozo –añadió señalando al *Tuerto*, agazapado otra vez en su rincón.

No fue posible reducir al cacique a que aceptase la guardia de honor que le ofrecían. Por otra parte, no se notaba síntoma alguno de que hubiese de alterarse el orden nuevamente. Ni se oían a lo lejos vociferaciones de electores victoriosos. El soñoliento silencio de los pueblecillos pequeños y sin vida pesaba sobre la villa de Cebre. Tres héroes de la gran batida, y el arcipreste con ellos, salieron a caballo hacia la montaña. No iban cabizbajos, a fuer de muñidores electorales derrotados, sino llenos de regocijo, con gran cháchara y broma, celebrando, a más y mejor, la somanta administrada a los borrachines cencerreadores. Don Eugenio estaba inspirado, oportuno, bullanguero, ocurrentísimo; en una palabra, había que oírle remedar los aullidos y la caída de los ebrios en el lodo de la calle, y el gesto que ponía el cura de Boán al majar en ellos.

Barbacana se quedó solo con el *Tuerto*. Si alguno de los molidos músicos de la cencerrada se atreviese a asomar la cabeza y mirar hacia las ventanas del cacique, vería que, por fanfarronada o por descuido, no estaban cerradas las maderas, y podrían distinguir, al través de los visillos y destacándose sobre el fondo de la habitación, alumbrada por el quinqué, las cabezas del abogado y de su feroz defensor y seide. Sin duda, hablaban de algo importante, porque la plática fue larga. Una hora o algo más corrió desde que encendieron la luz hasta que las maderas se cerraron, quedando la casa silenciosa, torva y sombría, como quien oculta algo negro y secreto.

Capítulo 27

La persona en quien se notó mayor sentimiento por la pérdida de las elecciones fue Nucha. Desde la derrota se desmejoró más de lo que estaba y creció su abatimiento físico y moral. Apenas salía de su habitación, donde vivía esclava de su niña, cosida a ella día y noche. En la mesa, mientras comía, poco y sin gana, guardaba silencio, y a veces Julián, que no apartaba los ojos de la señorita, le veía mover los labios, cosa frecuente en las personas poseídas de una idea fija, que hablan para sí, sin emitir la voz. Don Pedro, huraño como nunca, no se tomaba el trabajo de intentar un asomo de conversación. Mascaba firme, bebía seco y tenía los ojos fijos en el plato, cuando no en las vigas del techo; jamás en sus comensales.

Tan deshecha y acabada le parecía al capellán la señorita, que un día se atrevió, venciendo recelos inexplicables, a llamar aparte a don Pedro, preguntándole, en voz entrecortada, si no sería bueno avisar al señor Juncal para que viese...

–¿Está usted loco? –respondió don Pedro. Fulminándole una mirada despreciativa–. Llamar a Juncal..., ¿después de lo que trabajó contra mí en las elecciones? Máximo Juncal no atravesará más las puertas de esta casa.

No replicó el capellán; pero pocos días después, volviendo de Naya, se tropezó con el médico. Éste detuvo su caballejo, y, sin apearse, contestó a las preguntas de Julián.

–Puede ser grave... Quedó muy débil del parto, y necesitaba cuidados exquisitos... Las mujeres nerviosas sanan del cuerpo cuando se las tranquiliza y se les distrae el espíritu... Mire, Julián: tendríamos que hablar para seis horas si yo le dijese todo lo que pienso de esa infeliz señorita y de esos Pazos... Punto en boca... Bonito diputado quería usted enviar a las Cortes. Más valdría que sus padres le hubiesen mandado a la escuela.

«Puede ser grave...» Esto, principalmente, se clavó en el pensamiento de Julián. Sí que podía ser grave; y ...¿de qué medios disponía él para conjurar la enfermedad y la muerte? De ninguno. Envidió a los médicos. Él sólo tenía facultades para curar el espíritu; ni aun ésas le servían, pues Nucha no se confesaba con él; y hasta la idea de que se confesase, de ver desnuda un alma tan hermosa, le confundía y le turbaba.

Muchas veces había pensado en semejante probabilidad: cualquier día era fácil que Nucha, por necesidad de desahogo y de consuelo, viniera a echársele a los pies en el tribunal de la penitencia, solicitando consejos, fuerza, resignación. «¿Y quién soy yo –se decía Julián– para guiar a una persona como la señorita Marcelina? Ni tengo edad, ni experiencia, ni sabiduría suficiente; y lo peor es que también me falta virtud, porque yo debía aceptar gustoso todos los padecimientos de la señorita, creer que Dios se los envía para probarla, para acrecentar sus méritos, para darle mayor cantidad de gloria en el otro mundo...; y soy tan malo, tan carnal, tan ciego, tan inepto, que me paso la vida dudando de la bondad divina, porque veo a esta pobre señora entre adversidades y tribulaciones pasajeras... Pues no ha de ser así –resolvía el capellán con esfuerzo–. He de abrir los ojos, para eso tengo la luz de la fe, negada a los incrédulos, a los impíos, a los que están en pecado mortal. Si la señorita me viene a pedir que le ayude a llevar la cruz, enseñémosla a que la abrace amorosamente. Es necesario que comprenda ella, y yo también, lo que significa esa cruz. Con ella se va a la felicidad única y verdadera. Por muy dichosa que fuese la señorita aquí, en el mundo, vamos a ver: ¿cuánto tiempo y de qué manera podría serlo? Aunque su marido la... estimase como merece, y la pusiese sobre las niñas de sus ojos, ¿se libraría por eso de contrariedades, enfermedades, vejez y muerte? Y cuando llega la hora de la muerte, ¿qué importa ni de qué sirve haber pasado un poco más alegre y tranquila esta vidilla, perecedera y despreciable?»

Tenía Julián siempre a mano un ejemplar de la *Imitación de Cristo;* era la modesta edición de la Librería Religiosa, y castiza y admirable traducción del padre Nieremberg. Al frente de la portada había un grabado, bien ínfimo como obra de arte, que proporcionaba al capellán mucho alivio cada vez que fijaba sus ojos en él. Representaba una colina: el Calvario; y por el estrecho sendero que conducía al lugar del suplicio iba subiendo lentamente Jesús, con la cruz a cuestas y el rostro vuelto hacia un fraile que allá, en lontananza, se echaba otra cruz al hombro. Aunque malo el dibujo y peor el desempeño, respiraba aquel grabado una especie de resignación melancólica, adecuada a la situación moral del presbítero. Y después de haberlo contemplado despacio, parecíale sentir en los hombros una pesadumbre, abrumadora y dulcísima a la vez, y una calma honda, como si se encontrase –calculaba él para sí– sepultado en el fondo del mar y el agua le rodease por todas partes, sin ahogarle. Entonces leía párrafos del libro de oro, que se le entraban en el alma a manera de hierro enrojecido en la carne:

«¿Por qué temes, pues, tomar la cruz, por la cual se va al reino? En la cruz está la salud, en la cruz está la vida, en la cruz está la defensa de los enemigos, en la cruz está la infusión de la suavidad soberana, en la cruz está el gozo del espíritu, en la cruz está la perfección de la santidad... Toma, pues, tu cruz y sigue a Jesús... Mira que todo consiste en la cruz, y todo está en morir; y no hay otro camino para la vida y para la verdadera paz que el de la santa cruz y continua mortificación... Dispón y ordena todas las cosas según tu querer, y no hallarás sino que has de padecer algo, o de grado o por fuerza; y así siempre hallarás la cruz, porque o sentirás dolor en el cuerpo o padecerás tribulación en el espíritu... Cuando llegares al punto de que la aflicción te sea dulce y gustosa, por amor de Cristo, piensa entonces que te va bien, porque hallaste el paraíso en la Tierra...»

–¡Cuándo llegaré yo a este estado de bienaventuranza, Señor! –murmuraba Julián, poniendo una señal en el libro. Había oído algunas veces que Dios concede lo que se le pide mentalmente en el acto de consagrar la hostia, y con muchas veras le pedía llegar al punto de que su cruz, no la de la pobre señorita, le fuese dulce y gustosa, como decía Kempis.

A la misa, en la capilla remozada, asistía siempre Nucha, oyéndola toda de rodillas, y retirándose cuando Julián daba gracias. Sin volverse ni distraerse en la oración, Julián conocía el instante en que se levantaba la señorita

y el ruido imperceptible de sus pisadas sobre el entarima-
do nuevo. Cierta mañana lo oyó. Este hecho tan sencillo
le privó de rezar con sosiego. Al alzarse vio a Nucha también en pie, con el índice sobre los labios. Perucho, que
ayudaba a misa con desembarazo notable, se dedicaba a
apagar los cirios valiéndose de una luenga caña. La mirada de la señorita decía elocuentemente: «Que se vaya ese
niño».

El capellán ordenó al acólito que despejase. Tardó éste
algo en obedecer, deteniéndose en doblar la toalla del la-
vatorio. Al fin se fue, no muy de su grado. Llenaba la capilla olor de flores y barniz fresco; por las ventanas entraba
una luz caliente que cernía visillos de tafetán carmesí; y las
carnes de los santos del altar adquirían apariencia de vida,
y la palidez de Nucha artificialmente se sonrosaba.

–¿Julián? –preguntó con imperioso acento, extraño en
ella.

–Señorita... –respondió él en voz baja, por respeto al
lugar sagrado. Tembláronle los labios, y las manos se le
enfriaron, pues creyó llegado el terrible momento de la
confesión.

–Tenemos que hablar. Y ha de ser aquí, por fuerza. En
otras partes no falta quien aceche.

–Es verdad que no falta.

–¿Hará usted lo que le pida?

–Ya sabe que...

–¿Sea lo que sea?

–Yo...

Su turbación crecía; el corazón le latía con sordo ruido.
Se recostó en el altar.

–Es preciso –declaró Nucha, sin apartar de él sus ojos,
más que vagos, extraviados ya– que me ayude usted a salir de aquí. De esta casa.

–A..., a... salir... –tartamudeó Julián, aturdido.

–Quiero marcharme. Llevarme a mi niña. Volverme con mi padre. Para conseguirlo, hay que guardar secreto. Si lo saben aquí, me encerrarán con llave. Me apartarán de la pequeña. Sé de fijo que la matarán.

El tono, la expresión, la actitud, eran como de quien tiene perturbadas sus facultades mentales; de mujer impulsada por excitación nerviosa que raya en desvarío.

–Señorita... –articuló el capellán, no menos alterado–, no esté en pie; no esté de pie... Siéntese en este banquito... Hablemos con tranquilidad... Ya conozco que tiene disgustos, señorita... Se necesita paciencia, prudencia... Cálmese.

Nucha se dejó caer en el banco. Respiraba fatigosamente, con sobrealiento penoso. Sus orejas, blanquecinas y despegadas del cráneo, transparentaban la luz. Habiendo tomado aliento, habló con cierta serenidad.

–¡Paciencia y prudencia! Tengo cuanto cabe en una mujer. Aquí no viene al cabo disimular; ya sabe usted cuándo empezó a clavárseme la espina; desde aquel día me propuse averiguar la verdad, y... no me costó gran trabajo. Digo, sí; me costó un..., un combate... En fin, eso es lo que menos importa. Por mí no pensaría en irme, pues no estoy buena y se me figura que... duraré poco...; pero... ¿y la niña?

–La niña...

–La van a matar, Julián, esas... gentes. ¿No ve usted que les estorba? Pero ¿no lo ve usted?

–Por Dios le pido que se sosiegue... Hablemos con calma, con juicio...

–¡Estoy harta de tener calma! –exclamó con enfado Nucha, como el que oye una gran simpleza–. He rogado, he rogado... He agotado todos los medios... No aguardo, no puedo aguardar más. Esperé a que se acabasen las elecciones dichosas, porque creía que saldríamos de aquí, y entonces se me pasaría el miedo... Yo tengo miedo en esta casa, ya lo sabe usted, Julián; miedo horrible... Sobre todo de noche.

A la luz del sol que tamizaban los visillos carmesí, Julián vio las pupilas dilatadas de la señorita, sus entreabiertos labios, sus enarcadas cejas, la expresión de mortal terror pintada en su rostro.

–Tengo mucho miedo –repitió, estremeciéndose.

Renegaba Julián de su sosera. ¡Cuánto daría por ser elocuente! Y no se le ocurría nada, nada. Los consuelos místicos que tenía preparados y atesorados, la teoría de abrazarse a la cruz..., todo se le había borrado ante aquel dolor voluntarioso, palpitante y desbordado.

–Ya desde que llegué..., esta casa tan grande y tan antigua... –prosiguió Nucha– me dio frío en el corazón... Sólo que ahora..., no son tonterías de chiquilla mimada, no... Me van a matar a la pequeña... ¡Usted lo verá! Así que la dejo con el ama, estoy en brasas... Acabemos pronto... Esto se va a resolver ahora mismo. Acudo a usted porque no puedo confiarme a nadie más... Usted quiere a mi niña.

–Lo que es quererla... –balbució Julián. Casi afónico de puro enternecido.

–Estoy sola, sola... –repitió Nucha, pasándose la mano por las mejillas; su voz sonaba entrecortada por lágrimas que contenía–. Pensé en confesarme con usted; pero... buena confesión te dé Dios... No obedecería si usted me mandase quedarme aquí... Ya sé que es mi obligación: la mujer no debe apartarse del marido. Mi resolución cuando me casé era...

Detúvose de pronto, y, careándose con Julián, le preguntó:

–¿No le parece a usted, como a mí, que este casamiento tenía que salir mal? Mi hermana Rita ya era casi novia del primo cuando él me pidió... Sin culpa mía, quedamos reñidas Rita y yo desde entonces... No sé cómo fue aquello; bien sabe Dios que no puse nada de mi parte para que Pedro se fijase en mí. Papá me aconsejó que, de todos modos, me casase con el primo... Yo seguí el consejo... Me propuse ser buena, quererle mucho, obedecerle, cuidar de mis hijos... Dígame usted, Julián: ¿he faltado en algo?

Julián cruzó las manos. Sus rodillas se doblaban, y a punto estuvo de hincarlas en tierra. Pronunció con entusiasmo:

–Usted es un ángel, señorita Marcelina.

–No... –replicó ella–, ángel, no; pero no me acuerdo de haber hecho daño a nadie. He cuidado mucho a mi hermanito Gabriel, que era delicado de salud y no tenía madre...

Al pronunciar esta frase, la ola rebosó: las lágrimas corrieron por fin; Nucha respiró mejor, como si aquellos recuerdos de la infancia templasen sus nervios y el llanto le diese alivio.

–Y por cierto que le tomé tal cariño, que pensaba para mí: «Si tengo hijos algún día, no es posible quererlos más que a mi hermano». Después he visto que esto es un disparate; a los hijos se los quiere muchísimo más.

El cielo se nublaba lentamente, y se oscurecía la capilla. La señorita hablaba con sosiego melancólico.

–Cuando mi hermano se fue al Colegio de Artillería, yo no pensé más que en dar gusto a papá y en que se notase poco la falta de la pobre mamá... Mis hermanas preferían ir a paseo, porque como son bonitas, les gustaban las diversiones. A mí me llamaban feúcha y bizca, y me aseguraban que no encontraría marido.

–¡Ojalá! –exclamó Julián, sin poder reprimirse.

–Yo me reía. ¿Para qué necesitaba casarme? Tenía a papá y a Gabriel con quien vivir siempre. Si ellos se me morían, podía entrar en un convento; el de las Carmelitas, en que está la tía Dolores, me gustaba mucho. En fin, no he tenido culpa ninguna del disgusto de Rita. Cuando papá me enteró de las intenciones del primo, le dije que no quería quitarle el novio a mi hermana, y entonces papá... me besuqueó mucho en los carrillos, como cuando era pequeña, y... me parece que le estoy oyendo..., me respondió así: «Rita es una tonta..., cállate». Pero ¡por mucho que dijese papá..., al primo le seguía gustando Rita!...

Continuó, después de algunos minutos de silencio:

–Ya ve usted que no tenía mucho por qué envidiarme mi hermana... ¡Cuánta hiel he tragado, Julián! Cuando lo pienso, se me pone un nudo aquí...

El capellán pudo, al fin, expresar parte de sus sentimientos.

–No me extraña que se le ponga ese nudo... Soy yo y lo tengo también... Día y noche estoy cavilando en sus males, señorita... Cuando vi aquella señal... La lastimadura de la muñeca...

Por primera vez durante la conversación se encendió el descolorido rostro de Nucha, y sus ojos se velaron, cubriéndolos la caída de las pestañas. No respondió directamente.

–Mire usted –murmuró con asomos de amarga sonrisa– que siempre me suceden a mí desgracias por cosas de que no tengo culpa... Pedro se empeñaba en que yo le reclamase a papá la legítima de mamá, porque papá le negó un dinero que le hacía falta para las elecciones. También se disgustó mucho porque la tía Marcelina, que pensaba instituirme heredera, creo que va a dejarle a Rita los bienes... Yo no tengo que ver con nada de eso... ¿Por qué me matan? Ya sé que soy pobre: no hay necesidad de repetírmelo... En fin, esto es lo de menos... Me dolió bastante más que mi marido me dijese que por mí se ve sin sucesión la casa de Moscoso... ¡Sin sucesión!, ¿a mi niña? ¡Angelito de mis entrañas!

Lloraba la infeliz señora, lentamente, sin sollozar. Sus párpados tenían ya el matiz rojizo que dan los pintores a los de las Dolorosas.

–Lo mío –añadió– no me importa. Lo mío lo aguantaría hasta el último instante. Que me... traten de un modo... o de otro, que..., que la criada... sea..., ocupe mi sitio..., bien..., bien, paciencia; sería cuestión de tener paciencia, de sufrir, de dejarse morir... Pero está de por medio la niña..., hay otro niño, otro hijo, un bastardo... La niña estorba... ¡La matarán!

Repitió solemnemente y muy despacio:

–La matarán. No me mire usted así. No estoy loca, sólo estoy excitada. He determinado marcharme e irme a vivir con mi padre. Me parece que esto no es ningún pecado, ni tampoco el llevarme a la pequeña. Y si peco, no me lo diga, Julianciño... Es resolución irrevocable. Usted vendrá conmigo, porque sola no conseguiría realizar mi plan. ¿Me acompañará?

Julián quiso objetar algo: ¿qué? No lo sabía él mismo. El diminutivo cariñoso usado por la señorita, la febril resolución con que hablaba, le vencieron. ¿Negarse a ayudar a la desdichada? Imposible. ¿Pensar en lo que el proyecto tenía de extraño, de inconveniente? Ni se le ocurrió un minuto. A fuer de criatura candorosa, una fuga tan absurda le pareció hasta fácil. ¿Oponerse a la marcha? También él había tenido y tenía a cada instante miedo, miedo cerval, no sólo por la niña, sino por la madre. ¿Acaso no se le había ocurrido mil veces que la existencia de las dos corría inminente peligro? Además, ¿qué cosa en el mundo dejaría él de intentar por secar aquellos ojos puros, por sosegar aquel anheloso pecho, por ver de nuevo a la señorita segura, honrada, respetada, cercada de miramientos, en la casa paterna?

Se representaba la escena de la escapatoria. Sería al amanecer. Nucha iría envuelta en muchos abrigos. Él cargaría con la niña, dormidita y arropadísima también. Por si acaso, llevaría en el bolsillo un tarro con leche caliente. Andando bien, llegarían a Cebre en tres horas escasas. Allí se podían hacer sopas. La nena no pasaría hambre. Tomarían en el coche la berlina, el sitio más cómodo. Cada vuelta de la rueda los alejaría de los tétricos Pazos.

Muy quedito, como quien se confiesa, empezaron a debatir y resolver estos pormenores. Otro rayo del sol entreabría las nubes, y los santos, en sus hornacinas, parecían sonreír benévolamente al grupo del banquillo. Ni la Purísima de sueltos tirabuzones y traje blanco y azul, ni el San Antonio que hacía fiestas a un Niño Jesús regordete, ni el San Pedro con la tiara y las llaves, ni siquiera el Arcángel San Miguel, el caballero de la ardiente espada, siempre dispuesto a rajar y hendir a Satanás, revelaban en sus rostros pintados de fresco el más leve enojo contra el capellán, ocupado en combinar los preliminares de un rapto en toda regla, arrebatando una hija a su padre y una mujer legítima a su dueño.

Capítulo 28

Al llegar aquí la narración, es preciso acudir, para completarla, a las reminiscencias que grabaron para siempre en la imaginación del lindo rapazuelo, hijo de Sabel, los sucesos de la memorable mañana en que por última vez ayudó a misa al bonachón de don Julián, el cual, por más señas, solía darle dos cuartos una vez acabado el oficio divino.

El primer recuerdo que Perucho conserva es que, al salir de la capilla, quedóse muy triste, arrimado a la puerta, porque aquel día el capellán no le había dado cosa alguna. Chupándose el dedo y en actitud meditabunda permaneció unos instantes, hasta que la misma falta de los dos cuartos acostumbrados le descubrió un rayo de luz: su abuelo le había prometido otros dos si le avisaba cuando la señora se quedase en la capilla después de oída la misa. Raciocinando con sorprendente rigor matemático, calculó que, pues perdía dos cuartos por un lado, era urgente ganarlos por otro; apenas concibió tan luminosa idea, sintió que las piernas le bailaban, y echó a correr, con toda la velocidad posible, en busca de su abuelo.

Atravesando la cocina, colóse en la habitación baja donde despachaba Primitivo, y, empujando la puerta, le vio sentado ante una gran mesa antigua, sobre la cual se encrespaba un *maremagnum* de papelotes cubiertos de cifras engarrapatadas, de apuntes escritos con letra jorobada y escabrosa por mano que no debía de ser diestra ni aun en palotes. La mesa y el cuarto, en general, atraían a Perucho con el encanto que posee para la niñez lo desordenado y revuelto, los sitios en que se acumulan muchas cosas variadas, pues imaginan ellos que cada montón de objetos es un mundo desconocido, un depósito de tesoros inestimables. Rara vez entraba allí Perucho; su abuelo acostumbraba echarle para que no sorprendiese ciertas operaciones financieras que el mayordomo gustaba de realizar sin testigos. Cuando el nieto entró, la cara dura y metálica de Primitivo podía confundirse con el tono bronceado de un acervo de calderilla o montaña de cobre, de la cual iban saliendo columnitas que el mayordomo alineaba en correcta formación... Perucho se quedó deslumbrado ante tan fabulosa riqueza. ¡Allí estaban sus dos cuartos! ¡Menuda pepita de aquel gran criadero de monedas! Lleno de esperanza, alzó la voz cuanto pudo y dio su recado. Que la señora estaba en la capilla con el señor capellán... Que le habían despedido de allí.

Iba a añadir: «¡Y que se me deben dos cuartos o cosa análoga por la noticia!»; pero no le dio lugar a ello su abuelo, alzándose del sillón con la agilidad de bicho montés que caracterizaba sus movimientos todos, no sin que al hacerlo produjese un tempestuoso remolino en el mar de calderilla y la caída de algunas torres, que con sonoro estrépito se rindieron a su gran pesadumbre. Primitivo salió corriendo hacia el interior de la casa. El chiquillo se quedó allí, solicitado por las dos tentaciones más fuertes

que en su vida había sufrido. Era una la de comerse las
obleas, que con su provocativa blancura y encendido rojo
le estaban convidando desde un bote de hojalata; y aun
cuando sería más glorioso para nuestro héroe vencer el
goloso capricho, la sinceridad obliga a declarar que alargó el dedo humedecido en saliva, y fue pescando una,
dos, tres, hasta zamparse cuantas encerraba el bote. Satisfecha esta concupiscencia, le apremió otra, incitándole
nada menos que a cobrarse por su mano los dos cuartos
prometidos, tomándolos del montón que tenía allí delante, a su disposición y albedrío. No sólo apetecía cobrarse del debido salario, sino que le seducían principalmente unos ochavos roñosos, llamados «de la fortuna»
en el país, y que merced a consideraciones muy lógicas
en su mente infantil, le parecían preferibles a las piezas
gordas. Las adquisiciones y placeres de Perucho las representaba, generalmente, un ochavo. Por un ochavo le daba
la rosquillera, en ferias y romerías, caramelos de alfeñique o rosquillas bastantes; por un ochavo le vendían bramante suficiente para el trompo y le surtía el cohetero de
pólvora en cantidad con que hacer regueritos; por un
ochavo se procuraba tiras de mixtos de cartón, groseras
aleluyas impresas en papel amarillo, gallos de barro con
un pito en parte no muy decorosa. Y todo esto lo tenía al
alcance de su mano, como las obleas; ¡y nadie le veía ni
podía delatarle! El angelote se empinó en la punta de los
pies para alcanzar mejor el dinero, alargó a la vez ambas
palmas y las sumergió en el mar de cobre... Las paseó mucho rato por la superficie sin osar cerrarlas... Por fin hizo
presa en un puñado de ochavos, y entonces apretó el
puño fortísimamente, con la intensidad propia de los niños, que temen siempre se les escape la dicha por la mano
abierta... Y así se mantuvo inmóvil sin atreverse a retraer

aquella diestra pecadora y cargada de botín al seguro rincón del seno, donde almacenaba siempre sus latrocinios. Porque es de advertir que Perucho tenía bastante de caco, y con la mayor frescura se apropiaba huevos, fruta y, en general, cuantos objetos codiciaba; pero, con respeto supersticioso de aldeano, que sólo juzga propiedad ajena el dinero, jamás había tocado una moneda. En el alma de Perucho se verificaba una de esas encarnizadas luchas entre el deber y la pasión, cantadas por la musa dramática; el ángel bueno y el malo le tiraban cada uno de una oreja, y no sabía a cuál atender. ¡Tremendo conflicto! Pero regocíjense el cielo y los hombres, pues venció el espíritu de luz. ¿Fue el primer despertar de ese sentimiento de honor que dicta al hombre heroicos sacrificios? ¿Fue una gota de la sangre de Moscoso, que realmente corría por sus venas, y que, con la misteriosa energía de transmisión hereditaria, le guió la voluntad como por medio de una rienda? ¿Fue temprano fruto de las lecciones de Julián y Nucha? Lo cierto es que el rapaz abrió la mano, separando mucho los dedos, y los ochavos apresados cayeron entre los restantes con sonoro retintín.

No por eso hay que figurarse que Perucho renunciaba a sus dos cuartos, los ganados honradamente con la agilidad de sus piernas. ¡Renunciar! ¡A buena parte! Aquel mismo embrión de conciencia que en el fondo de su ser, donde todos tenemos escrita desde *ab initio* gran parte del Decálogo, le gritaba: «no hurtarás», le dijo con no menor energía: «tienes derecho a reclamar lo que te han ofrecido». Y, obedeciendo a la impulsión, la criatura echó a correr en la misma dirección que su abuelo.

Casualmente tropezó con él en la cocina, donde preguntaba algo a Sabel en queda voz. Acercóse Perucho, y, asiéndole de la chaqueta, exclamó:

–¡Mis dos cuartos!

No hizo caso Primitivo. Dialogaba con su hija, y, a lo que Perucho pudo comprender, ésta explicaba que el señorito había salido de madrugada a tirar a los pollos de perdiz, y suponía que anduviese hacia la parte del camino de Cebre. El abuelo soltó un juramento que usaba a menudo, y que Perucho solía repetir por fanfarronada, y sin más conversación, se alejó.

Aseguró Perucho después que le había llamado la atención ver salir al abuelo sin tomar la escopeta y el sombrero de alas anchas, prendas que no soltaba nunca. Semejante idea debió de ocurrírsele al chiquillo más tarde, en vista de los sucesos. Al pronto sólo pensó en alcanzar a Primitivo, y lo logró en lo alto del camino que desciende a los pazos. Aunque el cazador iba como el pensamiento, el rapaz también corría en regla.

–¡Anda al demonio! ¿Qué se te ofrece? –gruñó Primitivo al conocer a su nieto.

–¡Mis dos cuartos!

–Te doy cuatro en casa si me ayudas a buscar por el monte al señorito, y le dices, en cuanto lo veas, lo que me dijiste a mí, ¿entiendes? Que el capellán está con la señorita encerrado en la capilla y que te echaron de allí para quedar solos.

El angelón fijó sus pupilas límpidas en los fascinadores ojuelos de víbora de su abuelo; y sin esperar más instrucciones, abriendo mucho la boca, salió a galope hacia donde, por instinto, juzgaba él que el señorito debía encontrarse. Volaba, con los puños apretados, haciendo saltar guijarros y tierra al golpe de sus piececillos encallecidos por la planta. Cruzaba por cima de los tojos sin sentir las espinas, hollando las flores del rosado brezo, salvando matorrales casi tan altos como su persona, espantando la liebre oculta detrás de un madroñero, o la pega posada en las ramas bajas del pino. De repente oyó el andar de una persona, y vio al señorito salir de entre el robledal... Loco de júbilo, se acercó a darle su recado, del cual esperaba albricias. Éstas fueron la misma palabrota inmunda y atroz que había expectorado su abuelo en la cocina; y el señorito salió disparado en dirección de los Pazos, como si un torbellino lo arrebatase.

Perucho se quedó algunos instantes atortolado y suspenso; él afirma que al poco rato volvió a embargar su ánimo el deseo de los cuartos ofrecidos, que ya ascendían a la respetable suma de cuatro. Para obtenerlos era menester buscar a su abuelo y avisarle del encuentro con el señorito; no lo tuvo por fácil, pues sólo recordaba aproximadamente el punto del bosque donde Primitivo quedaba; y por atajos y vericuetos sólo practicables para los conejos y para él, Perucho se lanzó tras la pista del mayordomo. Trepaba por un murallón medio deshecho ya, amparo de un viñedo colgado, por decirlo así, en la falda abrupta del monte, cuando del otro lado del baluarte que escalaba creyó sentir rumor de pisadas, que la finura de su oído no confundió con las del cazador; y con el instinto cauteloso de los niños hijos de la naturaleza y entregados a sí propios, se agachó, quedando encubierto por el murallón de modo que sólo rebasase la frente. No podía dudarlo; eran pisadas humanas, bien distintas de la corrida de la liebre por entre las hojas, o de los golpecitos secos y reiterados que sacuden las patas unguladas del zorro o del perro. Pisadas humanas eran, aunque sí muy recelosas, apagadas y lentísimas. Parecían de alguien que procuraba emboscarse. Y, en efecto, poco tardó el niño en ver asomar, gateando entre los matorrales, a un hombre cuya descripción acaso había oído mil veces en las veladas, en las deshojas, acompañada de exclamaciones de terror. El hongo gris, la faja roja, las recortadas patillas destacándose sobre el rostro color de sebo, y sobre todo, el ojo blanco, sin vista, frío como un pedazo de cuarzo de la carretera –en suma, la desapacible catadura del *Tuerto de Castrodorna*–, dejaron absorto al chiquillo. Apretaba el *Tuerto* contra su pecho corto y ancho trabuco, y, después de hacer girar hacia todas partes el único lucero de su fea cara, de aguzar el oído, de olfatear por decirlo así el aire, arrimóse al murallón, medio arrodillándose tras de un seto de zarzas y brezo que lo guarnecía. Perucho, cuyos pies descansaban en las anfractuosidades del muro, se quedó como incrustado en él, sin osar respirar, ni bajarse, ni moverse, porque aquel hombre desconocido, malcarado y en acecho le infundía el pavor irracional de los niños, que adivinan peligros cuya extensión ignoran. Por mucho que le aguijonease el deseo de sus cuatro cuartos, no se atrevía a descolgarse del murallón, temiendo hacer ruido y que le apuntasen con el cañón de aquel arma, cuya ancha boca debía de seguro vomitar fuego y muerte... Así transcurrieron diez segundos de angustia para el angelote. Antes que pudiese entrar a cuentas con el miedo, ocurrió un nuevo incidente. Sintió otra vez pasos, no recelosos, como de quien se oculta, sino precipitados como de quien va a donde le importa llegar presto; y por el camino hondo que limitaba el murallón, divisó a su abuelo que avanzaba en dirección de los Pazos; sin duda, con su vista de águila había distinguido al señorito y le seguía, intentando darle alcance. Iba Primitivo distraído, con el propósito de reunirse con don Pedro, y no miraba a parte alguna. Llegó a atravesar por delante del muro. El niño entonces vio una cosa terrible, una cosa que recordó años después y aun toda su vida: el hombre emboscado se incorporaba, con su único ojo centelleante y fiero; se echaba a la cara la formidable tercerola negra; se oía un espantoso trueno, voz de la bocaza negra; flotaba un borrón de humo, que el aire disipó instantáneamente, y al través de sus últimos tules grises, el abuelo giraba sobre sí mismo como una peonza, y caía boca abajo, mordiendo, sin duda, en suprema convulsión, la hierba y el lodo del camino.

Aseguraba Perucho que no había sabido jamás si fue el miedo o su propia voluntad lo que le obligó a descolgarse del murallón y descender, más bien que a saltos, rodando, los atajos conocidos, magullándose el cuerpo, poniéndose en trizas la ropa, sin hacer caso de lo uno ni de lo otro. Rebotó como una pelota por entre las nudosas cepas; brincó por cima de los muros de piedra que las sostenían; salvó, como una flecha, sembrados de maíz; metióse de patas en los regatos, mojándose hasta la cintura, por no detenerse a seguir las pasaderas de piedra; salvó vallados tres veces más altos que su cuerpo; cruzó setos, saltó hondonadas y zanjas, no comprendió por dónde ni cómo, pero el caso es que, arañado, ensangrentado, sudoroso, jadeante, se encontró en los Pazos, y maquinalmente volvió al punto de partida, la capilla, donde entró, enteramente olvidado de los cuatro cuartos, primer móvil de sus aventuras todas.

Estaba escrito que aquella mañana había de ser fecunda en extraordinarias sorpresas. En la capilla acostumbraba Perucho notar que se hablaba bajito, se andaba despacio, se contenía hasta la respiración; el menor desliz en tal materia solía costarle un severo regaño de don Julián; de modo que, sobreponiéndose el instinto y el hábito al azoramiento y trastorno, penetró en el sagrado lugar con actitud respetuosa. En él sucedía algo que le causó un asombro casi mayor que el de la catástrofe de su abuelo. Recostada en el altar se encontraba la señora de Moscoso, con un color como una muerta, los ojos cerrados, las cejas fruncidas, temblando con todo su cuerpo; frente a ella, el señorito vociferaba muy deprisa y en ademán amenazador, cosas que no entendió el niño, mientras el capellán, con las manos cruzadas y la fisonomía revelando un espanto y dolor tales que nunca había visto Perucho en rostro humano expresión parecida, imploraba, imploraba al señorito, a la señorita, al altar, a los santos..., y de repente, renunciando a la súplica, se colocaba, encendido y con los ojos chispeantes, dando cara al marqués, como desafiándole... Y Perucho comprendía, a medias, frases indignadas, frases donde se desbordaba la cólera, el furor, la indignación, la ira, el insulto, y, sin saber la causa de alboroto semejante, deducía que el señorito estaba atrozmente enfadado, que iba a pegar a la señorita, a matarla quizás, a deshacer a don Julián, a echar abajo los altares, a quemar tal vez la capilla...

El niño recordó entonces escenas análogas, pero cuyo teatro era la cocina de los Pazos, y las víctimas su madre y él; el señorito tenía entonces la misma cara, idéntico tono de voz. Y en medio de la confusión de su tierno cerebro, de los terrores que se reunían para aturdirle, una idea, superior a todas, se levantó triunfante. No cabía duda de que el señorito se disponía a acogotar a su esposa y al capellán; también acababan de matar a su abuelo en el monte; aquel día, según indicios, debía ser el de la general matanza. ¿Quién sabe si, luego que acabase con su mujer y con don Julián, se le ocurriría al señorito quitar la vida a la «nené»? Semejante pensamiento devolvió a Perucho toda la actividad y energía que acostumbraba desplegar para el logro de sus azarosas empresas en corrales, gallineros y establos.

Escurrióse bonitamente de la capilla, resuelto a salvar a toda costa la vida de la heredera de Moscoso. ¿Cómo haría? Faltábale tiempo de madurar el plan; lo que importaba era obrar con celeridad y no arredrarse ante obstáculo alguno. Se deslizó, sin ser visto, por la cocina, y subió la escalera a escape. Llegado que hubo a las habitaciones altas, residencia de los señores, de tal manera supo amortiguar el ruido de sus pisadas, que el oído más fino lo confundiría con el susurro del aire al agitar una cortina. Lo que él temía era encontrar cerrada la puerta del dormitorio de Nucha. El corazón le dio un brinco de alegría al verla entornada.

La empujó con suavidad de gato que esconde las uñas... Tenía la maldita puerta el vicio de rechinar; pero tan sutil fue el empuje, que apenas gimió sordamente. Perucho se coló en la habitación ocultándose tras del biombo. Por uno de los muchos agujeros que éste lucía miró al otro lado, hacia donde estaba la cuna. Vio a la niña dormida, y al ama, de bruces sobre el lecho de Nucha, roncando sordamente. No era de temer que se despabilase la marmota; el rapaz podía a mansalva realizar sus propósitos.

Sin embargo, convenía que no despertase la chiquilla, no fuese a alborotar la casa lloriqueando. Perucho la tomó como quien toma un muñeco de cristal muy rompedizo y precioso; sus palmas llenas de callos y sus brazos hechos a disparar certeras pedradas y a descargar puñetazos en el testuz de los bueyes, adquirieron de golpe delicadeza exquisita, y la «nené», envuelta en el pañolón de calceta, ni gruñó siquiera al trocar la cama por los brazos de su precoz raptor. Éste, sosteniendo hasta el respirar, andando con paso furtivo, rápido y cauteloso –el andar de la gata que lleva a sus cachorros entre los dientes, col-

gados de la piel del pescuezo– se dirigió a buscar la salida
por el claustro, pues de cruzar la cocina era probable una
sorpresa.

En el claustro se paró obra de diez segundos, para meditar. ¿Dónde escondería su tesoro? ¿En el pajar, en el *her-
beiro*, en el hórreo, en el establo? Optó por el hórreo –el
lugar menos frecuentado y más oscuro–; bajaría la escalera, se escurriría por el claustro, se colaría por las cuadras, salvaría la era, y después nada más sencillo que
ocultarse en el escondrijo. Dicho y hecho.

Arrimada al hórreo estaba la escala. Perucho comenzó
a subir, operación difícil, atendido el estorbo que le hacía
la chiquilla. Lo estrecho y vertical de los travesaños imponía la necesidad de agarrarse con manos y pies al ir ascen-
diendo: Perucho no disponía de las manos; la energía de
la voluntad se le comunicó al dedo gordo del pie, que semejaba casi prensil a fuerza de adaptarse y adherirse a las
barras de palo, bruñidas ya con el uso. En mitad de la ascensión pensó que rodaba al pie del hórreo, y apretó contra el pecho a la niña, que, despertándose, rompió en
llanto... ¡Que llorase! Allí no la oía alma viviente; por la
era sólo vagaba media docena de gallinas disputando a
dos gorriones las hojas de una col. Perucho entró triunfante por la puerta del hórreo...

Las espigas de maíz no lo llenaban hasta el techo, dejando algún espacio suficiente para que dos personas
minúsculas, como Perucho y su protegida, pudiesen
acomodarse y revolverse. El rapaz se sentó sin soltar a la
nena, diciéndole mil chuscadas y zalamerías a fin de aca-
llarla, abusando del diminutivo que tan cariñosa gracia
adquiere en labios del aldeano.

–Reiniña, mona, ruliña; calla, calla, que te he de dar cosas bunitas, bunitas, bunitiñas... ¡Si no callas, viene el

cocón y te come! ¡Velo, ahí viene! ¡Calla, soliño, paloma blanca, rosita!

No por virtud de las exhortaciones, pero sí por haber conocido a su amigo predilecto, la niña callaba ya. Mirábale, y, sonriendo regocijadamente, le pasaba las manos por la cara, gorjeaba, se bababa, y miraba con curiosidad alrededor. Extrañaba el sitio. Enfrente, alrededor, debajo, por todos lados, la rodeaba un mar de espigas de oro, que al menor movimiento de Perucho se derrumbaban en suaves cascadas, y donde el sol, penetrando por los intersticios del enrejado del hórreo, tenía galones más claros, movibles listas de luz. Perucho comprendió que poseía en las espigas un recurso inestimable para divertir a la pequeña. Tan pronto le daba una de la mano, como alzaba con muchas una especie de pirámide; la «nené» se entretenía en derribarla o forjarse la ilusión de que la derribaba, pues realmente una patada de Perucho hacía el milagro. Reía ella lo mismo que una loca, y pedía, impaciente, por señas, que renovase el juego.

Pronto se cansó de él. Con todo, estaba de buen humor, gracias a la compañía de Perucho. Su mirada risueña y dulce, fija en la de su compañero, parecía decirle: «¿Qué mejor juego que estar juntos? Disfrutemos de este bien, que siempre nos han dado con tasa.» En vista de tan cariñosas disposiciones, Perucho se entregó al placer de halagarla a su sabor. Ya le apoyaba un dedo en el carrillo, para provocarla a risa; ya remedaba a un lagarto, arrastrando la mano por el cuerpo de la «nené» arriba, e imitando los culebreos del rabo; ya se fingía encolerizado, espantaba los ojos, hinchaba los carrillos, cerraba los puños y resoplaba fieramente; ya, tomando a la nena en peso, la subía en alto y figuraba dejarla caer de golpe sobre las espigas. Por último, recelando cansarla, la cogió en

brazos, se sentó a la turca y comenzó a mecerla y arrullarla blandamente, con tanta suavidad, precaución y ternura
como pudiera su propia madre.

¡Qué ganas, que violentos antojos se le pasaban!... ¿De
qué? En las veces que fue admitido a la intimidad de la habitación de Nucha y se le consintió aproximarse a la
«nené» y vivir su vida, jamás osara hacerlo... Miedo de
que le riñesen o echasen; vago respeto religioso que se
imponía a su alma de pilluelo diabólico; vergüenza, falta
de costumbre de sus labios, que a nadie besaban; todo se
unía para impedirle satisfacer una aspiración que él juzgaba ambiciosa y punto menos que sacrílega... Pero ahora
era dueño del tesoro; ahora la «nené» le pertenecía, la había ganado en buena lid, la poseía por derecho de con-
quista, ¡ese derecho que comprenden los mismos salvajes! Adelantó mucho el hocico, igual que si fuese a catar
alguna golosina, y tocó la frente y los ojos de la pequeña...
Después desenvolvió los pliegues del mantón, y descubrió las piernas, calentitas como chicharrones, que apenas se vieron libres del envoltorio comenzaron a bailar,
sacudiendo sus favoritas patadas de júbilo. Perucho alzó
hasta la boca un pie, luego otro, y así, alternando, se pasó
un rato regular; sus besos hacían cosquillas a la niña, que
soltaba repentinas carcajadas y se quedaba luego muy seria; pero en breve empezó a sentir el frío, y con la rapidez
que presentan en los niños muy chicos los cambios de
temperatura, los piececillos se le quedaron casi helados.
Al punto lo advirtió Perucho, y echándoles repetidas veces el aliento, como había visto hacer a la vaca con sus recentales, los envolvió en mantillas y pañolón, y nuevamente llevó a sí a la criatura, meciéndola.

El más glorioso conquistador no sobrepujaría en orgullo y satisfacción en tales momentos a Perucho, cuando

juzgaba evidente que había salvado a la «nené» de la degollación segura y puéstola a buen recaudo, donde nadie daría con ella. Ni un minuto recordó al duro y bronceado abuelo tendido allá, junto al paredón... A menudo se ve al niño deshecho en lágrimas, al pie del cadáver de su madre, consolarse con un juguete o un cartucho de dulces; quizás vuelvan más adelante la tristeza y el recuerdo, pero la impresión capital del dolor ya se ha borrado para siempre. Así Perucho. La ventura de poseer a su «nené» adorada, la gloria de defender su vida, le distraía de los trágicos acontecimientos recientes. No se acordaba del abuelo, no; ni del trabucazo que le había tumbado como él tumbaba las perdices.

Con todo, velo medroso y tétrico debía de envolver su imaginación, según el cuento que empezó a referir en voz hueca a la «nené», lo mismo que si ella pudiese comprender lo que le hablaban. ¿De dónde procedía este cuento, variante de la leyenda del ogro? ¿Lo oiría Perucho en alguna velada, junto al lar, mientras hilaban las viejas y pelaban castañas las mozas? ¿Sería creación de su mente, excitada por los terrores de un día tan excepcional? «Una vez –empezaba el cuento– era un rey muy malo, muy galopín, que se comía la gente y las *presonas* vivas... Este rey tenía una "nené" *bunita, bunita* como la *flor* de mayo..., y pequeñita, pequeñita como un grano de *millo* –maíz quería decir Perucho–. Y el malo bribón del rey quería comerla, porque era el coco, y tenía una cara más fea, más fea que la del *diaño* –Perucho hacía horribles muecas a fin de expresar la fealdad extraordinaria del rey–. Y una noche dijo él, dice: "Heme de comer mañana, por la mañanita *trempano*, a la 'nené'..., así, así" –abría y cerraba la boca, haciendo chocar las mandíbulas, como los papamoscas de las catedrales–. Y había un *pagarito* sobre un *árbole,* y oyó al rey, y dijo, dice: "Comer no la has de comer, coco feo." Y va y...¿qué hace el *pagarito*? Entra por la ventana..., y el rey estaba durmiendo –recostaba la cabeza en las espigas de maíz y roncaba estrepitosamente para representar el sueño del rey–. Y va el *pagarito* y con el *bico* le saca un ojo, y el rey queda *chosco* –guiñaba el ojo izquierdo, mostrando cómo el rey se halló tuerto–. Y el rey a despertar y a llorar, llorar, llorar –imitación de llanto– por su ojo, y el *pagarito* a *se reír* muy puesto en el *árbole*... Y va y salta y dijo, dice: «Si no comes a la 'nené' y me la regalas, te doy el ojo..." Y va el rey y dice: "Bueno..." Y va el *pagarito,* y se casó con la 'nené', y estaba siempre cantando unas cosas muy preciosas, y tocando la gaita –solo de este instrumento–; y *entré* por una *porta* y salí por otra, y manda el rey que te lo cuente otra vez.»

La «nené» no oyó el final del cuento... La música de las palabras, que no le despertaban idea alguna; el haber vuelto a entrar en calor, la misma satisfacción de estar con su favorito, le trajeron insensiblemente el sueño anterior, y Perucho, al armar la algazara acostumbrada cuando terminan los cuentos de cocos, la vio con los ojos cerrados... Acomodó lo mejor que pudo el lecho de espigas; llególe el mantón al rostro, como hacía Nucha, para que no se le enfriase el hociquito, y muy denodado y resuelto a hacer de centinela, se arrimó a la puerta del hórreo en una esquina, reclinándose en un montón de maíz. Pero fuese la inmovilidad, o el cansancio, o la reacción de tantas emociones consecutivas, también a él la cabeza le pesaba y se le entornaban los párpados. Se los frotó con los dedos, bostezó, luchó algunos minutos con el sueño invasor... Éste venció al cabo. Los dos ángeles refugiados en el hórreo dormían en paz.

Entre las representaciones de una especie de pesadilla angustiosa que agitaba a Perucho, veía el muchacho un animalazo de desmesurado grandor, bestión indómito que se acercaba a él rugiendo, bramando y dispuesto a zampárselo de un bocado o a deshacerlo de una uñada... Se le erizó el cabello, le temblaron las carnes y un sudor frío le empapó la sien... ¡Qué monstruo tan espantoso! Ya se acerca... ya cierra con Perucho...; sus garras se hincan en las carnes del rapaz, su cuerpo descomunal le cae encima lo mismo que una roca inmensa... El chiquillo abre los ojos...

Sofocada y furiosa, vociferando, moliéndolo a su sabor a pescozones y cachetes, arrancándole el rizado pelo y pateándolo, estaba el ama, más enorme, más brutal que nunca. No hay que omitir que Perucho se condujo como un héroe. Bajando la cabeza, se atravesó en la entrada del hórreo, y por espacio de algunos minutos defendió su presa, haciéndole muralla con el cuerpo... Pero el enorme volumen del ama pesó sobre él y lo redujo a la inacción, comprimiéndole y paralizándole. Cuando el mísero chiquillo, medio ahogado, se sintió libre de aquella estatua de plomo que a poco más le convierte en oblea, miró hacia atrás... La niña había desaparecido. Perucho no olvidará nunca el desesperado llanto que derramó por más de media hora, revolcándose entre las espigas.

Capítulo 29

T ampoco Julián olvidará el día en que ocurrieron acontecimientos tan inesperados; día dramático entre todos los de su existencia, en que le sucedió lo que no pudo imaginar jamás: ser acusado por un marido de inteligencias culpables con su mujer; por un marido que se quejaba de ultrajes mortales, que le amenazaba, que le expulsaba de su casa ignominiosamente y para siempre; y ver a la infeliz señorita, a la verdaderamente ofendida esposa, impotente para desmentir la ridícula y horrenda calumnia.

¡Y qué sería si hubiesen realizado su plan de fuga al día siguiente? Entonces sí que tendrían que bajar la cabeza, darse por convictos... ¡Y decir que cinco minutos antes no se le prevenía siquiera la posibilidad de que don Pedro y el mundo lo interpretasen así!

No, no lo olvidará Julián. No olvidará aquellas inesperadas tribulaciones, el valor repentino, y ni aun de él mismo sospechado, que desplegó en momentos tan críticos para arrojar a la faz del marido cuanto le hervía en el alma: la reprobación, la indignación contenida por su habitual timidez; el reto provocado por el bárbaro insulto;

los calificativos furiosos, que acudían por vez primera a
su boca, avezada únicamente a las palabras de paz; el reto
airado, de hombre a hombre, que lanzó al salir de la capilla... No olvidará, no, la escena terrible, por muchos años
que pesen sobre sus hombros y por muchas canas que le
enfríen las sienes. Ni olvidará tampoco su partida preci-
pitada, sin dar tiempo a recoger el equipaje; cómo ensilló
con sus propias inexpertas manos la yegua; cómo, desple-
gando una maestría debida a la urgencia, había montado,
espoleado, salido a galope, ejecutando todos estos actos
mecánicamente, cual entre sueños, sin aguardar a que se
disipase el corto hervor de la sangre, sin querer ver a la
niña ni darle un beso, porque comprendía, estaba seguro
de que, si lo hiciese, sería capaz de postrarse a los pies del
señorito, rogándole humildemente que le permitiese
quedarse allí, en los Pazos, aunque fuese de pastor de ganado o jornalero...

   No olvidará tampoco la salida de la casa solariega, la
ascensión por el camino que el día de su llegada le pareció tan triste y lúgubre... El cielo está nublado; ciernen la
claridad del sol pardos crespones, cada vez más densos;
los pinos, juntando sus copas, susurran de un modo penetrante, prolongado y cariñoso; las ráfagas del aire traen
el olor sano de la resina y el aroma de miel de los retama-
res. El crucero, a poca distancia, levanta sus brazos de
piedra manchados por el oro viejo del liquen... La yegua,
de improviso, respinga, tiembla, se encabrita... Julián se
agarra instintivamente a las crines, soltando la rienda...
En el suelo hay un bulto, un hombre, un cadáver; la hierba, en derredor suyo, se baña en sangre, que empieza ya a
cuajarse y ennegrecerse. Julián permanece allí clavado,
sin fuerzas, anonadado por una mezcla de asombro y
gratitud a la Providencia, que no puede razonar, pero le

subyuga... El cadáver tiene la faz contra tierra; no importa: Julián ha reconocido a Primitivo, el traidor. El capellán no investiga, no cavila en quién le habrá matado. ¡Cualquiera que sea el instrumento, lo dirige la mano de Dios! Desvía la yegua, se persigna, se aparta, se aleja definitivamente, volviendo de cuando en cuando la cabeza para ver el negro bulto, sobre el fondo verde de la hierba y la blancura gris del paredón...

¡Ah! No, no olvida nada Julián. No olvida en Santiago, donde su llegada se glosa, donde su historia en los Pazos adquiere proporciones legendarias, donde el éxito de las elecciones, la partida del capellán, el asesinato del mayordomo, se comentan, se adornan, entretienen al pueblo casi todo un mes, y donde las gentes le paran en la calle, preguntándole qué ocurre por allá, qué sucede con Nucha Pardo, si es cierto que su marido la maltrata, y que está muy enferma, y que las elecciones de Cebre han sido un escándalo gordo. No olvida cuando el arzobispo le llama a su cámara, a fin de inquirir qué hay de verdad en todo lo ocurrido, y él, después de arrodillarse, lo cuenta, sin poner ni quitar una sílaba, encontrando en la sincera confesión inexplicable alivio, y besando, con el corazón desahogado ya, la amatista que brilla sobre el anular del prelado. No olvida cuando éste dispone enviarle a una parroquia apartadísima, especie de destierro, donde vivirá completamente alejado del mundo.

Es una parroquia de montaña, más montaña que los Pazos, al pie de una sierra fragosa, en el corazón de Galicia. No hay en toda ella, ni en cuatro leguas a la redonda, una sola casa señorial; en otro tiempo, en épocas feudales, se alzó, fundado en peñasco vivo, un castillo roquero, hoy ruina comida por la hiedra y habitada por murciélagos y lagartos. Los feligreses de Julián son pobres pasto-

res; en vísperas de fiesta y tiempo de oblata le obsequian
con leche de vaca, queso de oveja, manteca en orzas de
barro. Hablan dialecto cerradísimo, arduo de comprender; visten de somonte y usan greñas largas, cortadas sobre la frente, a la manera de los antiguos siervos.

En invierno cae la nieve y aúllan los lobos en las inmediaciones de la rectoral; cuando Julián tiene que salir a las
altas horas de la noche para llevar los sacramentos a algún moribundo, se ve obligado a cubrirse con coraza de
paja y a calzar zuecos de palo; el sacristán va delante,
alumbrando con un farol, y entre la oscuridad nocturna,
las encinas parecen fantasmas...

Corrido medio año, recibe una esquela, una papeleta
orlada de negro; la lee sin entenderla al pronto; después se
entera bien del contenido, y, sin embargo, no llora, no da
señal alguna de pena... Al contrario, aquel día y los siguientes experimenta como un sentimiento de consuelo,
de bienestar y de alegría, porque la señorita Nucha, en el
cielo, estará desquitándose de lo sufrido en esta tierra miserable, donde sólo martirios recoge un alma como la
suya... La doctrina resignada de la *Imitación* ha vuelto a
reinar en su espíritu. Hasta el efecto de la noticia se borra
pronto, y una especie de insensibilidad apacible va caute-
rizando el espíritu de Julián: piensa más en lo que le ro-
dea, se interesa por la iglesia desmantelada, trata de enseñar a leer a los chiquillos de la parroquia, funda una
congregación de Hijas de María, para que las mozas no
bailen los domingos... Y así pasa el tiempo, con uniformi-
dad, sin dichas ni amarguras, y la placidez de la Naturaleza penetra por el alma de Julián, y se acostumbra a vivir
como los labriegos, pendiente de la cosecha, deseando la
lluvia o el buen tiempo como el mayor beneficio que Dios
puede otorgar al hombre, calentándose en el lar, diciendo

misa muy temprano y acostándose antes de encender la luz, conociendo por las estrellas si se prepara agua o sol, recogiendo castaña y patata; entrando en el ritmo acompasado, narcótico, perenne, de la vida agrícola, tan inflexible como la vuelta de las golondrinas en primavera y el girar eterno de nuestro globo, describiendo la misma elipse a través del espacio...

Y, sin embargo, no olvida. Y en aquel rincón viene a sorprenderle el ascenso, la traslación a la parroquia de Ulloa, especie de desagravio del arzobispo. La mitra alterna con los señores de Ulloa en la presentación del curato, y el arzobispo quiere manifestar así al humilde párroco enterrado diez años hacía en la montaña más fiera de la diócesis, que la calumnia puede empañar el cristal de la honra, no mancharlo.

Capítulo 30

D iez años son una etapa, no sólo en la vida del individuo, sino en la de las naciones. Diez años comprenden
un período de renovación; diez años rara vez corren en
balde, y el que mira hacia atrás suele sorprenderse del camino que se anda en una década. Mas así como hay personas, hay lugares para los cuales es insensible el paso de
una décima parte de siglo. Ahí están los Pazos de Ulloa,
que no me dejarán mentir. La gran huronera, desafiando
al tiempo, permanece tan pesada, tan sombría, tan adus-
ta como siempre. Ninguna innovación útil o bella se nota
en su moblaje, en su huerto, en sus tierras de cultivo. Los
lobos del escudo de armas no se han amansado; el pino
no echa renuevos; las mismas ondas simétricas de agua
petrificada bañan los estribos de la puente señorial.

En cambio, la villita de Cebre, rindiendo culto al progreso, ha atendido a las mejoras morales y materiales, según frase de un cebreño ilustrado, que envía correspon-
dencia a los diarios de Orense y Pontevedra. No se charla
ya de política solamente en el estanco: para eso se ha fundado un círculo de instrucción y recreo, artes y ciencias
–lo reza su reglamento–, y se han establecido algunas

tiendecillas, que el cebreño susodicho denomina «bazares». Verdad es que los dos caciques aún continúan disputándose el mero y mixto imperio; mas ya parece seguro que *Barbacana,* representante de la reacción y la tradición, cede ante *Trampeta,* encarnación viviente de las ideas avanzadas y de la nueva edad.

Dicen algunos maliciosos que el secreto del triunfo del cacique liberal está en que su adversario, hoy canovista, se encuentra ya extremadamente viejo y achacoso, habiendo perdido mucha parte de sus bríos e indomable al par que traicionero carácter. Sea como quiera, el caso es que la influencia barbacanesca anda maltrecha y mermada.

Quien ha envejecido bastante, de un modo prematuro, es el antiguo capellán de los Pazos. Su pelo está estriado de rayitas argentadas; su boca se sume; sus ojos se empañan; se encorvan sus lomos. Avanza despaciosamente por el carrero angosto que serpea entre viñedos y matorrales conduciendo a la iglesia de Ulloa.

¡Qué iglesia tan pobre! Más bien parecía la casuca de un aldeano, conociéndose únicamente su sagrado destino en la cruz que corona el tejadillo del pórtico. La impresión es de melancolía y humedad: el atrio, herboso, está a todas horas, aun a las meridianas, muy salpicado y como empapado de rocío. La tierra del atrio sube más alto que el peristilo de la iglesia, y ésta se hunde, se sepulta entre el terruño, que lentamente va desprendiéndose del collado próximo. En una esquina del atrio, un pequeño campanario aislado sostiene el rajado esquilón; en el centro, una cruz baja, sobre tres gradas de piedra, da al cuadro un toque poético, pensativo. Allí, en aquel rincón del Universo, vive Jesucristo... ¡pero cuán solo! ¡Cuán olvidado!

Julián se detuvo ante la cruz. Estaba viejo realmente y también más varonil: algunos rasgos de su fisonomía de-

licada se marcaban, se delineaban con mayor firmeza; sus
labios, contraídos y palidecidos, revelaban la severidad
del hombre acostumbrado a dominar todo arranque pa-
sional, todo impulso esencialmente terrestre. La edad vi-
ril le había enseñado y dado a conocer cuál es el mérito y
debe ser la corona del sacerdote puro. Habíase vuelto
muy indulgente con los demás, al par que severo consigo
mismo.

Al pisar el atrio de Ulloa notaba una impresión singu-
larísima. Parecíale que alguna persona muy querida, muy
querida para él, andaba por allí, resucitada, viviente, en-
volviéndole en su presencia, calentándole con su aliento.
¿Y quién podía ser esa persona? ¡Válgame Dios! ¡Pues no
daba ahora en el dislate de creer que la señora de Moscoso vivía, a pesar de haber leído su esquela de defunción!
Tan rara alucinación era, sin duda, causada por la vuelta a
Ulloa, después de un paréntesis de dos lustros. ¡La muerte de la señora de Moscoso! Nada más fácil que cerciorarse de ella... Allí estaba el cementerio. Acercarse a un muro
coronado de hiedra, empujar una puerta de madera, y
penetrar en su recinto.

Era un lugar sombrío, aunque le faltasen los lánguidos
sauces y cipreses, que tan bien acompañan, con sus acti-
tudes teatrales y majestuosas, la solemnidad de los cam-
posantos. Limitábanlo de una parte, las tapias de la iglesia; de otra, tres murallones revestidos de hiedra y plantas
parásitas; y la puerta fronteriza a la de entrada por el
atrio, la formaba un enverjado de madera, a través del
cual se veía diáfano y remoto horizonte de montañas, a la
sazón color violeta, por la hora, que era aquella en que el
sol, sin calentar mucho todavía, empieza a subir hacia
el cenit, y en que la Naturaleza se despierta, como saliendo
de un baño, estremecida de frescura y frío matinal. Sobre

la verja se inclinaba añoso olivo, donde nidaban mil gorriones alborotadores, que a veces azotaban y sacudían
el ramaje con su voleteo apresurado; y hacíale frente
una enorme mata de hortensia, mustia y doblegada por
las lluvias de la estación, graciosamente enfermiza, con
sus mazorcas de desmayadas flores azules y amarillentas.
A esto se reducía todo el ornato del cementerio, mas no su
vegetación, que por lo exuberante y viciosa ponía en el alma
repugnancia y supersticioso pavor, induciendo a fantasear
si aquellas robustas ortigas, altas como la mitad de una
persona; en aquella hierba crasa, en aquellos cardos vigo-
rosos cuyos pétalos ostentaban matices flavos de cirio, se
habrían encarnado, por misteriosa transmigración, las
almas, vegetativas también en cierto modo, de los que allí
dormían para siempre, sin haber vivido, sin haber ama-
do, sin haber palpitado jamás por ninguna idea elevada,
generosa, puramente espiritual y abstracta, de las que
agitan la conciencia del pensador y del artista. Parecía
que era sustancia humana –pero de una humanidad
ruda, atávica, inferior, hundida hasta el cuello en la ignorancia y en la materia– la que nutría y hacía brotar con
tan enérgica pujanza y savia tan copiosa aquella flora lúgubre por su misma lozanía. Y, en efecto, en el terreno, re-
pujado de pequeñas eminencias, que contrastaban con la
lisa planicie del atrio, advertía a veces el pie durezas de
ataúdes mal cubiertos y blanduras y molicies que infundían grima y espanto, como si se pisaran miembros flác-
cidos de cadáver. Un soplo helado, un olor peculiar de
moho y podredumbre, un verdadero ambiente sepulcral
se alzaba del suelo lleno de altibajos, rehenchido de difuntos amontonados unos encima de otros; y entre la verdura húmeda, surcada del surco brillante que dejan tras
de sí el caracol y la babosa, torcíanse las cruces de madera

negra fileteadas de blanco, con rótulos curiosos, cuajados de faltas de ortografía y peregrinos disparates. Julián, que sufría la inquietud, el hormigueo en la planta de los pies que nos causa la sensación de hollar algo blanco, algo viviente o que, por lo menos, estuvo dotado de sensibilidad y vida, experimentó de pronto gran turbación: una de las cruces, más alta que las demás, tenía escrito en letras blancas un nombre. Acercóse y descifró la inscripción, sin pararse en deslices ortográficos: «Aquí hacen las cenizas de Primitivo Suárez, sus parientes y amijos ruegan a Dios por su alma...» El terreno, en aquel sitio, estaba turgente, formando una eminencia. Julián murmuró una oración; desvióse aprisa, creyendo sentir bajo sus plantas el cuerpo de bronce de su formidable enemigo. Al punto mismo se alzó de la cruz una mariposilla blanca, de esas últimas mariposas del año que vuelan despacio, como encogidas por la frialdad de la atmósfera, y se paran en seguida en el primer sitio favorable que encuentran. La siguió el nuevo cura de Ulloa y la vio posarse en un mezquino mausoleo, arrinconado entre la esquina de la tapia y el ángulo entrante que formaba la pared de la iglesia.

Allí se detuvo el insecto, y allí también Julián, con el corazón palpitante, con la vista nublada, y el espíritu, por vez primera después de largos años, trastornado y enteramente fuera de quicio, al choque de una conmoción tan honda y extraordinaria que él mismo no hubiera podido explicarse cómo le invadía, avasallándole y sacándole de su natural ser y estado, rompiendo diques, salvando vallas, venciendo obstáculos, atropellando por todo, imponiéndose con la sobrehumana potencia de los sentimientos largo tiempo comprimidos y al fin dueños absolutos del alma, porque rebosan de ella, porque la inundan y sumergen. No echó de ver siquiera la ridiculez del mausoleo, construido con piedras y cal, decorado con calaveras, huesos y otros emblemas fúnebres por la inexperta mano de algún embadurnador de aldea; no necesitó deletrear la inscripción, porque sabía de seguro que donde se había detenido la mariposa, allí descansaba Nucha, la señorita Marcelina, la santa, la víctima, la virgencita siempre cándida y celeste. Allí estaba, sola, abandonada, vendida, ultrajada, calumniada, con las muñecas heridas por mano brutal y el rostro marchito por la enfermedad, el terror y el dolor... Pensando en esto, la oración se interrumpió en labios de Julián, la corriente del existir retrocedió diez años, y en un transporte de los que en él eran poco frecuentes, pero súbitos e irresistibles, cayó de hinojos, abrió los brazos, besó ardientemente la pared del nicho, sollozando como niño o mujer, frotando las mejillas contra la fría superficie, clavando las uñas en la cal, hasta arrancarla...

Oyó risas, cuchicheos, jarana alegre, impropia del lugar y la ocasión. Se volvió y se incorporó confuso. Tenía delante una pareja hechicera, iluminada por el sol, que ya ascendía aproximándose a la mitad del cielo. Era el muchacho el más guapo adolescente que puede soñar la fantasía; y si de chiquitín se parecía al Amor antiguo, la prolongación de líneas que distingue a la pubertad de la infancia le daba ahora semejanza notable con los arcángeles y ángeles viajeros de los grabados bíblicos, que unen a la lindeza femenina y a los rizados bucles rasgos de graciosa severidad varonil. En cuanto a la niña, espigadita para sus once años, hería el corazón de Julián por el sorprendente parecido con su pobre madre a la misma edad: idénticas largas trenzas negras, idéntico rostro pálido, pero más mate, más moreno, de óvalo más correcto, de ojos más luminosos y mirada más firme.

¡Vaya si conocía Julián a la pareja! ¡Cuántas veces la había tenido en brazos!

Sólo una circunstancia le hizo dudar de si aquellos dos muchachos encantadores eran en realidad el bastardo y la heredera legítima de Moscoso. Mientras el hijo de Sabel vestía ropa de buen paño, de hechura como entre aldeano acomodado y señorito, la hija de Nucha, cubierta con un traje de percal, asaz viejo, llevaba los zapatos tan rotos, que pudiere decirse que iba descalza.

Índice

Juan Ramón Jimenez
Platero y yo

L 5007

La obra de JUAN RAMÓN JIMÉNEZ (1881-1958), inseparable de su vida, no conoce fronteras rígidas entre el verso y la prosa, nacidos de esa única fuente de inspiración «que mana y corre». PLATERO Y YO manifiesta esa indiferenciación básica a lo largo de las ciento treinta y ocho estampas del texto, un clásico de la literatura castellana desde su primera edición completa en 1917. La realidad cotidiana, desnuda de todo prosaísmo, queda elevada a su pura esencia lírica en estas pinceladas breves y cuidadosamente depuradas.

Pío Baroja
El árbol de la ciencia

L 5001

EL ÁRBOL DE LA CIENCIA (para el propio PÍO BAROJA «el libro más acabado y completo de todos los míos») es la obra en que la técnica narrativa del novelista —el gusto por la sucesión ininterrumpida de acontecimientos, la abundancia de personajes secundarios, la hábil articulación de situaciones críticas, el impresionismo descriptivo, el rápido trazo de caracteres— alcanza su mayor eficacia, así como aquella en que, en palabras de Azorín, se halla «mejor que en ningún otro libro el espíritu de Baroja».

Benito
Pérez Galdós
Marianela

BA 0123

Publicada en 1878, MARIANELA es una novela por la que BENITO PÉREZ GALDÓS (1843-1920) mostró siempre una especial predilección. El relato —en el que se hallan ya las grandes dicotomías de la obra galdosiana posterior: realidad frente a imaginación, progreso frente a ignorancia, caridad frente a justicia social— ha alcanzado una fama imperecedera gracias a la figura conmovedora de su protagonista, que, enamorada del ciego Pablo Penáguilas, prefiere morir antes de que éste, una vez recuperada la vista, pueda contemplar su fealdad.

Benito
Pérez Galdós

Miau

BA 0122

Sátira implacable del Madrid burocrático de la época, MIAU —publicada en 1888— es una de las grandes novelas de BENITO PÉREZ GALDÓS (1843-1920). Precedida de una penetrante introducción de Ricardo Gullón, en ella los diversos hilos argumentales del complejo relato que narra la progresiva caída de Villaamil, arquetipo del cesante, son anudados con mano maestra y desembocan en un final esperpéntico, a la vez trágico y caricaturesco.

Benito
Pérez Galdós
Tristana

BA 0120

El talento de BENITO PÉREZ GALDÓS (1843-1920) para la creación de personajes, a la vez reflejo social de la pequeña burguesía madrileña y agudo análisis psicológico de la condición humana, desplegó en TRISTANA todas sus potencialidades. La protagonista de la novela trata de rebelarse contra las circunstancias familiares y sociales que le impiden alcanzar la independencia y la felicidad; su fracaso es la triste victoria de una sociedad sórdida y represiva que refuerza la estabilidad a costa del sometimiento y de la destrucción de quienes se alzan contra sus dictados.

Benito
Pérez Galdós
Tormento

BA 0121

Urdida en torno al conflicto entre la libertad de la imaginación y la opacidad de la realidad, TORMENTO es una de las obras más significativas de BENITO PÉREZ GALDÓS (1843-1920). En ella, Pedro Polo se ordena sacerdote movido por el deseo de abandonar la estrechez del medio rural, pero no halla en la vida pastoral cauce para su natural fogoso e imaginativo. Falto de auténtica vocación religiosa, huirá de la realidad cotidiana a través de la ensoñación fantástica y romperá el celibato al seducir a Amparo Sánchez Emperador.

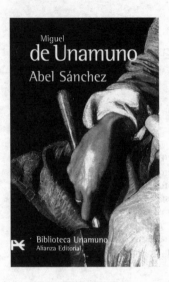

Miguel de
Unamuno
Abel Sánchez

Biblioteca Unamuno
Alianza Editorial

BA 0087

Publicada en 1919, ABEL SÁNCHEZ no tuvo una feliz acogida, debido probablemente —como el propio autor escribía en 1920— a que «las gentes huyen de la tragedia cuando ésta es íntima». Sin embargo, el paso del tiempo ha situado esta impresionante parábola del conflicto fratricida entre las grandes obras de MIGUEL DE UNAMUNO (1864-1936). En el prólogo a esta edición, Luciano González Egido explica las razones por las que esta «novela quirúrgica» sobre la envidia se adelantó a su época.

Miguel de
Unamuno
Paisajes del alma

BA 0088

PAISAJES DEL ALMA recopila treinta y cuatro
artículos de MIGUEL DE UNAMUNO
(1864-1936), escritos en su mayoría con
posterioridad a 1922 y ordenados por M. García
Blanco según criterios cronológicos y temáticos.
Diversos entornos geográficos y ciudades sirven
de inspiración al escritor: Pompeya, el Bilbao de
su niñez y mocedad, las Canarias de su destierro
bajo Primo de Rivera, los paisajes de Castilla, etc.
Cierra la recopilación el artículo «País, paisaje y
paisanaje», dedicado a «esta mano tendida al mar
poniente que es la tierra de España».

Miguel de
Unamuno
Niebla

BA 0085

Síntesis de los diferentes géneros literarios
utilizados anteriormente por MIGUEL DE
UNAMUNO (1864-1936), NIEBLA gozó desde
su aparición de una amplia popularidad.
Interrogándose a sí mismo acerca de esta
predilección mayoritaria, Unamuno llegó a la
conclusión de que la fantasía y tragicomedia
de este relato había de ser «lo que más hable
y diga al hombre individual que es el universal,
al hombre por encima, y por debajo a la vez,
de clases, de castas, de posiciones sociales,
pobre o rico, plebeyo o noble, proletario o
burgués».

Miguel de
Unamuno
Del sentimiento
trágico de la vida

BA 0086

Como apunta Fernando Savater en el prólogo a
esta edición, los escritores más notables de una
época pasan al morir por un purgatorio de duración
variable tras el cual se instalan para siempre en la
gloria de los elegidos o en el infierno del olvido.
A MIGUEL DE UNAMUNO sin duda le ha
correspondido la gloria y DEL SENTIMIENTO
TRÁGICO DE LA VIDA EN LOS HOMBRES Y EN
LOS PUEBLOS, publicada en 1913, es la obra en
que su voz inconfundible resuena con mayor
intensidad y hondura.